三万英尺的爱情

Love at thirty thousand feet

狐小妹 著

一场翱翔蓝天的
空 姐 与 机 长
的情爱纠缠

一段再次相遇修成正果的佳话

一个惨遭背叛后华丽转身
的励志故事

远方出版社

图书在版编目(CIP)数据

三万英尺的爱情 / 狐小妹著 . —呼和浩特：远方出版社 , 2017.6
（紫水晶情感小说系列）
ISBN 978-7-5555-0846-5

Ⅰ . ①三… Ⅱ . ①狐… Ⅲ . ①长篇小说－中国－当代 Ⅳ . ① I247.5

中国版本图书馆 CIP 数据核字（2017）第 119269 号

三万英尺的爱情
SANWAN YINGCHI DE AIQING

作　　者	狐小妹
责任编辑	刘洪洋
责任校对	刘洪洋
出版发行	远方出版社
社　　址	呼和浩特市乌兰察布东路 666 号　邮编 010010
电　　话	（0471）2236470 总编室　2236460 发行部
经　　销	新华书店
印　　刷	三河市华东印刷有限公司
开　　本	155mm×225mm　1/16
字　　数	260 千
印　　张	18
版　　次	2017 年 6 月第 1 版
印　　次	2018 年 5 月第 1 次印刷
标准书号	ISBN 978-7-5555-0846-5
定　　价	42.00 元

如发现印装质量问题，请与出版社联系调换

目录

楔　子 / 001
第一章　被甩了·空姐面试 / 003
第二章　可恶的男人·新的伙伴 / 024
第三章　夜不归宿·被开除的危机 / 042
第四章　被打耳光·尹晓雪的秘密 / 060
第五章　神秘男人·可恶的机长 / 074
第六章　飞行的日子·柠檬的味道 / 094
第七章　苏橙橙的心事·美丽的云海 / 112
第八章　后悔的前男友·林瑞的邀请 / 128
第九章　见家长·林瑞的房间 / 146
第十章　日本旅行·真心话大冒险 / 161
第十一章　甜蜜的恋情·尹晓雪怀孕 / 182
第十二章　林瑞求婚·陈心怡的决绝 / 200
第十三章　谁是第三者·分手快乐 / 218
第十四章　绯闻男女·罗琳的选择 / 246
第十五章　林瑞住院了·我爱你 / 264
林瑞番外：我和她 / 277

楔 子

有人说，直到夜幕降临，巴黎才真正是巴黎。

机组车行驶在法国的大道上，苏橙橙托着腮，看着在夜色中熠熠发光的巴黎圣母院、市政厅、艺术桥、卢浮宫、埃菲尔铁塔一个一个从窗外掠过，总有一种恍如隔世之感。

机组车在宾馆门口停下，结束了一天飞行任务的苏橙橙下了机组车，微笑着与法航金发碧眼的空姐们互道晚安，然后一个人拖着拉杆箱，走进了宾馆。她一个人在空旷的走廊里疲惫地走着，拉杆箱滑轮滚动的声音，高跟鞋和地板接触的清脆声响，在寂静的夜里格外响亮。

一天终于结束了啊！

苏橙橙脱了高跟鞋，走进房间，光着脚踩在厚重、柔软、有着奇异的波斯花纹的羊毛地毯上。她看着房间被落地灯散发出的温暖的橘色所笼罩，突然觉得一股莫名的哀愁侵袭着全身。这时，门铃突然响了。她打开房门，看到服务生推着小车走了进来。她以为服务生是来送晚饭的，没想到服务生掀开银色托盘，里面却是一大捧红色玫瑰。

"这是……"苏橙橙望着玫瑰，惊讶地用法文问道。

"是一位没有透露自己身份的客人送给您的。还有一封信。"

"谢谢你。"

侍者拿出一个信封放在苏橙橙手上。苏橙橙给了他两欧元的小费，把信封撕开，发现里面装的是巴黎著名的加尼埃歌剧院的包房票。她并不关心这又是哪位追求者的手笔，把票随手放在了一边，因为就算再喜欢歌剧，不是和他一起去看就没有什么意思。

林瑞，你还好吗？

林瑞，林瑞……

他的名字，在她口中绽放，过去的记忆也如潮水般涌来。苏橙橙走到落地窗前，打开窗户，任由巴黎的夜风吹乱她的一头长发。她望着巴黎美丽的夜色，拿出了手机，看到了手机通讯录最顶端那个号码，可是没有勇气按下。她很想告诉他她想他了，告诉他她错了，她后悔了……可是，他还会接她的电话吗？

林瑞，你还记得你说过你很喜欢巴黎，有机会一定和我一起来巴黎旅游吗？

我想，你一定忘记了吧。

正如你忘记了我一样。

苏橙橙想着，微微笑了起来。

时间，回到了两年前。

第一章　被甩了·空姐面试

1

今天是一个晴朗的好天气。

苏橙橙的好友岳桃搭乘今天下午两点的飞机抵达 G 市，喝令苏橙橙前去迎接她的大驾。虽然苏橙橙很宅，不喜欢出门，但她害怕被发飙起来六亲不认的岳桃海扁，还是提前到了机场，准备接机。

G 市的候机厅里人声鼎沸，苏橙橙不断盯着出门的方向，暗想岳桃再不出来的话，自己的眼珠子可就要瞪出来了。喧闹的人群让习惯了在家宅着的苏橙橙觉得很不适应，她挠挠杂乱的头发，揉揉因为熬夜而酸痛无比的眼睛，忍不住打了个哈欠。就在她觉得自己就快睡着的时候，一队身穿淡紫色修身制服、手拉拉杆箱的空姐突然从她面前走过，一阵若有若无的香风也随之而来。候机厅里的人们都盯着这些漂亮的空姐，也有人开始轻声地探讨起"哪个空姐最好看"这样高尚而具有深度的话题来。

"这些乘乘都长得不赖啊！"

"是啊，我女朋友能那么漂亮就好咯！"

"橙橙？"苏橙橙诧异地回头，"她们中有人叫'橙橙'吗？"

"空姐是空中乘务员的简称，她们的昵称就是'乘乘'。你连这个都不知道？"

许多人都用"你没文化真啊真可怕"的眼神看着苏橙橙，苏橙橙尴尬地笑笑，没有回答。她留恋地看着空姐们从自己身边走过的靓丽身影，再想起大学毕业半年，但至今还没找到工作的自己，不由得郁闷一叹。

她们叫乘乘，她也叫橙橙，但她们就是两个世界的人。她们个个身材高挑，容貌出众，气质优雅，还收入颇丰，而她只是一个平凡到极点的宅女。她们的生活，她一辈子也无法达到，她甚至不敢想象自己和她们站在一起的样子。

你说，这人和人之间的差距怎么就那么大呢？

苏橙橙想着，隔着玻璃望着窗外湛蓝的天空，只觉得心情莫名其妙地烦躁起来。就在这时，广播中传来岳桃的飞机晚点一小时的噩耗。苏橙橙心中默默流泪，准备去咖啡店喝杯咖啡，边喝边等，却突然看见一个身穿格子衬衫、面容温润的男子朝她迎面走来。

啊，今天太阳真毒啊，刺得她的眼睛都模糊了……

苏橙橙心想她一定是出现幻觉了，不然她怎么会在这里看到搂着一个美女的正在上海拼命工作，赶一份计划书的男朋友？幻觉，一定是幻觉！

机场的白炽灯发出令人生厌的光芒，而苏橙橙眯起眼睛，眼睁睁地看着那个"幻觉"离她越来越近。她清晰地看到披着徐进皮囊的妖孽，正亲昵地搂着一个披着艳丽女子皮囊的妖孽的纤细腰肢，缓缓朝自己走来，而他们二人时不时低头窃笑，看起来分外亲密。她呆呆地看着他们，很想找张黄纸对着那两个妖精的脑门招呼过去。她感到口舌干燥得厉害。而就在这时，徐进也看见了她。

"橙橙？你怎么来了？"

徐进大惊失色，看苏橙橙的脸就好像见到了鬼一样。在徐进分外诡异的目光下，苏橙橙下意识地摸摸自己的面颊，正要说什么，而徐进身边那个高挑美女却率先发难了。

"老公,这就是你前女友吗?脸蛋差劲,身材差劲,你什么眼光呦!"

她"呦"得百转千回,苏橙橙的心凉得可怕。她等着徐进解释,徐进尴尬地说:"姚莉,你……你就少说几句吧。橙橙,我……"

"你什么?"苏橙橙冷笑。

"既然……既然你看见了,那么我也没什么好说的了。"徐进心一横,面无表情地说道。

分手?前女友?苏橙橙回忆姚莉的话,真是气到发怔。

好,原来她已经是过去时,而且还是在自己不知不觉的情况下成了过去时的!那个对她说话的男子,到底是不是那个会在她楼下弹吉他,为她送上玫瑰的温柔学长?不,她根本不认识他!

"橙橙……"

"啪!"

一个巴掌,狠狠地打在了徐进的脸上。

"苏橙橙,你做什么!"

徐进愕然地捂着自己的面颊,不知道自己那个温柔又善良的"前女友"怎么会在瞬间成了母老虎。苏橙橙冷冷地看着他,捂住红肿的手掌,心中暗恨自己出手的力度还是太小,没把这个负心汉打到半身不遂简直太便宜了他。

"徐进,你不是在上海赶做一份企划案吗?这里是上海吗?"苏橙橙一指姚莉,"她呢?她是企划书吗?"

"你胡说什么!"姚莉尖叫,"你也不看看你是什么样子,你有什么理由和我抢?我比你漂亮,比你聪明,以后的工作也比你好,徐进瞎了眼睛才会跟你在一起!你不要太嚣张了!"

"徐进,我们完了!记住,是我甩你!"

苏橙橙说完,特高贵、特优雅地扭头就走,心中却到底暗暗希望徐进能拦住她,哭着喊着说他只是一时糊涂,祈求她的原谅。可是,生活毕竟不是电视剧,她一连走了几十米,也没有任何人拦住她的

去路。她用力握拳,用疼痛来控制住眼中的泪意,听到姚莉大声说:

"苏橙橙,你真是泼妇!你和徐进早就分手了,你凭什么打他!你站住!"

"姚莉,算了。她有病。"

徐进的声音很轻,但苏橙橙还是听得清清楚楚。她只觉得自己的心好像被一把锋利的刀子滑过,先是钝钝的麻,丝毫感觉不到疼痛,然后那疼痛慢慢蔓延,扩散到身体内的每一寸肌肤、每一根血管,最终疼得刻骨铭心。

有病?

是,认错了你,爱了你四年的人当然有病。

可我不会再病下去了。

苏橙橙强忍住泪水,大踏步从他们身边走开,没有解释,再也没有回头。她梦游般地走到了机场外,望着耀眼的太阳和从蓝天上滑翔而过的飞机,突然泪流满面。

太阳好大,阳光刺得她都流泪了……

是,她流泪只是因为阳光……

嗯,一定是这样的。

机场外排队打车的人很多,苏橙橙不愿意别人看到自己泪流满面的样子,于是一个人顺着高速公路的边缘走着。她漫无目的,不知道自己到底想去哪里,而眼泪早已经模糊了眼睛,她甚至连眼前的路都看不清。

"我赚钱啦赚钱啦,不知道怎么去花……"

欢快、没心没肺的手机铃声突然响起,把苏橙橙吓了一跳。她从包中掏出手机,按下了接通键,电话那头传来的是岳桃的咆哮:

"苏橙橙你死到哪里去了?你放我鸽子是不是!"

"对不起,我今天有事。"苏橙橙不想过多解释,忍住抽泣说。

"你到底有什么事,居然会比我大驾光临还重要?我那么多箱子怎么拿?我告诉你,我们就此断绝关系,恩断义绝!苏橙橙,你怎么不说话？喂，喂？"

岳桃的咆哮声在瞬间终止，因为苏橙橙已经不由自主地按下了挂机键。她实在没有心情向岳桃解释自己爽约的原因，也不想让岳桃看到自己这副狼狈的模样，只是一心想要逃离。她想把手机放到包里，没想到手一滑，一不小心把手机掉落在地。泪眼蒙眬中，她慢慢朝着马路中央走去，正要捡起她掉在地上的手机，突然听到一声巨响。

"吱！"

随着一声尖利的刹车声，苏橙橙只觉得一股热风迎面而来，她的腰部也感觉到了一股力量。虽然这冲力的力度并不大，但她还是下意识地向后跌去。

"小姐，您没事吧？"

"没，没事……"苏橙橙勉强说。

她的手在地上蹭破了皮，火辣辣地疼，而当她想挣扎站起的时候，一双有力的大手抓住了她的胳膊。苏橙橙只觉得被一股力量拉扯着脱离了地面，疼痛的手臂让她忍不住皱眉。

捏住她胳膊的那双手洁白、修长，没有难看的青筋，指甲圆润光泽，倒是一双很好看的手。她不禁抬起头，望着那双手的主人，一个戴着墨镜的年轻男子正皱着眉看着她。

他们之间距离那么近，男子的呼吸简直近在咫尺。苏橙橙不太适应和一个男人这样近距离接触，想甩开他的手离开，男人再次开口，声音低沉："小姐，您想自杀的话可以选择跳河、吃安眠药，不要到马路中间连累别人好吗？"

"你……你说什么？"苏橙橙诧异地问。

自杀？他哪只眼睛看到她想自杀？明明是他的责任好吗？这个世界上怎么会有这样颠倒黑白的男人！

"今天我还有事，就不追究你在快车道上行走、横穿马路的责任——人行道就在你右手边，你快过去，不然会造成交通堵塞。"

男人的命令口吻，让怒气瞬间涌上了苏橙橙的心头："可是明明是你撞的我，我还没追究你的责任，你怎么反而追究起我的来了？"

"是吗？"男子微微一笑，单薄的嘴唇抿出了好看的弧度，"那么，请问在车行道上行走算不算违反交通规则？若你不愿意私了的话，我们可以找交警来解决。"

男子说着，把车停到一边，然后把手插在裤子口袋里，闲适地望着苏橙橙，一副悠然自得的样子。苏橙橙被气坏了，一怒之下就真站在路边，和他耗着，等交警来处理。

初春的风吹干了苏橙橙脸上的泪痕，也带些刺骨的冰寒。苏橙橙在风中就这样瑟瑟地站着，脑中纷乱不堪。就算是再想遗忘，但方才的一幕仿佛电影一样一直在她脑海中回放，让她的每一口呼吸都带着悲哀的滋味。她在风中站着，不由自主地想起她与徐进在一起的点点滴滴，只觉得身子发软，连站立的力气都没有了。

徐进，徐进……我们在一起那么久，为什么还敌不过一个第三者？你说过，等我们大学毕业后就结婚，你为什么要食言？你真的不爱我了吗？

苏橙橙越想越难过，男人挑眉："你没事吧？刚才在机场你似乎还很有'魄力'，怎么现在不行了？"

"你，你……"

苏橙橙没想到，他居然看到了自己和徐进争执的一幕。她的脚一软，急忙扶住栏杆稳住身体，呼吸变得急促起来，面色也惨白一片。眼见苏橙橙脸色难看，男子微微一怔，伸手去扶，可苏橙橙却飞快踹了他一脚。

男人没想到苏橙橙突然动手，轻哼一声，痛苦地低下头，苏橙橙已经飞快跑开了，还不忘对他做了个鬼脸。看着苏橙橙逐渐远去的背影，男子摘下墨镜，嘴角微微勾起。

"你最好祈祷我们不要再见到。"他说着，重新启动了车子，绝尘而去。

2

苏橙橙一回家就躲进了房间,不敢和爸妈打照面,更不敢让父母知道她和徐进已经分手。她一晚上没睡,一个人躲在被子里哭了很久,第二天看到自己红肿的眼睛更加郁闷。她只能用冰水敷眼睛,尽量让自己看起来和平时没两样,甚至比以前更勤快地上网广撒简历。

算起来,苏橙橙大学毕业已经有半年了。

她原以为自己的中文专业,找个文秘之类的工作不成问题,却没想到如今的大学生比白菜还要不值钱,除了保险公司和传销机构对她伸出橄榄枝,其他的公司都杳无音信。苏橙橙看着比自己的脸还要干净的收件箱,郁闷地吃着薯片,忍不住想如果当初不把学校推荐的机会让给徐进,自己现在又是怎样一副光景?

徐进,徐进……

她的眼前不禁浮现出和徐进在一起的点点滴滴以及看到徐进为工作发愁,主动把师姐介绍的机会让给徐进时,他的满脸惊喜。是她太傻,竟然会把自己的命运寄托在一个男人身上,甘心做什么"背后的女人"。以后,她不会再那么傻了。一切,就先从找到工作开始吧。

当苏橙橙鼓足勇气,直接抱着简历去人才市场找工作时,没想到居然会和最不想见到的人打了个照面。她望着身穿超短裙、脚踩高跟鞋的姚莉,望着站在姚莉身旁好像小跟班一样为她拎包的徐进,一时没想好该如何回应。人才市场的喧嚣、闷热似乎把她的呼吸与思绪都抽离,她只能呆呆地看着姚莉与徐进朝她走近。姚莉走到她面前,对她上下打量,讽刺地笑道:"呦,又见面了啊。是来找工作的吗?"

"你们来做什么？"苏橙橙警惕地问。

"我来面试空姐，已经报名成功了。"姚莉骄傲地指着远处人头攒动的地方，"对了，前面有个保险公司最适合你，快去看看吧，你这样的人最适合死皮赖脸地推销保险了。"

"姚莉，不要说了。"徐进有些尴尬地开口。他尽量扯动面部肌肉，对苏橙橙微笑，"这年头工作不好找，推销保险也是谋生之道。事无贵贱，努力就好。我有个朋友开了个清洁公司，要不要介绍你去面试？"

看着这对讨人厌的男女，苏橙橙好像被附身了一样，不假思索地说："谢谢好意，不过我也是来面试空姐的。"

"什么？你？"

姚莉睁大了眼睛，毫无顾忌地上下打量苏橙橙，嘴角露出了轻蔑的微笑。在她的目光中，苏橙橙只觉得自己没梳理的头发杂乱得让人烦心，米色的毛衣上有着清晰可见的污渍，白色的裤子把腿包裹得更加粗壮，皮鞋上还掉了漆……她感觉自己好像被人剥光了衣服一样，手脚都不知道如何摆放，无处遁形。

与苏橙橙老土而厚重的打扮截然不同，姚莉是那么时尚而精致。她身穿贴身的黑色连衣裙，脚蹬黑色皮靴，腰间系着金色的腰链，身材火爆，妆容精致，眉眼间的骄傲与自信更为她平添了几分魅力。她听苏橙橙说要报名空姐考试后不屑地撇嘴，徐进也愣了一下，尽力让自己语气平和，声调愉悦地说："既然这样，就和小莉一起加油吧。"

"我会的。"

苏橙橙没有看他们一眼，转头就走向了写着"北航空姐报名处"的地方，默默地排起队来。虽然徐进与姚莉应该早已离去，但她只觉得那目光还停留在她的背部，透过衣服直射她的肌肤，把她刺得生疼。她大口地呼吸着，机械性地随着队伍移动，不知道过了多久才走到报名台前，拿到报名表。

"请问……"

"下一个。"

苏橙橙手握报名表,还没来得及说什么,就见一个中年妇女不耐烦地摆手,然后就被汹涌而上的人群挤出了队伍。她自嘲地笑笑,望着人才市场中在北航报名处排队报名的数以千计的女孩,自觉地站到一边,填写报名表。她把自己的资料都填写完后才发现报名表背面印着报名须知,而她的条件恰好都符合报考条件:

1. 身高 165 ～ 175 厘米。
2. 体重 45 ～ 60 千克,可正负 10 千克。
3. 年龄 20 ～ 25 周岁,大专及大专以上学历。
4. 身体健康,容貌端正,普通话标准。
…………

报考条件确实不算苛刻,也怪不得那么多女孩都争先恐后地来拿报名表。不过,据说空姐面试可谓是万里挑一,简直不亚于古代选秀女,她真的能被选中,成为那个幸运儿吗?苏橙橙没把握。她只知道,不管结局如何,她都会尽她最大的努力。

回到家,苏橙橙把报名表放进抽屉,然后看着镜子里的自己。因为长期在家宅着的缘故,她的赘肉一抓一把,她的皮肤因为熬夜上网变得粗糙而干黄,眼圈更是黑得可以和熊猫媲美。苏橙橙欲哭无泪地回忆,自己在上大学的时候也是个"小班花",而她现在……

苏橙橙简直恨不得拿块橡皮把身上的赘肉、脸上的瑕疵通通擦去,不过庆幸的是现在距离选拔的日子还有两个星期,还可以开始瘦身、美容计划。她刚下了决心,楼下突然传来了红烧肉的味道,第一次考验就这样突如其来地出现。苏橙橙吸吸鼻子,脚几乎要不受控制地往下迈,而她努力用最后的意志猛地关上房门:"妈,你们自己吃吧,我不吃晚饭啦!"

"这孩子怎么了？居然连最喜欢的红烧肉也不吃了？"苏父奇怪地问。

"谁知道。"苏母摇头。

在等待面试的这段时间里，苏橙橙一改过去的生活习惯。她每天早上6点准时起床，起床后在小区里晨跑，每天晚上10点以前睡觉。她控制饮食，晚餐也只吃水果或者白粥。曾经是她生命之源的网络她现在是碰也不敢碰，电脑在房中静静地积攒着灰尘。

一天过去了，两天过去了……

她没想到，自己真的坚持了两个星期。

每当苏橙橙想放弃的时候，她就会想起姚莉纤细的腰肢和修长的大腿，而她心中燃烧的火焰就会让她控制住自己的嘴巴和几乎就要与鼠标私奔的手指。她知道做空姐可能只是一个遥远的梦想罢了，但她起码不能输给姚莉啊！

"加油！加油！加油！"苏橙橙对着镜子鼓气，给脸上贴上黄瓜面膜。

楼下，她的父母相视一笑。

3

在苏橙橙成功减肥5斤后，面试的日子终于到了。

为了能在明天的面试中有个好的表现，苏橙橙早早入睡，她的父母在客厅看电视，有一搭没一搭地说着话。苏母望着女儿黑漆漆的房间，感慨地说："这丫头要考空姐还神神秘秘的，要不是我整理她的房间发现了报名表，不知道她还要瞒我们多久。"

苏父倒不以为然："孩子大了，总有自己的想法，你随她去吧。"

"我以为她减肥只是说说的，没想到这死丫头居然真的坚持下来了。我昨天做了红烧肉她都没下筷子——要知道平时她就像非洲难民一样，见了吃的就扑上去。这丫头看来是认真了，可她那么努力,选不上可怎么办呢?唉……"

苏橙橙并不知道父母的担心,正在床上直直地躺着,望着天花板发呆。她一点不为明日的面试担心,就算落选她也能欣然接受,因为她从来没有奢望过自己真的能入选。她只是想让徐进另眼相看,不想让姚莉看不起罢了。

黑暗的房间让她不自在,她轻轻扭开床头那盏徐进送给她的加菲猫台灯,房间瞬间一片光明。她从床上爬起,换上了自己唯一一套西装裙,穿上高跟鞋,静静看着镜中的自己。

两个礼拜的努力终于略见成效,镜中的女孩很漂亮。

她有着一张小巧的瓜子脸,眼睛又大又圆,睫毛长而密。合身的西服在腰际处收起,显得她的身材越发的纤细。可能是因为身穿正装的关系,她的举手投足间多了几分难得的优雅,与前些天那个不修边幅的她相比就好像是两个人。她望着镜中的自己,淡淡一笑,而镜中的女孩也对她微笑,笑容甜美至极。她用手轻触冰冷的镜面,轻声说:"苏橙橙,你一定会赢的,也一定会让徐进后悔。"

她知道,在徐进心中她一直是一个天真幼稚,什么事都不懂,也什么事都做不成的傻丫头,但她不会再傻下去了。他们觉得她一事无成,她偏偏要考上空姐让他们瞧瞧。

徐进、姚莉,你们等着吧!

苏橙橙想着,睡意慢慢袭来,终于进入了梦乡。在梦里,她成功考上了空姐,徐进更是哭着喊着求她回心转意。她得意地笑着,毫不留恋地转身就走,然后听到徐进的哀号:"橙橙!橙橙!"

"橙橙,起来了,你看都几点了!"

徐进的声音突然变成了熟悉的女声,苏橙橙疑惑地回头。然后,她听到那个声音继续说:"苏橙橙!你到底要不要去面试了!"

面试,面试……

"啊!"

苏橙橙尖叫一声,瞬间清醒。她没想到自己居然会睡过头,急急地问:"妈,现在几点了?"

"八点半!我跳广场舞跳了一半,还是不放心,回家看看你,不然你就在梦里面试吧!"

"妈,我不和你说了,我先走了!"苏橙橙急忙说。

"快去吧!喂,钱包没拿!钱包!"

"啊啊啊!"

苏橙橙拿起钱包,几乎是连滚带爬地朝外跑去。

她飞速地跑到小区门口,气喘吁吁地拦出租车。虽然现在已经不是上班高峰期,但出租车好像商量好了一般,要么不出现,出现的也都是载着客的。苏橙橙着急地时不时掏出手机看时间。当时间到 9 点整的时候,她终于一咬牙,跑去附近的公交站台,准备搭乘公交车去金茂大厦。

幸运的是,她只等了 5 分钟,公交车就准时出现。拥挤的公交车中,苏橙橙时不时被身边老大爷的拐杖戳得几乎要尖叫起来,脸不受控制地贴在车窗上,精心盘起的发型更是变得一团糟。当她终于下车时,已经快 10 点了,而步行过去的话起码要 20 分钟。

糟了,要迟到了!苏橙橙惊慌地想。

苏橙橙站在路边,急切地拦着出租车。她没想到,地处高新区的金茂大厦,路上行驶的都是形形色色的私家车,一辆出租车的影子都没有瞧见,更没有一辆车为她停留。苏橙橙眼见时间一分一秒地过去,看着远方的金茂大厦,终于一横心,冲到马路上张开双臂,拦下了一辆缓缓前行的奥迪 A8。

"请停车!拜托,请停车!"

"吱——"

汽车在距离苏橙橙只有 1 米远的地方停下。

眼见汽车真的停下,苏橙橙心中一喜。她双手合十,满怀期盼地说:"对不起,我赶时间去面试,请问您能带我一程吗?我一定会付路费的!拜托了!"

苏橙橙等待车主的回复,可是奥迪车的车主没有回答,连车窗都没有摇下。苏橙橙心一慌,企图透过车窗看车内的情景,但她见到的只是自己头发松散、衣衫不整的样子。

"拜托了!我一定会付钱的!拜……"

在她的祈求中,车窗终于缓缓落下,一个男子俊美的面容出现在苏橙橙面前,而苏橙橙的心跳也不由得加速。

她原以为会看到的一个富态猥琐的老头或者珠光宝气的中年妇女,但她没有想到车主居然是一个年轻英俊的男子。那男子身穿米黄色POLO衫、棕色西裤,手上戴着一串木质佛珠,容貌俊美,神情冷峻。他的头微微抬起,漫不经心地看了苏橙橙一眼,神情微微一怔,然后嘴角勾起。他的声音低沉而充满磁性,有些意料之外的耳熟:"小姐,你为什么以为我会送你过去?"

"啊?"苏橙橙一愣,"对不起,你是不是也在赶时间……"

"我不赶时间,但我也不会带你过去。赶不及面试时间,是你的失误,别人没有义务帮你。学会承担后果吧,这位小姐。"

苏橙橙没想到他居然这样冷漠,忍气赔小心:"我知道是我的失误,可这里离面试场所还很远,若是能打到车的话我也不会麻烦你。麻烦你带我去吧,我会付费给你的!"

"不带。"男子干脆地说道。

他说着,把车窗重新关上。苏橙橙还没反应过来,他就突然加速。车子好像箭一般向前冲去,而苏橙橙气急败坏地跺脚。她发现现在距离10点只有15分钟了,再看着一辆辆飞速行驶的轿车,终于做了一个决定。

拼了!

苏橙橙想着,深吸一口气,脱下高跟鞋,向着远处的金茂大厦狂奔。在奔跑中,她的头发乱成一团,脸上的妆容也花了。街上的行人都目瞪口呆地看着她,而她奔跑的样子被奥迪车主从反光镜里看了个正着。他望着她,若有所思地轻笑了起来,然后在红灯转换为绿灯的瞬间加大了油门,从她身边驶过。

希望能再次见到你。他在心里想着。

4

当苏橙橙跑进金茂大厦的时候,正好10点整。她还在平复呼吸,她身后的玻璃门已经被几个工作人员用蓝色的隔离带封了起来。苏橙橙吃惊地回头望去,却见几个打扮入时的年轻女孩正拼命往里挤,口中喊道:"放我进去!怎么不让进了呢?"

"现在已经是10点整,报名截止了。大家想报考的话明年再来吧。"一个工作人员说。

"怎么这样啊!也就过了两分钟,怎么就不让人进?"

"这位先生,您就让我们进去吧!我们大老远赶来也不容易!"

这些女孩都被工作人员的"明年再来"刺激到了,有说好话哀求的,有蛮不讲理责骂的,有攀关系的,一时之间乱成了一锅粥。苏橙橙见状,忘记了进场,愣愣地看着她们,没想到一条小小的隔离带居然把她们隔成了两个世界的人。

也许是听到了吵闹声,一个大约30岁、带着金边眼镜的儒雅男子从房间走到门口,温和却不乏严厉地对那些女孩说:"两分钟?在你们看来,两分钟自然不算什么,但作为一名乘务员最关键的就是要有时间意识。你们面试可以迟到,但你们上班时能迟到吗?让机组因为你的迟到,从而造成航班延误,耽误旅客宝贵的时间吗?北航需要的人才首先要有的就是时间观念。你们就当买个教训。欢迎你们明年再来报考!"

"可是……"

"都回去吧。"

那些女孩又纠缠许久,可是工作人员全部不为所动。她们遗憾地离去,有的女孩走的时候都哭了。苏橙橙呆呆地看着眼前发生的一幕，只觉得眼镜男说的话句句在理，让人无可挑剔，但不明白这些女孩儿为什么会这样伤心。

不就是一个工作，至于这样吗？虽然现在金融危机，工作很是难找，但空姐说到底只是一个高薪的服务员，有什么大不了的？她们究竟为什么伤心成那样？

也许是感觉到了苏橙橙的目光，眼镜男朝苏橙橙方向看去，微微皱眉："你是来应聘的吗？你运气倒好，在封门前进来了……大家都已经在休息室等候面试，你怎么还不进去？"

"啊？我这就去！"

苏橙橙一惊，对眼镜男讨好地笑笑，然后朝着眼镜男出来的方向走去。她站在一个房间前，平稳呼吸，猛地推开了门。

然后，她惊呆了。

金茂大厦隶属于北航，是本市数一数二的办公大楼，专供北航在外地的分公司来本市过夜时机组入住，由此也能见北航实力之雄厚。虽然早就知道前来报名的女孩子不会少，但当苏橙橙进了可以容纳几千人的、有着华丽舞台的房间时，还是被满室的脂粉香与清一色的女孩们吓了一跳。几乎所有人都回头，齐刷刷地看她，巨大的压力让苏橙橙丝毫不敢动弹，简直不敢迈步进去。过了许久，终于有一个工作人员走上前来，在她手臂上贴了一张号码牌，轻声说："怎么那么晚？"

"刚才……"

"算了，自己找个位子坐下吧。20个一组开始面试，听到自己的号码就上台。"

"上台？"苏橙橙一怔。

"是啊。"工作人员一指舞台，"所有的人都在那里做自我介绍、形体展示，供评委打分，通过初试的人才能参加后来的考试。"

苏橙橙顺着工作人员手指的方向一看，果然看到最靠近舞台的座位上坐着5个正互相交谈的、衣着光鲜的评委。她望着台上耀眼的灯光，望着几千名穿着整齐的西装、一脸肃穆的女孩，只觉得头有些眩晕了起来。她向工作人员道谢，急忙找了个座位坐下，而选拔已经开始了。

"请1至20号选手入场！评选完毕后，选手请尽快离场，谢谢合作！"

随着号码牌的宣读，一队队的女孩子走到台上，对评委们绽放自己最美丽的笑颜。苏橙橙远远看着这些身穿统一黑色西裙、头发在脑后光滑地梳成一个发髻，怎么看怎么觉得清爽、靓丽的女孩们，只觉得自己灰头土脸的样子真是异类中的异类。她悄悄整理着衣衫，拿出化妆包就着昏暗的灯光，凭着感觉化了个淡妆，才算彻底放松下来。

因为是最晚到考场，所以她的号码是最后一个。苏橙橙一开始还兴致勃勃地看着那些美女，到后来只觉得眼皮开始打架。倦意袭来，她的眼皮慢慢合上了，而当她半梦半醒之间，突然听到有人说："5134号！5134号选手在吗？"

好熟悉的号码……是我的号码！

苏橙橙在瞬间清醒过来："到！到！"

苏橙橙急忙走上舞台，乖乖成为排队准备上台的14名女子中的最后一位，学着她们的样子，绽放出甜美而僵硬的微笑。就在她不受控制地紧张起来时，站在她前面的高挑美女突然回头，用一种熟悉而又轻蔑的声音说："苏橙橙？你居然真的来了？"

苏橙橙望着身穿黑色紧身西服、火爆身材呼之欲出的姚莉，觉得太阳穴开始发胀。姚莉今天涂着灰色的眼影，嘴唇鲜红，而她高挑的身材、修长的大腿是身高1.65米的苏橙橙一辈子望尘莫及的。苏橙橙望着姚莉，按捺住寻找徐进身影的冲动，只是淡漠地说："如果北航是你家开的话，我是可以不来。"

"你以为你会选上？"姚莉冷笑。

"不关你的事。"

"真是嘴硬。"姚莉撇嘴。

"请各位选手上场！"

苏橙橙与姚莉终于停止了短暂的纷争，一起走上台去。站在舞台上被那么多人注视，苏橙橙只觉得自己身体发麻，心也紧张得都要跳出来了。她手脚僵硬地站着，很想保持微笑，但肌肉僵硬，怎么也笑不出来。她轻咳一声，深呼吸，再努力尝试微笑，但身体到底因为紧张而忍不住微微颤抖了起来。

评委台的正中央坐着五名神情严肃的考官。这些考官三男两女，都身穿北航的制服，男的帅气挺拔，女的高贵大方，都有着她们这些小丫头所无法匹敌的优雅而自信的气质。苏橙橙随着众人在考官面前一字站开，只觉脸部开始抽筋，怎么也笑不出来，而她的肚子又开始疼了起来。

好紧张……高考的时候都没这样紧张……

苏橙橙交叉放在腹前的手悄悄捂住了小腹，手掌传递而来的热流也让她终于微感舒适。她偷偷瞄了一眼这队女孩中个子最为高挑的姚莉，却见她同样笑容尴尬，手指都在颤抖。望着姚莉这样紧张的样子，苏橙橙也不知道为什么，心情突然变得很好。她不再为考官们探究而专注的眼神感觉不适，终于发自内心地笑了起来，台下的考官也终于注意到了她。

两分钟过去了。

细心观察过每位应聘人员容貌，让每位应聘人员把袖子卷起，认真观察有无伤疤的考官们终于考察完毕。他们在纸上唰唰地记着什么，一个容貌端庄的女子用温柔的声音说："好，基本目测已经结束。现在，请大家挨个围着台子走一圈，然后做简单的自我介绍。自我介绍后，我们会依次问你们一些最基本的问题，最后的结果会在全部人员考试完毕后当场宣布。祝你们好运！"

什么？还要提问？不会问一些专业性的东西吧，她可是什么都不会啊！

听到考官这样说，苏橙橙放松的心情又开始紧张了起来。她机械地随着众人绕场一周，只觉得走路时就快同手同脚了。她的脸色惨白，笑容勉强，而其他女孩也是一样。可是，想要成为一名空乘，她们必须闯过这一关。

"姚莉，请你回答一下如果你在飞机上把旅客的衣物弄湿，你将如何处理。"考官问。

姚莉之前的几个人被问的都是"为什么要做空姐"这样简单的问题，有人回答得很圆滑，也有人在紧张之余居然说出"是我妈让我来面试"这样的答案，然后后悔到恨不得当场晕过去。姚莉显然没有想到自己的问题居然有变，脸色一变，沉默很久，然后用蚊子哼一般的声音说："我会……我会道歉……"

"是，第一步应该向旅客道歉。接下来怎么做？"

"接下来……是道歉……"

"道歉结束后呢？"考官好脾气地问道，"若旅客不接受单纯的道歉你要怎么办？"

"那个……问问他衣服多少钱，我赔他就是。"

"是这样啊。"考官面无表情地点头，问了下一个女孩之后，望着苏橙橙，"还是刚才那个问题。你把水洒在旅客身上，你将怎么处理？"

苏橙橙是那么庆幸她家开餐馆，对于怎么向客户道歉有着得天独厚的优势。她想了想，然后说："我想，我会先帮旅客擦拭一下潮湿的衣物，做了简单处理后和旅客道歉，表达自己的歉意。如果旅客还是不满意，我只能出干洗费。是我的责任的话，我就要承担。"

"说得不错。"考官终于微笑了起来，"道歉是必须有的，但是做事情弥补之前的失误更为重要。你叫什么名字？"

"我叫苏橙橙，小名橙橙。"苏橙橙大声说。

"橙橙？"考官们笑着互视一眼，"怪不得来考乘务员，还挺有缘分的。这次的考核就到这儿，大家都出去等候通知吧。"

"谢谢考官!"

眼见考官夸赞苏橙橙,姚莉恶狠狠地瞪了苏橙橙一眼,而苏橙橙毫不示弱地回视过去。她步伐轻快地出了考场,没想到一出门就看到了徐进。姚莉扑到了徐进怀里,娇滴滴地说:"老公,我刚才表现有点差,我很担心。你说我会不会考上?"

"一定会考上的。"徐进安慰她。

"是吗?你又骗我。"

"没有啊,我怎么敢骗你。"

虽然苏橙橙故意坐得离徐进、姚莉很远,但他们的甜言蜜语还是不绝于耳。她心烦气躁地玩着手机,觉得鼻子又开始发酸。她极力不让自己的眼泪流出,只觉得自己浑身的力气都抽干了一般,周围的喧嚣声也慢慢变得淡薄而疏离。

徐进,徐进……她真的没想到,四年的感情在瞬间成了笑话。

直到今天,苏橙橙还记得 3 年前收到的生日礼物。那时,他们都是穷学生,徐进省吃俭用买了 9 朵玫瑰送她,内疚地说等他有钱以后一定送她一片花海。徐进毕业后就一心打拼,总是说现在不能结婚,说要给她一个最完美的婚礼。他也许会做到,但他的新娘早就易主……

徐进,你难道不知道我要的不是花海,只是你宽厚的肩膀吗?难道曾经的海誓山盟就是用来背叛的吗?

苏橙橙默默地想着,看着窗外的天色慢慢变暗,眼泪也终于忍不住滴滴落下。就在偌大的房间静谧无比的时候,一个考官终于走出考场,开始宣读被选中的名单。

"4762 号,尹晓雪;5134 号,苏橙橙……"

当苏橙橙听到自己名字的时候,有一瞬间觉得自己简直产生了幻觉。姚莉不可置信地看了一眼苏橙橙,然后冲到考官面前:"怎么没有我?我叫姚莉,是不是漏了我了?"

"是啊,有没有遗漏?"

没有被念到名字的女孩都把考官团团包围，而考官似乎见惯了这样的场面，只是一直在重复"没有遗漏"，然后不再理睬她们。考官告诉入选者，她们要在明天去市医院参加体检，体检合格者在培训合格后便是北航的空姐了。

所以，她真的打败了其他竞争对手，将成为一名空姐了吗？

苏橙橙呆呆地望着考官，还是不敢相信自己居然有这样的好运气。她挤到写着录取名单的红榜面前，一遍遍确认着自己的名字，终于激动地就要跳起来了。她尽量平复着自己的心情，昂首挺胸地从徐进面前走过，感觉到徐进的目光一直在自己身上。那目光，有诧异，有不解，可能还有一丝丝惋惜……

不过，这一切都和她没关系了。这一局，到底是她笑到了最后。

在没被正式录取之前，苏橙橙没有把消息告诉父母，第二天自己一个人偷偷去医院体检。她总以为体检只是走走过场，没想到医院体检再次掀起一片"腥风血雨"。

身高低于165厘米的，哪怕只低一毫米的都被当场淘汰。裸眼视力不达标的也没有入职的资格。苏橙橙在医院中验了血，坐了检验是否会晕机的转椅，测试了神经反射，也被脱光了衣服检测身体的肌肤是否光洁、是否留有疤痕等等，而每过一会儿她就能听到被淘汰的女孩痛苦的哭声。

在经过一系列稀奇古怪的检查后，苏橙橙被命令回家静候通知。为了避免漏接电话，她吃饭、洗澡、上厕所的时候都拿着手机，从来没有这样忐忑不安过。坐立难安的三天过去后，她苦等的电话终于打来了。她看着那个电话号码，是那么害怕这又是推销电话，会再次失望一场，深吸一口气才敢接听。然后，她的紧张逐渐消退，转为惊喜万分的笑容。

"是带好学员服和生活用品，礼拜一在北航培训中心报道是吗？好，谢谢，我不会迟到的！"

放下电话后，苏橙橙摸着胸口，觉得自己的心还在狂跳，而一切都好像做梦一样。她的父母早就好奇地迎了上来，苏橙橙抱住妈妈兴奋地大叫："妈，我当上空姐了！一礼拜后去培训！我们现在就去逛街买衣服好不好？"

"丫头，真的假的？好啊，你连这事都瞒着家里！"

"我想给你们一个惊喜啊！"苏橙橙快乐地叫道。

她想，这是她失业、失恋以来，收到的最好的消息了。

她是那么庆幸和姚莉赌气，让她有勇气挑战这份职业，取得了意想不到的结果——所以，一定要去尝试，不然梦想永远只是一个梦想而已啊！

她相信，她的明天一定会是美好又光明的。她都迫不及待地想象自己穿上淡紫色制服时的样子了。

第二章　可恶的男人·新的伙伴

1

在期待与不安中，去北航报到的日子终于到了。

报到当天，苏橙橙特地起了个大早。她洗漱完毕后，换上白衣黑裙的学员服，坐公交车到了北航培训中心。当她拖着箱子，气喘吁吁地走到北航培训中心时，一下子愣住了。

她从来没有见过那么多的美人，也从来没有看过那么多的名车。一辆辆她只在杂志上看过的车停在北航培训中心宽敞的大门前，一个个漂亮女孩矜持而高雅地从车中走出，任由身后的父母或者形形色色的男人们帮她们拖着巨大的皮箱走向报到处。苏橙橙看着她们潇洒的样子，再低头看着灰头土脸的自己，觉得她好像和这帮女人格格不入。

苏橙橙定定神，到了报到处，发现有个同样穿着学员装的女孩正在有条不紊地安排。她的脸蛋微圆，相貌并不算非常出众，但她气质干净、甜美，让人看了就产生一种亲近的感觉。她报了姓名以后，那女孩顿时露出了笑脸："我叫罗琳，是新班级的班长，也是你的舍友。我们一个宿舍，以后多多关照哦！"

"是吗，真是好巧。宿舍里还有谁？"苏橙橙兴奋地问。

"一个叫江媛,一个叫尹晓雪,她们都已经入住了。你在这里签字,去行政部领取上课用的书包、领结,下午正式开始上课。我们一会儿宿舍见哦!"

"好,一会儿见。"

当苏橙橙到达北航培训中心为她安排的宿舍时,发现四人住的宿舍果然已经来了两个人。眼见苏橙橙到来,一个睡在上铺的女孩对苏橙橙笑着打招呼,而另一个女孩只是淡淡看了她一眼,专心地在脚上涂着指甲油。

"你好,我叫江媛。你叫什么?"上铺的女孩问。

"我叫苏橙橙。"

"橙橙,你好!她叫尹晓雪。"江媛笑着一指那个涂指甲油的女孩。

"尹晓雪你好!"

"嗯。"

苏橙橙热情打招呼,但尹晓雪只是淡淡地一笑,然后继续细心地为雪白的脚涂着鲜红色的指甲油。尹晓雪的皮肤洁白细腻,眼睛微微上挑,冷漠中又偏偏带了魅惑的气质,容貌极美,是苏橙橙见过的最好看的女孩。苏橙橙忍不住一直盯着她鲜红的豆蔻看,第一次发现原来一个人的脚也是能生得那么好看的,就好像白玉雕成的一样。

可是,她的性子还真是冷,应该有些不好相处吧,苏橙橙暗想。出于礼貌还是与尹晓雪打了个招呼。她把行李放好后就坐在床上休息,江媛倒是与她攀谈了起来。

经过交谈,她知道那个容貌很是恬静的女孩江媛今年23岁,也和她一样是半路出家,不是出自专业的民航院校。相同的经历瞬间拉近了她们的距离,她们正商量着中午去哪里吃饭的时候,罗琳回来了。

"橙橙,小媛,中午和我一起去吃饭好不好?我男朋友请你们去培训中心的酒楼里吃饭。"

一进门，罗琳就笑眯眯地提出了邀请，而苏橙橙与江媛互看一眼，都有些意外。苏橙橙纠结了片刻，终于忍不住问："你男朋友？培训中心不是外人不能入内的吗？"

"我男朋友不是'外人'，是我们公司的安全员，我们已经交往两年了。"罗琳笑着解释，"走吧，吃饱饭才能在下午更好地上课啊！尹晓雪，你也一起去吧。"

"我不去了。"尹晓雪一如既往地平淡。

"那我们走吧。"

罗琳招呼尹晓雪去吃饭也只是随口客气一下，如果尹晓雪真的答应她倒也有点为难。所以，她一点也没生气，拉着江媛与苏橙橙的手就出了门，与她们一起走到了培训中心的酒楼。罗琳带着她们，轻车熟路地往里走着，时不时和正在用餐的空姐们打招呼。

"姐好！"

"姐好！"

罗琳孜孜不倦地对每个人打招呼，都称呼对方为"姐"。苏橙橙心中疑惑，而江媛忍不住问："罗琳，你认识她们吗？"

"不认识——怎么了？"罗琳笑靥如花地反问。

"不认识为什么要打招呼，又为什么要喊她们'姐'？"

"在乘务队里，比自己资格老的都要喊她们'姐'，见面不管认识或者不认识的都要打招呼，这也是基本的礼貌。你们连这个都不知道吗？"

"不知道。"江媛老实地说道。

"你们不是民航学校毕业的，可能是不知道乘务队的规矩。没事，时间长了就会慢慢了解。"罗琳骄傲又有些疏离地微笑，"我男朋友就在前面，我们过去吧。"

坐在靠窗的位子上的是一个身穿白衬衫、黑西裤，肩膀上有着一条横杠的肩章的男子。他的长相虽然不是令人一见就难以忘怀的英俊，但是气质温和，让人看了就觉得放心。罗琳一见到他，就甜甜地笑着，习惯地搂住了他的臂膀，向他介绍："这是江媛，这是苏橙橙，都是我的舍友。老公，你以后和她们一起飞的话，一定要好好照顾哦！"

"那是当然。两位小姐好，我叫何江，是北航的安全员。以后有什么需要帮忙的，可以找我。"

"谢谢！"

江媛红着脸道谢，而苏橙橙却有些沉默。她不是一个多心的人，但是罗琳方才在瞬间的气势凌人与现在的甜美温柔好像两个人一样，让她有些迷茫。她沉默不语地吃着饭，罗琳却突然帮她夹了一块鱼。她抬起头，只见罗琳对她微笑："橙橙，你吃得太少了，这里的鱼不错，你尝尝哦。"

"啊……谢谢！"

苏橙橙看着罗琳。她发现，罗琳的容貌并不是极美的那种。她的眼睛不大，嘴唇微厚，没有尹晓雪的高贵妩媚，也没有江媛的清丽可人。但是，她微笑的样子是那么好看，就好像水嫩的桃子一样，甜美到能渗出汁水来。她的笑容驱走了苏橙橙心中莫名的不自在，而罗琳一把抓住苏橙橙与江媛的手，柔声说："橙橙、小媛，以后我们就是好同学、好同事了。我们一定要顺利通过考试，一齐放飞！加油！"

"加油！"

四只晶莹剔透的水晶杯互相撞击，发出了悦耳的声响。苏橙橙微笑着望着罗琳、江媛这两个报到第一天就认识的好姐妹，觉得自己此刻是那么幸福。

就算没有爱情了，又怎么样？她好歹还有最珍贵的友谊。就算她再不甘心、再难过，但过去的事情已经过去了，徐进也到底在她的生命中只是一个过客而已。其实，她要感谢徐进的背叛与姚莉的嘲讽，使她鼓足勇气挑战自己，实现了万千女孩心中的梦想。

而从现在起,她不再是那个卑微而怯懦的失业女孩了。她的职业是乘务员。

她是翱翔在3万英尺之上的美丽而优雅的乘务员。

2

北航新来的20名女孩分别住在5个宿舍里。她们现在只是学员,只有培训合格了,拿到结业证书,才是真正的北航的乘务员。虽然每年的培训中,都有人因为考试不过或者是不服从生活管理而被淘汰,但女孩们没有一个认为淘汰的事情会发生在自己身上,对未来充满了无限希望。

下午的培训课程就要开始了,女孩们都身穿整齐的学员服,有说有笑地进了培训中心的教学大楼,坐电梯上了五楼的教室。规定的上课时间是1点整,许多人都迟到了,而苏橙橙等人因为罗琳执意早走而没有迟到,她们已经早早在教室坐好。

1点10分的时候,所有人员终于全部到齐。她们的心情都很好,和周围的人谈天说地。教室也一直闹哄哄的。见状,她们班主任——一个中年男子——的脸色慢慢变暗,终于清清嗓子,低沉地说:"大家静一静。我叫王伟,是大家这一个月学习中的班主任,负责管理各位的学习与生活。这次培训所学科目有35门,所有课程要在一个月内完成,有两科成绩不及格就会被退学——在前几批的培训中,也有些学员因为考试不合格或者违反了培训时的管理规定被劝退,所以请大家遵守培训时的规章制度,不要自寻烦恼。我将下发管理规定,请大家认真查看,不要被扣分。"

王伟说着,把讲台上的一叠纸张发了下去,大家拿着纸,都开始惊叫起来。什么培训期间不得8点以后外出啊,不得夜不归宿啊,不能涂有颜色的指甲油啊,甚至上下楼的时候连电梯都不能坐……苏橙橙看着这些令人匪夷所思的规定,不由自主地看了尹晓雪一眼,眼睛也仿佛能透过她的高跟鞋，看见她鲜艳的脚趾甲一样。

"现在，各位同学应该已经把各项规章制度看清楚，也知道每违反一次规定会被扣除1～5分不等，扣除5分的学员直接劝退。下面，我就宣布早上报到与现在开班会迟到的人员名单，各处以1分的扣罚。刘娜、尹晓雪……"

"老师，不是吧！我根本不知道迟到会扣分啊！"

"能不能不要扣分？"

方才还在嬉闹的女孩们一听要扣分都慌了，急忙哀求王伟，但王伟理都不理，把本子一合，就离开了教室。因为被扣分的关系，有几个女孩心有不甘地就要追去门去，而就在这时，教导她们礼仪的教员已经推门而入。

这个教员是一个四十来岁，头发梳得光洁整齐，身材高挑的女人。她一见教室乱糟糟的，眉头微微皱起，温柔却有威慑力地说："各位同学，现在开始上课。如果大家再不安静下来，我就要对各位进行扣分的处罚了。"

"是……"大家都有气无力地说道。

苏橙橙一直注意着尹晓雪，发现她被扣分时显得毫不在意，但在见到教员的时候手一抖，竟然把笔记本掉在了地上。就在尹晓雪弯腰捡笔记本的时候，苏橙橙感觉到一股目光袭来，抬起头，发现陈教员居然也一直看着尹晓雪。陈教员的目光悠远而深邃，眉头微微皱起，好像在看一位故人，又似乎有些厌恶。苏橙橙有些好奇，但她并没有时间过多思考——她们的第一场培训已经开始了。

"各位同学，你们的第一堂课就是礼仪、化妆课程，由我来指导。"陈教员不再看尹晓雪，开始上课，"作为一名乘务人员，首先展示给乘客看的便是你的仪容仪表。当你穿上制服时，你的美丽与否代表的不是你的个人形象，而是整个公司的形象。所以，这堂课我会教大家如何化出符合标准的妆容、梳出符合标准的头发。明天与后天的礼仪课上，我将教大家如何站立、行走、鞠躬、问好以及微笑。"

"什么？微笑也要学吗？"苏橙橙不禁问道。

苏橙橙自己都没想到，她居然不受控制地把心里的疑问脱口问出，脸开始发烫。她能感觉到大家的目光都集中在自己身上，只觉得如坐针毡。而陈教员看了苏橙橙胸前的姓名牌一眼，眉头微皱："苏橙橙同学，你觉得自己的微笑符合标准吗？"

标准，标准，又是标准！化妆、头发符合标准也就算了，微笑怎么符合标准？难道还规定嘴巴要咧多大不成？苏橙橙暗想。

"回答我。"

"应该……符合标准吧。"苏橙橙不确定地说。

"那好。现在，就请苏橙橙同学走到台前，为大家展示微笑。"

陈教员平静地说着，苏橙橙只觉得脑中一片空白。她坐在椅子上不肯起身，陈教员严厉地重复："苏橙橙，走到台前。"

"橙橙，你还是去吧。"罗琳悄悄说，"这个教员是出了名的严格，得罪她可有你受的。"

"唉，真倒霉。"苏橙橙轻声说。

苏橙橙心中暗暗骂自己的多嘴多舌，缓缓站起身来，慢慢走到台前。她站在讲台后，望着台下托着腮望着她的女孩们，很想微笑，却怎么也笑不出来。

"苏橙橙同学，请加快速度。难道你想被扣分吗？"

望着神情严肃的陈教员，苏橙橙郁闷地叹气。她努力调节自己面部的肌肉，尽量让自己微笑，但由于心情紧张，她的笑容非常僵硬。望着苏橙橙苦笑的模样，台下传来了女孩们善意或者是嘲讽的笑声，苏橙橙也恨不得自己当场化为空气，可以不要面对这样尴尬的局面。在她尴尬万分的时候，陈教员终于放过了她："谢谢，你可以回到座位上了。大家觉得苏橙橙同学的笑容怎么样？"

"很尴尬。"

"不好看。"

大家都七嘴八舌、毫不留情地评论苏橙橙方才的表现，而苏橙橙紧紧咬住嘴唇，心里是说不出的难过和气愤。陈教员淡淡看了她一眼，突然也微笑了起来。

陈教员并不年轻，笑起来的时候眼角的鱼尾纹也缓缓舒展开来。虽然她并不是令人惊艳的美丽，但是她的笑容就好像和煦的春风一样温柔，让人看了就觉得温和可亲。苏橙橙望着陈教员，忘记了自己刚才受到的羞辱，第一次发现一个人微笑的样子竟然能这样好看。可是，没等她感慨完毕，陈教员又恢复了严厉的神色："苏橙橙同学的微笑并不是发自内心，又没有经过专业的训练，自然会给别人尴尬、不情不愿的感觉。标准的微笑，是要露出8颗牙齿，眼神注视对方，目光清晰、柔和。我们作为乘务员，要让每一个旅客都感觉到宾至如归，微笑是最基础的课程。现在，大家还觉得学习微笑、行走是不必要的课程吗？"

众人都沉默，没有人再敢质疑这门课的重要性。

"那好，我们继续上课。"陈教员说。

当3个小时的化妆课程结束后，苏橙橙终于松了一口气。女孩们都说说笑笑地走下楼去，她慢慢地走在最后，一想到第一天上课就被教员批评，她就觉得羞愧难当。经过橱窗的时候，她随意一瞥，就被橱窗里的一排照片吸引住了目光。

这些照片是北航客舱部历年先进工作者的工作照，她们基本上都是30～40岁之间的身穿黑色制服的资深乘务长，只有一个是身穿淡紫色制服的乘务员，也显得格外显眼。她容貌极其漂亮，巧笑嫣然。苏橙橙呆呆地看着她，而罗琳走到她旁边笑道："漂亮吧！她叫苏婉，可是北航的传奇人物。她不光长得好看，性格温柔，还毕业于名牌大学，后来去法航交流学习去了。听说，她在去年的全球空姐大赛中得了名次，很多航空公司都想挖她，甚至娱乐圈也想叫她出道。"

"哇，她真的好漂亮好有气质。如果和她一起上班，我肯定会不敢出现在旅客面前。"苏橙橙羡慕地说。

"哈哈,你想和她一起飞都不一定有机会,因为她现在可是在法国,就算回国了,她飞的可都是精品航线。对了,我听我男朋友说,据说苏婉之前有个男朋友也是北航的,可他们后来好像分手了。"

"谁是她的前男友?我们以后会遇到吗?"江媛好奇地问。

罗琳皱眉:"我也不知道,我怎么问他都不肯说,还说什么北航里都没人敢提这件事——不管怎么样,和我们也没什么关系啦。肚子好饿,去吃饭吧。"

"我要吃酸菜鱼!"

苏橙橙与舍友们开始讨论午饭要吃什么,说说笑笑地去了食堂,把这件事忘到了脑后。当时的她怎么会想到,自己有一天也会成为橱窗里的人物,而且还和那些人发生了那么多故事。

3

在食堂吃完饭后,罗琳出去约会了。回到宿舍,她们发现尹晓雪不见了踪影,整个宿舍就剩下她与江媛二人。苏橙橙躺在床上,百无聊赖地拿手机聊微信。江媛则对着电话撒娇:"老公你要来看我吗?不,不要买东西了,我不爱吃零食,而且想吃的话直接去超市买就好了。放心,我一定会早睡的,你也认真上课,不要挂科哦!"

江媛挂断电话后,脸上还一直挂着甜蜜的微笑,让她恬静的面容多了几分令人心动的美丽。苏橙橙忍不住问:"江媛,你在和男朋友打电话吗?"

"是啊。他这个礼拜会来看我。"江媛幸福一笑,"橙橙你呢?你有男朋友吗?"

"有啊……不过前不久分了。"苏橙橙轻声说。

"为什么?"江媛瞪大了眼睛。

"他嫌弃我人老珠黄就另寻新欢喽。"

虽然生活已经掀开了新的篇章，但"徐进"这两个字就好像是她心里的一根刺，轻轻一碰就会鲜血淋漓。苏橙橙一想到那场失败的爱情，就忍不住难过起来，江媛急忙安慰她："什么啊！你长得那么漂亮，一定是男人喜欢的类型，怎么可能被人甩？如果被甩，那也是他没眼光，这样的男人有什么好要的。"

"是啊，他没眼光，你有什么好想的。"罗琳笑眯眯地推门而入，"橙橙，我男朋友也和我说你五官很精致，是个大美女呢！"

"你们就别笑话我了……"苏橙橙觉得脸开始发烫。

"对了，晚上你们有没有空？有人请我们去泡吧。"罗琳问。

"泡吧的话我就不去了。"江媛挺不好意思地拒绝，"我从来没去泡过吧，而且我男朋友知道的话会不高兴的。"

"不告诉他不就行了吗？怎么，不给我面子啊？"

罗琳说着，嘴巴一撅，脸颊鼓鼓的，看起来好像有点生气。苏橙橙与江媛对看一眼，吐吐舌头，都无奈地说："好，好，听你的就是。可是8点要查房，我们不在怎么办？"

"放心，查房只是形式主义，不会查到我们不在的。你们快去化妆，半小时后我们出发！"

"知道啦，大小姐。"苏橙橙和江媛齐声说。

半小时后，她们都装扮完毕。苏橙橙穿着衬衣和牛仔裤，把头发扎成了马尾，非常清纯。而江媛则换上了修身连衣裙，端庄大气。她们两个人都觉得自己打扮得还不错，但看到罗琳居然穿着吊带背心和热裤的时候，顿时觉得自己的衣着好像有些土气。苏橙橙忍不住问："罗琳，你打扮得很漂亮，可你不会冷吗？"

"不会啊，我不怕冷。而且，酒吧里很热，到了你们就知道啦。"

罗琳说着，带着她们偷偷摸摸地从宿舍溜出，飞快地上了出租车。出租车在本市最豪华的酒吧"夜色"门口停下，苏橙橙跟着她们走了进去，只觉得满眼都是纸醉金迷，震耳欲聋的音乐更是让她脑袋都发胀。她紧跟在罗琳身后，到了一个豪华的卡座里。喧嚣的音乐声中，罗琳对几个看起来颇有年纪的中年男子微笑："王总，对不起，我们迟到了一会儿。对了，这两位是我们的同事，也都是空姐。王总、杨总、李总，你们可不能欺负她们哦。"

"当然不会了！琳琳的姐妹就是我们的姐妹，怎么会欺负她们呢？"有个男人立马说。

"呵呵，那就好。对了王总，你不是说给我从法国带包包了吗？在哪里呀？"

"琳琳你放心，你的事情我怎么都不会忘啊，你看看满意不满意。"

那个叫"王总"的男子大约40岁年纪，戴着金丝眼镜，身体有些发福，头顶上的头发已经掉了不少，在灯红酒绿的酒吧中显得格外闪亮。眼见罗琳发话，他急忙把放在沙发上的一个褐色纸袋送到罗琳手中。罗琳笑眯眯地接过纸袋，表情非常满意，但口中却说："真是谢谢王总啦！两万五是吗，我回头取了钱给你。"

"不用不用！"王总摆手，"也没多少钱，你和我还客气什么！"

"王哥真好。"罗琳甜甜地笑着，"王总"也立马荣升为"王哥"。

罗琳笑着接过印着 Louis Vuitton 的包装袋，看似漫不经心地把它放到一边，然后坐到了王总身边，与他喝酒、划拳。王总的手时不时地摸上她的肩膀，她也不介意，笑容一如既往的甜美。酒吧的气氛让苏橙橙很不适应，她与江媛都傻傻地坐着，都有点手足无措，也不断回绝其他两个男人的敬酒。江媛时不时看手机，终于忍不住问："罗琳，我们什么时候回去啊？都10点了，明天还要上课呢。而且，我男朋友也会担心……"

"好啦，难得出来一次，没关系的。你放心，查房的老师今天回家了，我可是把消息打听清楚才带你们出来的呢。两位大小姐，麻烦你们给点面子成不？"罗琳说着，一把抢过江媛的手机，半开玩笑地说，"不许和你的男朋友联系了。今晚我们好好玩。"

酒吧里的空调开得很高，罗琳身穿吊带衫和热裤，姣好的身材简直呼之欲出。酒吧忽明忽暗的灯光下,她带闪粉的烟熏眼妆忽闪忽闪,一双眼睛显得格外魅惑与妖娆。她自顾自地把江媛的手机关机后放进包里,逼着苏橙橙喝酒,苏橙橙为难地说:"罗琳,我不会喝酒。"

罗琳放下酒杯,在她耳边轻声说:"橙橙,你别傻了!这几个都是公司的大老板,你认识他们对你很有好处。"

"罗琳,那个王总不是你哥吧?"苏橙橙问出了纠结许久的问题。

"他那么大年纪怎么可能是我哥?"罗琳轻蔑地一笑,然后在苏橙橙耳边轻声说,"他啊,只是想占我便宜的老色狼罢了……"

罗琳说得这样直白,苏橙橙倒不知道该如何回答了,突然觉得自己根本不认识这个舍友。这时,江媛终于受不了别人的殷勤敬酒,喝了几杯,苏橙橙也推辞不过,喝了几大杯酒。她没想到那些入口甘甜的洋酒后劲会那么大,很快就觉得头晕目眩,意识也有些不清了。她有些难受地摸着自己涨得酸疼的太阳穴,想起身走向洗手间,听到罗琳说:"橙橙,等等我,我和你一起去洗手间。"

罗琳拉着苏橙橙的手往洗手间走着,一路上撞到了好几个人。到了洗手间后,苏橙橙忍不住呕吐起来,意识也终于清醒了一些。罗琳说她肚子有些疼,让苏橙橙先走,苏橙橙只能一个人往回走去。

一路上,酒吧的喧嚣与酒精的麻痹让她的意识越来越模糊,也让她强迫自己快乐起来的心越发的孤寂。欢乐的舞者、震耳欲聋的音乐让她恍如隔世,她不由自主地想起了徐进,想起了在寒冷的冬夜中握着她的那双温暖的手……可她知道,她到底是一个人了。

苏橙橙的情绪突然那么低落,没想到一个喝醉的男人突然直直向她撞来。苏橙橙躲闪不及,一股巨大的冲力让她不由自主地后退一步,不偏不倚地正坐到后面的沙发上,而那个男人居然也向她压来。他们的额头撞到一起,男人身上的酒气与淡淡的烟草味迎面而来。她终于看清了那个男人的脸。

"是你?"苏橙橙认出他是那天不肯带她去面试地的奥迪车主,不由得脱口而出。

"你认识我?"林瑞有些怔然地看着被自己以暧昧的姿势压倒的女人,然后终于想了起来,"噢,你是那个在机场打自己男朋友,还在快车道走路的女人啊……"

"什么?"苏橙橙一愣,然后迅速反应过来,"好啊,那天撞我的人就是你!你撞了我,还不肯帮我,让我迟到!混蛋,你快起来!"

苏橙橙气急败坏地一直去推林瑞,但林瑞纹丝不动。就在这时,林瑞的朋友们也围了上来,看到林瑞有这样的"艳福",都肆无忌惮地开起了玩笑。

"哈哈,林瑞你这小子真是艳福不浅啊!居然这样也会撞到一个美女!"

"美女,这也是一种缘分,和我们一起喝酒吧!"

几个男人把他们包围了起来,神情都非常暧昧。苏橙橙狠狠瞪了他们一眼,挣扎着起身,但身上一点力气都没有,竟然怎么也爬不起来。林瑞淡淡一笑,一手把她拉起,在她耳边说:"抱歉,几个哥们儿开玩笑,推了我一下,我一时没有站稳。你没事吧?"

"算了。"苏橙橙心中厌恶,冷淡地摆手。

"我叫林瑞,不知道你的名字是……"

"没必要告诉你。"

苏橙橙虽然不讨厌男人抽烟、喝酒,但是她对于这个"见死不救"的俊美男子真是一点好感都没有。她拍拍衣服,希望把身上的烟味去除,就在这时,她的身后突然传来了一个熟悉的声音。

"橙橙,你怎么在这?"

罗琳突然站在了她身后。她望着一脸淡漠的苏橙橙,再看看林瑞,突然捂住了嘴巴,惊讶地叫出声来:"林瑞机长……"

"你认识我?"林瑞眉头微皱。

"你好,我叫罗琳,是这批新进的学员。"罗琳大方地介绍,"她叫苏橙橙,也是学员,和我一个宿舍。"

"居然是未来同事。"林瑞若有所思地笑了,"不过,我记得学员是不能超过8点回宿舍,也不能出入酒吧的吧。"

"林机长不会告状吧?"

罗琳心中一惊,歪着头,一脸天真无邪地等待着林瑞的回答。林瑞看看她,再看看一脸不耐烦的苏橙橙,终于笑道:"当然不会。"

"谢谢林机长!那以后请您多多关照哦!"

罗琳没想到传说中淡漠而不近人情的机长林瑞居然长得那么英俊,还这样好相处,一下子乐了。她和林瑞站在舞池前热烈地聊了起来,又结结实实喝了几杯酒,身体不住摇晃,连站都站不稳了。苏橙橙看手机上的时间已经是11点半了,忍不住打断了他们的交谈,拉着罗琳的手说:"我们回去吧,明天还要上课,迟到不好。"

"现在就走吗?可是……"

"再见。"

苏橙橙说着,不顾林瑞等人的反应,一把拉着罗琳就走。罗琳虽然挺不乐意,但见苏橙橙坚持,也只好随她一起离开。罗琳坚持给那几个男人打了招呼,才和苏橙橙、江媛一起往门口走去,而一回到宿舍,在酒吧里还很强势的苏橙橙顿时就陷入了梦乡。

以后再也不喝酒了。这是她失去意识前,脑中最后一个想法。

4

虽然昨晚在酒吧彻夜狂欢,但第二天一大早的课还是要按时上的。

早上7点,宿舍里响着震耳欲聋的闹钟声,她们艰难地爬了起来,个个都萎靡不振,哈欠连天。与她们的疲倦成为鲜明对比的是,当她们醒来的时候尹晓雪已经喝完蜂蜜水,在镜子前化妆了。

江媛与罗琳都在洗手间洗漱，苏橙橙只好在床上静静等她们梳洗完毕后自己进去梳洗。她百无聊赖地看着尹晓雪化妆，越看越觉得尹晓雪实在太漂亮了。

苏橙橙想，尹晓雪应该是她们这批学员中最好看、最有钱，也是最高傲而不合群的女人了吧。她的所有护肤品、化妆品都是世界顶级品牌，动辄上千，就连那个看似简单的四色眼影盘都据说是Channel的圣诞特别版，全球只限量发行500套，就算有钱也不一定买得到。苏橙橙只觉得尹晓雪雪白的皮肤就好像陶瓷一般，晶莹剔透，嘴唇也在灯光下发出淡淡的光泽，简直是说不出的水嫩诱惑。她呆呆地看着尹晓雪，心想这女人漂亮得真是去拍电影也可以了，而尹晓雪突然回过头来，微微皱眉，看不出喜怒地开口："你为什么偷偷看我？"

"啊？"苏橙橙愣住了。

"我不喜欢别人这样看我。"尹晓雪说。

"可我觉得你很好看，当然要多看几眼了——不行啊？"

"你……"

就算是再高傲的女人也喜欢别人夸赞自己的容貌，尹晓雪也不例外。听到苏橙橙的回答，尹晓雪打了腮红的脸微微一红，极力想保持以往的淡漠，但到底是控制不住，笑出声来。她的笑容很美，苏橙橙傻傻地看着她，而她突然说："昨晚去酒吧了，对吗？"

"是啊，你怎么知道？"苏橙橙有点心虚地问。

"你们那么晚回来，又一身酒气，是个人都会知道。"

"吵到你休息了，真是不好意思。"

苏橙橙急忙道歉，尹晓雪沉默一会儿，还是轻声说："我是无所谓。但是，你和江媛还是不要和罗琳走得太近。不然的话，你们怎么被卖都不知道。"

"你说什么？"

苏橙橙心中一惊，正想继续问下去，但罗琳与江媛说说笑笑地出了洗手间。尹晓雪见状不再多说,苏橙橙也不好再问,只是暗暗打定主意要私下找尹晓雪问个清楚。

她们四人提前到了教室,发现大家都来得很早,没有一个人敢迟到。陈教员今天教她们站立、行走、鞠躬、蹲下等动作,自己先做了示范,然后让她们每四个人组成一个小组,在自己面前演示一遍。

"您好,欢迎登机。"

"我来帮您放行李好吗?"

"这是您的笔,请收好。"

"很抱歉。"

北航规定,若是一般的致意鞠躬15度,致礼时鞠躬30度,而道歉的时候就要鞠躬45度了。她们面对面站着,随着口中所说的话语做出不同角度的鞠躬。苏橙橙心中觉得这样的演练十分傻气,但见与她同组的尹晓雪一脸认真、目不斜视的样子,也只得随着众人整齐的声音一起行走、下蹲、鞠躬……

"喂,你们觉不觉得我们好像古代宫廷的秀女一样?"苏橙橙趁着两个人都在鞠躬时,低声问尹晓雪。

"啊?"

"我们的体检就像验身一样,而现在学的走路、鞠躬真的很像秀女学规矩。尹小主,你说对不对?"

"认真练习吧,苏小主,不然又要被骂了!"尹晓雪淡淡一笑。

于是,苏橙橙小主与尹晓雪小主三步一下蹲、四步一鞠躬地认真练习,其他小主们也都很勤奋。苏橙橙的话早在大家中间传开,她们偶然目光交错时都会心一笑,沉闷的课堂也终于多了一丝活力。然后,她们很快就迎来了随堂考。其他小组都一次过关,让苏橙橙慢慢放松了心情,却没想到轮到自己时会那么难熬。

"鞠躬的时候,腰要保持挺直,不能浑身软绵绵的好像没有骨头的虾一样。再来一遍。"

"角度不对，再来一遍。"

苏橙橙和尹晓雪一次次地重复枯燥的动作，苏橙橙自认为自己和别人做得没什么差别，真不明白为什么一次次都被陈教员教训。苏橙橙强压住心中的怒火，和尹晓雪一起鞠躬了有整整10遍，陈教员才放过了她："总算有点模样了，回去后还要勤加练习。"

"是，陈教员。"苏橙橙几乎咬牙切齿地说道。

当一天的学习终于结束时，大家三三两两地下楼梯回宿舍，都已经累得连说话的力气都没有了。一进宿舍，苏橙橙立马倒在了床上，不住敲打着自己的腰部和大腿，苦着脸说："惨了，我得罪了那个陈教员，看来她盯上我了，处处和我为难。"

"是啊，她是出了名的严厉，橙橙你以后有的受了。"罗琳同情地说。

苏橙橙郁闷地托着下巴："喂，大家帮我想想办法好不好！她的课还有一个礼拜，我怎么才能熬过去啊？"

"谁让你上课的时候说话，质疑陈教员的权威？"尹晓雪轻哼，"这个教员可不是省油的灯，你以后自求多福吧。"

苏橙橙一愣，无奈地看着尹晓雪，在江媛那找安慰："江媛，你也不帮我说话，真是太没义气了。咦，你怎么了，江媛？"

苏橙橙突然发现江媛的脸上有泪痕，愣愣地看着她，却见江媛"哇"的一声哭了起来。大家都不敢说话，只听江媛抽泣着说："怎么办才好……我的手机昨天被小琳拿走了，回来忘了和男朋友报平安就睡觉了，早上也来不及给他打电话。我刚才和他联系，他居然说要和我分手！"

"分手？不是吧！"苏橙橙捂住了嘴巴。

"无论我怎么解释他都不听，他现在已经关机了——他以为我彻夜未归，以为我当了空姐之后就去认识那些有钱人，不愿意和他在一起了！他怎么能这样！难道我和他五年的感情都是假的吗？"

江媛说着，放声大哭。苏橙橙心里难过，只能默默为江媛送上纸巾，而罗琳把电脑一合，气愤地说："他也太小气了吧！你男朋友是不是还在上学？"

"是……怎么了？"江媛抽泣着问。

"分了吧。"罗琳断然地说，"只是一个穷学生罢了，没啥前途，脾气也不好，你跟他做什么？早分早了事。"

"你……你说什么？"

江媛停止了哭泣，呆呆地看着罗琳，苏橙橙也愣住了。尹晓雪冷冷地看着罗琳，而罗琳笑道："你别不信我的话，我可是为了你打算——我们现在只是学员罢了，但以后一年收入10万打底，认识的人也会很多。你真的能忍受自己的男朋友赚的钱比你少，甚至还要你养活？"

"他，他很有潜力……"江媛讷讷为男友说好话。

"所谓的'潜力'只是男人欺骗女朋友，或者是女人自欺欺人的说法罢了。"罗琳冷笑，"他都不知道自己的未来会怎么样，凭什么照顾你，担起男人的责任？江媛，趁着自己年轻漂亮的时候好好打算下，不要傻了。"

"知道了，我会考虑下的。"江媛强忍着泪水说道。

苏橙橙看着罗琳，再看着江媛，心里很乱。在踏入这行之前，她从没想过恋爱与分手会是这样一件简单的事情，也不知道自己的观点和罗琳的观点到底谁对谁错。她只希望江媛能快点走出来，因为她知道失去爱情时有多么痛彻心扉。

第三章　夜不归宿·被开除的危机

1

苏橙橙一直暗暗为江媛担心,没想到江媛与男友没过几天就和好了。在周末来临时,江媛羞涩地说今晚不回宿舍了,一脸甜蜜地和男友去约会。尹晓雪也不见了踪影,宿舍里只剩下罗琳和苏橙橙两个人。苏橙橙看到罗琳一直在对着电脑笑,忍不住八卦地问:"罗琳,你为什么不和你男朋友约会?"

罗琳一边看着屏幕,一边漫不经心地回答:"他这个月都在外地帮飞,下月才回来。"

"哦。"苏橙橙点头,终于明白她为什么会那么放心大胆地出去泡吧。

"橙橙,你和林机长认识吗?"罗琳突然问。

"哪个林机长?"

"林瑞机长啊,就是我们在酒吧里认识的那个男人。"

苏橙橙面前浮现出林瑞的样子来,撇撇嘴:"他啊……我们不算认识吧。"

"可你们看起来好像很熟。"罗琳疑惑地说。

"真的没有,只是有次在路上恰好碰上,打过照面罢了。怎么,你认识他？"

苏橙橙好奇地看着罗琳，罗琳叹气："我怎么会认识这样的人啊……"

"他很有名吗？"

"是啊。"罗琳点头，"你知道北航的老总是谁吗？"

"谁？"

"林家昌。"

"是吗，不认识。"苏橙橙还是不明白罗琳为什么突然说这些。

"他是林瑞的父亲。"罗琳的手指轻轻点到苏橙橙的额头，"林瑞是全公司最年轻有为的机长，光年薪就有百万，他的父亲又是公司最大的领导，北航也迟早是他的。所以，虽然他一向对女孩冷淡，但还是有很多空姐倒追他，希望可以去林家做少奶奶。"

"那和我们有什么关系吗？"

"没什么……和这样的人要处好关系才好。"罗琳意味深长地说。

"我只想安心工作，想那么多多累啊。对了，你和尹晓雪的关系是不是不好？"苏橙橙试探地问。

"被你看出来了。"罗琳淡淡一笑，点头承认，"我们是一所民航大学毕业的，上学的时候就关系不算好。她是大小姐，当然看不起我这个乡下姑娘，我也不喜欢这样高傲的女人，所以我们确实没有什么话好说的。"

苏橙橙劝罗琳："你们是同学，又是同事，多有缘分啊。能好好相处的话，还是试着相处一下吧，毕竟以后见面的机会还很多。"

"她根本不想见我，因为我知道她的底细。橙橙，你不知道她是一个已婚男人的小三吧。"

"什么，不会吧！"

苏橙橙无法想象尹晓雪居然是婚姻的破坏者，瞪大了眼睛，不可置信地望着罗琳，而罗琳却暧昧地笑笑，任凭苏橙橙怎么追问都不再往下说了。罗琳接了个电话,然后问苏橙橙:"晚上有人请我们吃饭,你去不去?"

苏橙橙急忙拒绝:"明天要考机械常识,那么多题目我可看不过来,你自己去吧。"

"好吧,那我去了。"

罗琳说着,就开始化妆打扮,然后出了宿舍,而苏橙橙就在床上背着理论知识。这些知识对于罗琳、尹晓雪、江嫒这三个民航学校毕业的姑娘来说并不难,但苏橙橙是第一次接触这些,未免有些力不从心。

苏橙橙终于把书背完以后,天色已经很晚。她一个人待在空荡荡的宿舍里,夜晚的宿舍在白炽灯的照射下显得格外空旷,苏橙橙只觉得一种突如其来的寂寞突然侵袭全身,让她浑身冰冷,呼吸都有些困难了。她打开电脑,开始看喜欢的动漫,他们夸张的笑声让她越发难过。她捂住胸口,只觉得心里空荡荡的,仿佛都能听到寂寞的回音。

算起来,她与徐进分手已经有一个月了。

虽然培训中心忙碌的生活能让她暂时忘却分手后的痛楚,但每当夜晚到来时,那种生命中仿佛缺失了一块的感觉又会藤蔓一般缠绕她的心灵。就算她对徐进早就没有了当初交往时的迷恋,早就把他驱逐出了自己的生活,但见到宿舍里的其他人与男友恩恩爱爱的样子,到底还是觉得缺失了什么。

不知道徐进现在怎么样。

就算是与那个模特女友再恩爱,但当他经过他们一起牵手走过的路上,坐在他们一起看过电影的电影院中,他也应该会偶尔想起她来吧。他会不会对她有一点点内疚?一点点,只要一点点就好!时至今日,她都没听他说一声"对不起",她好不甘心!

不,不,都已经分手了,还想这些做什么?苏橙橙,快点清醒过来!

苏橙橙苦恼地摇晃着脑袋，企图把脑袋中不该有的混乱思想通通赶出去，就在这时，手机突然响了。听到熟悉的手机铃声，苏橙橙的心猛地一跳，居然那么期盼这个电话是徐进打来的。她慢慢拿过手机，发现手机屏幕上闪烁的是妈妈的电话号码，有些失望，又松了一口气。

"妈……"

苏橙橙刚接通电话，妈妈的怒吼就传了出来："橙橙，这个周末怎么不回家？死丫头真是翅膀硬了，是不是？"

苏橙橙忙解释："妈，不是啦！最近学校很忙，我要温习……"

"胡说！我明明听到有人说话的声音！"

"那是电脑里放的片子的好不好！"

"哦，原来你不是在复习，是在看片子啊……"苏母意味深长地拖长了语调。

"妈，我错了。"苏橙橙哭丧着脸，心中再一次感慨姜果真还是老的辣。

"下个周末一定要回来啊！带上徐进，妈妈给你们做好吃的。"

徐进……

再一次听到这个名字时，苏橙橙虽然想极力让自己平静，但心还是止不住一疼。她紧咬嘴唇，然后故作欢快地说："妈，忘记告诉你了，我和徐进分手了。"

电话那头沉默了。

这场沉默持续了很长时间，如果不是能听到电话那头沉重的呼吸声，苏橙橙几乎以为妈妈遭遇了绑架。她紧握着手机，紧张地等待着妈妈的反应，而妈妈终于轻轻叹道："早就觉得你们之间有事，没想到居然分手了……橙橙，这么大的事情为什么不和妈妈说？"

"妈，我想自己解决。"苏橙橙轻声说。

"你这丫头，从小到大都是这样，所有的事情都闷在心里，让别人想帮也帮不了。是徐进对不起你吧？"

"妈！"

"我知道你人傻，心痴，一定是徐进做了对不起你的事情。橙橙，这样的男人不要也罢，你也没什么好难过的。以后遇到不开心的事情，记得和妈说，千万不要一个人难过，知道吗？"

"知道了。妈，我没事，真的。"

听到妈妈温柔的声音，苏橙橙觉得心中的乌云散了许多，终于露出了笑容。挂了电话，她突然想到再过几天就是妈妈的生日，而她居然差点就把这件事情给忘记了。她拍拍脑袋，立马坐车去市区给妈妈买礼物，直到商场快打烊，才终于为妈妈买到了一条质地、花纹都不错的丝巾。

苏橙橙想象着妈妈收到丝巾时欣喜的表情，嘿嘿笑了起来，看现在快到宵禁时间了，急忙走到路边，准备打车回去。她专心看着马路上的车流，没想到突然被人狠狠撞了一下，肩膀疼到发麻，一股刺鼻的酒味也让她反胃不已。她皱着眉望着从她身边擦身而过的那个高大男子，用手捂住了鼻子。也许是感觉到自己撞到了人，那男子踉跄着回头："对、对不起。"

"林瑞？"苏橙橙一下子就认出他来。

这不是那个很拽、很讨厌、传说中很受女孩欢迎的大机长林瑞吗？怎么会在这里见到他？还有，他怎么醉醺醺的，和个流浪汉真是没什么两样。算了算了，也不关她的事情，他在街上过夜也是咎由自取。

苏橙橙想着，厌恶地看了林瑞一眼，打算先离开这个是非之地再说。林瑞定定地望着她，目光有些迷茫，似乎在极力回忆着什么。眼见苏橙橙要走，林瑞突然一把把她抱住。

"啊，你干什么啊！"苏橙橙尖叫。

"苏……苏……"

2

林瑞把苏橙橙环在结实的臂弯里,声音是那么温柔,仿佛已经寻找她很久一样。突发状况让苏橙橙的大脑停止了运作,呆呆地任由他抱着,只觉得现在发生的一切好像是一场梦一样。当她终于清醒过来的时候,脸红得就快烧起来了,急忙把林瑞狠狠往外推,大声说:"松手!你这个混蛋,快松手!"

"苏……苏……"林瑞继续这样叫她。

"苏你个头!我叫苏橙橙!"

"苏……苏橙橙……"

林瑞缓缓重复着苏橙橙的话,突然浑身一颤,望着苏橙橙的眼神也开始变得清明。他的手缓缓滑过苏橙橙的面颊,目光深邃,仿佛是在回忆,又仿佛在忍耐极大的痛楚。在他的注视下,苏橙橙只觉得浑身发寒,正想再次挣脱,而林瑞却突然松手。

"对不起,是我认错人了。"

林瑞微笑对苏橙橙鞠躬,发丝微微遮住了他的眼帘。他好像在瞬间恢复成了一个很有绅士风度的男人,但脸色有些不健康的苍白。苏橙橙不想在这浪费时间,轻咳一声,别扭地说:"算了,下次注意吧。"

"我的头很晕。"林瑞突然说。

"啊?"

没等苏橙橙反应过来,林瑞突然直直地朝她跌去。眼见一个庞然大物就这样扑了过来,苏橙橙急忙往旁一闪,可还是被林瑞撞了个正着。林瑞的整个身体都压在苏橙橙身上,苏橙橙吃力地扶住他,觉得自己就要吐血了。她忍不住骂道:"喂,你别装醉了,快起来!"

"别碰我,好脏的手……"林瑞不耐烦地打掉苏橙橙的手。

"快起来！你以为我想碰你啊？我的手白白嫩嫩，哪里脏了？！哪里脏了？！你这个龌龊的洁癖男！林瑞，我可没那么好心会照顾你，你再不起来的话我就把你扔在这里！快起来！"

苏橙橙怒火中烧，可无论她怎么发脾气，林瑞还是靠在她的身上，宛若老僧入定般纹丝不动。苏橙橙气坏了，一下子松手，任由林瑞摔倒在地，头也不回地往前走去。

一步，两步，三步……

苏橙橙往前走了三步，到底还是忍不住回头看。

昏暗的路灯下，林瑞的脸有些看不分明。他身穿一件有些肮脏的白衬衫，衬衣上有三个扣子开了，露出了锁骨，脸上的表情也带了些无辜的味道。夜晚的风吹在身上应该有些凉，所以林瑞在地上蜷缩了起来，眉头微皱，薄唇紧抿，让苏橙橙好像看到了一个喝醉酒的大孩子。

这家伙……苏橙橙真是无奈极了。

现在已经快10点了，路上的行人依旧很多。许多人都好奇地围着林瑞，还有人拿出手机准备拍摄这难得一见的《美男沉睡图》。苏橙橙犹豫了一会儿，到底还是不忍心，快步走上前，吃力地把他扶起，叫他的名字："林瑞，起来了。"

林瑞的酒意正浓，身体不听使唤，所以苏橙橙用尽力气还是不能把他扶起来。她站在原地，双手扶住林瑞的肩膀，累得不住喘气，而几个中年男子终于看不下去，前来帮忙。

"小姐，你男朋友怎么醉成这样？"

"他不是……"苏橙橙艰难地解释。

"真该好好收拾他！"有人义愤填膺地说。

"他不是我……"苏橙橙继续艰难地解释。

"你管别人私事做什么？小姐你放心，我们一定会帮你把他送上车的。你们家离这不远吧。"

"他真的不是我……算了。"

苏橙橙望着这些好心人,终于放弃了解释。她掏掏林瑞口袋,拿出他的钱包企图寻找家庭住址,可钱包里除了几千块钱和一些存储卡外,什么都没有。

算了,救人救到底,送佛送到西,遇到他真是活该她倒霉!

苏橙橙望着林瑞,郁闷地叹气,再看看不远处的喜来登酒店,终于说:"就把他送到宾馆里吧。谢谢!"

于是,苏橙橙在酒店服务员诧异的眼神中,和那几个好心人合力把林瑞抬到房间,终于长长地舒了一口气。她擦擦额头上的汗水,向那些人道谢,正准备喝口水,休息一下也离开酒店,而林瑞却突然吐了起来。

"哇!你干什么啊!"苏橙橙尖叫。

醉酒的林瑞突然爬起,对着地毯就吐了起来,把苏橙橙吓得不轻。她急忙扶住林瑞,拿个盆子放在地上,地上的污渍与令人作呕的气味让她也险些吐了出来,不敢再看一眼。她捂住鼻子找来清洁工,对她赔笑脸说:"我有点事,要回去一趟,今天的事情真是对不起了。"

"小姐,你男朋友醉得厉害,我们也不可能时时刻刻照顾到他,就请你多费心,多照顾他一下,不要让他再吐了。"清洁工不满地说。

"什么?你让我留下来照顾他?"

"我们在原则上是不欢迎醉酒的客人的,如果这位先生酒后骚扰到其他客人怎么办?如果小姐不想退房的话,请帮忙照顾一下你的男友吧。"

"我……知道了。"

苏橙橙郁闷地望着林瑞熟睡的容颜,再望着已经被清洗干净的地毯,终于点头答应。她是那么后悔,自己没有狠心把林瑞丢在大马路上,但现在已经来不及了。她坐在床边,看着林瑞熟睡的容颜,轻轻叹了口气。

和前几次见面时讨人厌的样子不同,林瑞睡着的样子很是安静,甚至带了点无辜的味道。他的睫毛很长，在脸上留下淡淡的阴影，单薄的嘴唇在灯光下别有一种说不出的诱惑。苏橙橙望着林瑞，到底没忍住，伸出手在他的脸上轻轻一摸，然后狠狠掐了一把。

反正他喝醉了没有知觉，掐死他！只有这样才能出气，哈哈！

苏橙橙想着，幸灾乐祸地把林瑞的脸变换成各种形状，心情愉悦得无法用言语形容。就在她玩到兴起的时候，林瑞突然伸手，把她的手一把抓住，然后再也不肯放手。苏橙橙愣住了，然后大声说："喂，你别装醉故意占我便宜！你放手！"

林瑞没有放手，继续昏昏地睡着。他的手掌粗糙、宽厚、温热，让苏橙橙的心脏也好像小鹿一样跳个不停。为了让林瑞松手，她尝试了各种方法，甚至在林瑞的手上留下了明晃晃的牙印，但林瑞仿佛是与她耗上了一样，誓死不放手。到了最后，苏橙橙又累又无奈，只能自认倒霉。她为自己定个闹钟，趴在床的边缘，想闭一会儿眼睛休息下，没想到一下子就睡着了。

林瑞，今天没遇到我你就等着睡大马路吧……好困啊……在失去意识前，她最后想。

漆黑的夜里，他们的发丝交缠，呼吸也带了点缠绵的味道。熟睡中的林瑞无意识地紧握着苏橙橙的手，只觉得刚才那种彻骨的寒冷慢慢消失不见，一种温暖把他包围住，让他有力量在遇见了那个人之后，还安心地入睡。

这真是不错的感觉。林瑞的嘴角微微勾起。

3

当苏橙橙的手机闹铃响起的时候，她还在迷迷糊糊地睡着，林瑞倒是先她一步醒来。他看着坐在他床前、趴在他胸口睡着的那个女孩，微微皱眉，脑中飞速回忆昨晚发生的事情。他低下头，看着怀中的女孩长发洋洋洒洒地铺散在他的胸前，闻到了她发丝间的味道,只觉得心好像被羽毛拂过一样,突然软了起来。林瑞的手不由自主地穿过她柔软的发丝,把苏橙橙幼稚可笑的手机闹铃关掉,终于把昨天的事情都想了起来,头却越发痛了。

昨天喝多了。他好像看到了她,紧紧抱住她,一直抓住她的手不让她再次离开……原来,只是一个梦而已吗?

呵,过去的已经过去,这会是他最后一次失态。不过,到底要怎么处理这个姑娘?

林瑞沉默地望着自己紧握住苏橙橙的那只手,默默把手松开。他想起了昨夜自己任性地不让这个女孩走,而他呕吐的时候,也是一双温暖的小手轻柔地抚摸着他的脸颊……

林瑞望着苏橙橙洁白的小手,脸上露出淡淡的笑意来。他很想就这样看着这个女孩在自己胸口睡觉,但他的理智告诉他,她必须走了。林瑞试探性地推推苏橙橙的脸蛋,苏橙橙不动;加大力度推推,苏橙橙还不动;最终,他只得在她脸上不轻不重地一拧,而苏橙橙浑身一颤,好像被电击一样瞬间跳起。

"好痛!"苏橙橙捂着脸,迷迷糊糊地说。

"现在7点了。如果我没记错的话,你的课程是8点开始,你该去上课了。"林瑞说。

"7点了……啊,我要迟到了!都是你这混蛋!"

苏橙橙终于恢复了意识,也终于有机会把林瑞好好骂一顿。她双手叉腰,恶狠狠地望着林瑞,头发凌乱,脸蛋绯红。林瑞看着她气鼓鼓的包子脸,揉揉有些疼痛的太阳穴,淡淡地说:"你再和我吵架的话,就真的要迟到了。走吧,我送你。"

"我不要你送!"

"走吧。"

林瑞说着,拉着苏橙橙的手腕,和她一起下了电梯,去前台办理好退房手续后,他开车把苏橙橙送回了培训中心。车子在苏橙橙的宿舍楼下刚停稳,她就急忙跳车下来,飞快往宿舍跑去,没想到正好和几个准备去飞行的空姐撞了个正着。苏橙橙没有多想,飞奔去宿舍拿考试的材料,而准备执行任务的十来个人都看着林瑞,机长甚也笑呵呵地朝林瑞走去,拍着他的肩膀不知道说些什么。

真倒霉!不会有什么事情吧!

苏橙橙在楼上看到这一幕,心有余悸地看了林瑞一眼,终于推开了宿舍的门。罗琳与江媛都诧异地望着她,罗琳更是忍不住问:"橙橙,你怎么回事?为什么一晚上没回来?"

苏橙橙手忙脚乱地换上了学员服,把头发盘起,在脸上胡乱抹了些粉,口中说道:"别问了……总之是场意外。"

"可昨天班主任不知道得了什么风声来查房,我们想帮你瞒也瞒不过去。橙橙,班主任让你上完课后就去他的办公室,你想好怎么解释吧!"

"什么?"苏橙橙涂口红的手停住,愣愣地问道。

苏橙橙心虚到了极点,上课的时候也经常开小差。她是那么庆幸今天学习的课程是应急医疗,教员是北航航医室的副主任,脾气也是出了名的好。她的心不在课程上,满脑子都是自己彻夜不归被查出的恐慌,也时不时轻轻捶打因为没休息好而酸疼的肩膀。罗琳观察许久,轻声问:"橙橙,你很累?"

"啊?"

"昨天一晚没休息好吧。"罗琳暧昧一笑,"说,和哪个男人鬼混去了?"

"你瞎想什么呢!"苏橙橙急忙否认,但脸一下子就红了。

"哟哟,脸红了!说吧,到底和谁在一起?不管怎么样,要注意安全哦!"

"真的没有啦!"

眼见苏橙橙就快生气了,罗琳忙说:"好了,不和你开玩笑了。你快想想一会儿怎么和班主任说吧。"

"唉……你们就看我怎么死吧。"

苏橙橙苦恼地趴在书桌上，越想越心慌。她真不知道自己哪根筋不对了，居然会管那个男人的死活，还为了他一夜未归，闯下了弥天大祸。

不就是心情不好嘛，不就是那男人呕吐的样子有些可怜嘛，不就是……他抱着她的时候有些温暖嘛，为什么会为一个陌生人弄成这样！

也许，天太冷了，她太怀念温暖的怀抱了吧……苏橙橙默默地想，心情糟到了极点。

当应急医疗课结束后，苏橙橙一个人朝班主任的办公室走去。她望着就在不远处的办公室，心中暗暗希望这条路永远走不到头，她也永远不要向班主任解释自己为什么一夜未归。她简直不敢想象，迎接她的会是多么严厉的处罚。

早在第一天上课，苏橙橙就知道北航的各项规章制度非常严格。虽然教员们平时没有空暇时间天天去查房，但如果被抓住了，按照规章是要被处以退学的处分的。苏橙橙不想被退学，一路上都在拼命想该怎么撒谎，最后假装昨晚生病住院。可是，医生真的能给她开病假条吗？班主任真的会相信她的解释吗？

苏橙橙越想越头大，走到办公室门口，犹豫片刻，终于轻敲房门。她鼓足勇气推开办公室的门，以为班主任会对她破口大骂，却看见班主任和几个老师正围着林瑞说笑。她看了林瑞一眼，假装不认识他，胆怯开口："王老师，我……"

"原来是苏橙橙啊，快来坐下！"班主任见到苏橙橙就朝她热情招手，"你看，你来了那么久我也没怎么关心过你的学习、生活，昨天倒是想和你聊聊，结果你不在寝室。有空的话多来办公室坐坐，有不懂的，需要帮忙的地方尽管开口啊！"

"啊？老师，我昨天……我昨天真的不是故意的。"苏橙橙可怜兮兮地望着班主任，低下头做痛心疾首状，"我下次一定悔改，不不，是没有下次了！"

"苏橙橙……"班主任眼镜的光芒一闪。

"老师，对不起！"

苏橙橙心一横，慌忙45度角鞠躬——如果陈教员现在过来，见到苏橙橙那么标准的鞠躬动作，一定会给她打100分。苏橙橙心里紧张到想哭，然后听到班主任说："你这丫头，在说什么呢？你没有违反公司的规定，只是回宿舍晚了点，对吗？"

"啊？可我明明……"

"橙橙，你的手机忘在我车里了。"林瑞突然开口，打断苏橙橙的话，晃晃手中粉红色的手机，"时间不早了，去吃午饭吧。"

"是啊，快去吃饭吧，饿坏身子可不好啊。"班主任也附和。

"可是……"

"走吧。"

林瑞说着，把手机放入苏橙橙手中，然后自然地勾住苏橙橙的肩膀，几乎生拉硬拽地把她拉出了办公室。苏橙橙到现在还不明白彻夜未归怎么就这样被轻轻放过了，疑惑地上了林瑞的车子。林瑞瞥了一眼这个明显还没回过神来的女孩，平静地问："想吃什么？"

"我想吃日本料理……啊不，我想说的不是这个！你怎么会在我们班主任的办公室？"

"给你送手机。"

"你怎么知道我在哪个班？"

"这个一打听就能清楚。记住，北航没有秘密。"

林瑞一边注视前方一边说，而苏橙橙望着他俊美的侧脸，不由得想起了昨晚的"亲密接触"，脸有些泛红。她敏感地发现林瑞应该是回家洗过澡才来的，换了一件白衬衣，头发整齐，顷刻间没有了昨夜的颓废，有的只是一个成功男士的俊朗与自信。苏橙橙忍不住问："班主任为什么会突然放过我？"

这时，林瑞已经把车子停到一家日本料理店门口。他帮苏橙橙拉开车门："走吧，吃饭去。"

"可你还没回答我呢！"

"先吃饭再说。"

眼见林瑞朝料理店走去，苏橙橙只好跟在他身后。林瑞熟练地带着她前往靠窗的榻榻米，坐下后把菜单递给苏橙橙。苏橙橙望着上面全是日文的菜单，暗想怎么和她在小店里看到的一点都不一样，尴尬地说："还是你来点吧，我不懂日文。"

"给我一份鳗鱼卷、一份三文鱼、一份刺身拼盘、一份乌冬面，还有一壶清酒，谢谢！"林瑞对服务员说。

"请稍等。"

穿着橘红色和服的服务员站起，踩着小木屐就离开了，"啪嗒啪嗒"的声音特别好听。苏橙橙望着服务员离去的背影，开始盘算有空一定要去日本旅行。她想得入神，林瑞突然问："想去日本？"

苏橙橙一愣，然后点头："嗯，我喜欢温泉，也喜欢樱花，很想去日本看看。"

"我有个朋友和你一样，也很喜欢日本，不过我们从来没有一起去旅游过。"林瑞的语气有些怅然，却突然笑了，"昨天的事情要谢谢你。"

苏橙橙摆手："没事，反正旅馆钱是拿你皮夹里的钱付的，我也算是沾你的光住了一次五星级酒店，呵呵。"

林瑞挑眉："你还真是想得开。对了，查房的事情已经解决了，你以后也不要再提。"

"这件事……是你帮了我吗？"苏橙橙小心翼翼地问。

眼见林瑞默认，苏橙橙的心里真是说不出是什么感觉。她好奇地问："北航管得那么严，你是怎么做到的？你和班主任很熟吗？"

这时，林瑞点的菜肴都被摆上了桌子，姹紫嫣红，分外好看。苏橙橙望着红嫩的生鱼片，咽咽口水，忍不住夹了一块，沾些芥末放入口中，享受地舒了一口气。她是真饿了，不住地吃着，而林瑞没有动筷子，只是默默地看着她吃。当苏橙橙终于要吃完时，林瑞笑着问:"你真的想知道我是怎么解决的吗?"

"是啊。"苏橙橙放下筷子,认真地看着林瑞。

"我的爸爸是北航的老总,我就是传说中的公子哥,当然有点特权,他们也会给我些面子,哦不,是给我父亲一些面子。我今天偶然听人说你被记下了名字,可能会被退学,就去找他们协调。你是为了帮我才会夜不归宿,我当然要帮你解决。"

"你告诉他们,我生病了吗?"苏橙橙问,突然觉得林瑞也不是那么讨厌。

"所以我告诉他们,你昨天晚上和我在一起,没有回宿舍,希望他们理解。"

4

"噗!"

苏橙橙大惊失色,嘴里的寿司喷了林瑞一脸。刚才的好感在瞬间消失不见,她现在只想掐死这个男人。她气得说不出话来,林瑞拿纸巾擦着脸上的残屑,冷静地问:"怎么,生气了?"

"你为什么要这样说,你是不是故意的?"苏橙橙咬牙问。

"我说的是事实。"

"你那是断章取义!"

"可是大家都已经知道我们昨晚在一起的事情,要么你和他们解释一下?"

林瑞的嘴角微微上扬,眉眼间都洋溢着笑意。苏橙橙被他气得七窍生烟,但想到他的身份、他的后台,只得忍气说:"算了,我照顾你一晚,你帮我解决麻烦,我们也算扯平。从此我们互不相欠,当个陌生人算了。"

"这个有点难办。"林瑞意味深长地说。

苏橙橙警惕地看着他:"那你想怎么样?"

"手机给我。"

林瑞说着，伸出手，一把拿过了苏橙橙的手机。他在苏橙橙的手机中输入自己的电话号码，把他的名字设置成第一位，然后说："如果有事，你可以打电话找我。"

"哦。"苏橙橙敷衍地点头，暗想她才不会打电话给他。

"苏橙橙……"林瑞突然叫她的名字。

"干吗？"

"做我女朋友吧。"

林瑞薄唇微动，目光深邃地看着苏橙橙，似乎对她势在必得。苏橙橙简直不敢相信自己听到了什么，只觉得心突然猛烈地跳动了起来。

不可否认，林瑞英俊优雅、前途无量，是一个很有魅力的男人。可是，他为什么突然要和她在一起？她不信他对她一见钟情。

苏橙橙疑惑地看着林瑞，林瑞继续冷静地说："既然大家都知道了，我们就试试看交往好了——如果不交往的话，对你的名声会不太好，也对不起你对我那样'精心'地照顾。呵，有些女孩想尽方法往我身边凑，走贤惠路线的也不少，但你的时机确实选得好……我想，你是不会反对的吧。"

林瑞说着，微笑着望着苏橙橙，而苏橙橙只觉得自己的心一点点下沉，终于沉到了谷底。她很想笑，但是眼睛酸痛，竟有些想流泪的征兆。

不，不能哭，绝对不能！苏橙橙的指甲用力插到了掌心。

不就是被别人当作是别有用心的女人，不就是被那个混蛋男人再次羞辱了吗，有什么大不了的？她的心早就是橡皮做的，就算被割再多刀，也会很快恢复，也不会疼。所以，她绝对不会哭的。

苏橙橙想着，紧紧咬住嘴唇，终于控制住即将夺眶而出的泪水。她望着林瑞，微微一笑，语气却很是冷漠："你是在开玩笑吗？"

"什么？"林瑞微怔。

"你担心大家说我被你甩了,所以要和我交往一段时间堵住大家的嘴?"

"我……"

林瑞没想到苏橙橙的脾气来得那么快又那么大。他想解释,苏橙橙继续说:"我不怕别人怎么说我,我也不需要你的可怜。林瑞,你记住,可能有许多女孩当你是个宝,但你不是人民币,不会每个人都喜欢——至少你不是我的菜。我就是爱管闲事,那天遇到的即便是一个陌生人我也会帮忙,你对我而言,也只是一个陌生人罢了。林瑞,谢谢你的午饭!还有,如果下次再遇到你,就是看你醉死在马路上我也不会管你。再见!"

苏橙橙说着,拎起小拎包头也不回地走了,而林瑞坐在原地,不明白自己刚才所说的话究竟为什么会让这个女孩生气。他若有所思地用手捂住嘴唇,脑海中浮现出苏橙橙昨晚的温柔和刚才生气的样子,知道自己以后可能很难见到她微笑的样子,突然觉得有些怅然若失。他为自己倒了一杯清酒,缓缓喝下。此时苏橙橙已经坐在计程车上回培训中心了。她掏出手机,望着电话簿上那个令人憎恶的名字,毫不犹豫地按下了删除键。

苏橙橙把林瑞忘到了脑后,没想到这件事根本没么容易解决,反而愈演愈烈。

短短几天的时间,全北航的人几乎都知道她与林瑞过夜的事情,误解了他们的关系。走在路上的时候,时不时有人对苏橙橙窃窃私语;她去上课的时候,教员对她格外有耐心;甚至她去食堂买包子的时候,拿到的包子都比别人的大上一圈。苏橙橙只觉得自己百口莫辩,罗琳偏偏一直逼问她和林瑞到底是什么时候好上的,她怎么解释罗琳都不信。后来,罗琳只能无奈地说:"橙橙,你不想说就算了。不过,如果你真的和林少爷谈恋爱,可别忘了我们啊。"

"我们真的什么关系都没有。"苏橙橙头疼地说。

"好,不说这个了。"罗琳按住苏橙橙的肩膀,"橙橙,你就不怀疑你为什么会被老师抓包吗？除了你之外，也有其他人夜不归宿，她们为什么没被抓到？"

"因为我运气不好。"苏橙橙郁闷地叹气。

"班主任早不查，晚不查，为什么你不在的时候才查房？那天，一直夜不归宿的尹晓雪倒在宿舍。你说这奇怪不奇怪？"

苏橙橙听出了罗琳的暗示，不可置信地说："难道是她向班主任告密？不会吧？"

"她这人一向是表面清高，背地里什么事情都做。我和她是同学，我最清楚了。"罗琳厌恶地撇嘴。

"她究竟做了什么事了？"

"我不想说别人坏话。橙橙，你别问了，总之以后小心点。"

无论苏橙橙怎么追问，罗琳都不肯再说下去，让苏橙橙的心情越发烦躁。当大家都熟睡的时候，她还在床上辗转反侧。每当闭上眼睛，她的眼前就会浮现出林瑞那令人憎恶的微笑，还有他抱着她时彻骨的温柔。她伸出手指，把脑中不该有的情景当成气泡一样戳破，终于昏昏睡去。

第四章　被打耳光·尹晓雪的秘密

1

当周末再次到来的时候,苏橙橙回了家,受到了爸妈的热烈欢迎,她精心挑选的丝巾也深得老妈的欢心。给妈妈庆祝完生日后,岳桃约苏橙橙去逛水晶饰品店,打算敲诈苏橙橙一笔——谁让她接机的时候放她鸽子,又考上了空姐呢?苏橙橙看着水晶店的标价,痛心疾首:"好贵啊,都比施华洛世奇的水晶贵了。我工资还没拿到手呢,你好狠心。"

岳桃笑嘻嘻地说:"施华洛世奇是人工水晶,这个是天然的好不好,当然比较贵。橙橙,你都是空姐了,怎么还那么庸俗?我不管,你一定买一个给我,不然我不接受你的道歉,继续绝交!"

"那我还是选择绝交吧。"苏橙橙飞快地说。

"呸!我咬死你!"

"你来啊!"

水晶店中,苏橙橙与岳桃就这样低声地闹了起来。也就在这时,她们突然听到一个男人的声音:"你好,麻烦帮我把这里有雪花形状的水晶都包起来。"

什么?这里的水晶一个起码上千,雪花形状的水晶也起码有十来件，那人居然要全部包起来，真是个土豪！

苏橙橙与岳桃互看一眼，都很有默契地向着那个"土豪"望去。可是，出乎她意料的是，那个要买下所有雪花图案水晶的男人居然是个身穿黑色西服、戴着眼镜、看起来非常儒雅的成熟男人。这个男人气质不凡，而他身边站着的居然是尹晓雪。苏橙橙看着尹晓雪，捂住了嘴巴，忙拉着岳桃躲了起来。

"没必要。"尹晓雪望着面前的水晶，语气平淡，"这些东西中看不中用，我要了做什么？"

"可我想让你高兴点。"

男子说着，微微一叹，摸摸尹晓雪的头，尹晓雪的眼圈立马就红了。她茫然地望着远处，突然看见了角落中的苏橙橙与岳桃。

"苏橙橙？"尹晓雪下意识地叫道，脸色瞬间变得苍白。

"好巧啊，晓雪。"苏橙橙尴尬地与岳桃从角落里走了出来，"在和男朋友逛街吗？"

"是……啊不，我们……"

尹晓雪眉头紧皱，说话语无伦次，最后一跺脚，拉着那男人就走。岳桃愣了一会，终于花痴地说："哇，她真是好漂亮，她是你的同事吗？"

"嗯。"苏橙橙点头。

"那么漂亮气质又好，怪不得能当空姐。不过，她的男朋友年纪有点大，该有四十了吧。哼哼，说不定是个离异的老男人，或者根本没有离婚！"

苏橙橙无奈："岳桃，你能不能不要那么八卦？"

"我说的是真的嘛！如果不是有什么不可告人的秘密，她为什么不能大大方方介绍自己的男朋友，反而见了我们就跑？一定有情况哦。"

"管那么多干吗，真是受不了你。对了，你有看上的水晶吗，我去付钱。"

苏橙橙笑着打了一下岳桃的头，把话题扯了过去，但心到底是往下一沉。她和岳桃走出店外，默默看着尹晓雪与那个男人一同上了一辆黑色的奔驰后绝尘而去。突然觉得身后有人在一直注视着她，她愕然回头，却看见罗琳正挽着男友何江的手，站在她身后。

"罗琳？"苏橙橙瞪大了眼睛。

罗琳微微一笑："橙橙，好巧啊。和朋友一起逛街吗？"

"是啊，你也在逛街吗？"苏橙橙也觉得惊喜万分。

"嗯，何江非要给我买衣服。橙橙，我一会儿和何江去吃饭，我们一起吧？"

罗琳挽着何江的臂弯，一副小鸟依人的样子，何江也温和地笑着，两个人看起来是那么般配。苏橙橙注意到罗琳肩膀上背着的是LV皮包，想到她背着其他男人送的东西却和男友撒娇，心中有些不是滋味。她敷衍地笑笑，然后说："谢谢，不过我已经和我朋友说好一起回家啦。"

"好吧，那礼拜一见吧。"罗琳对她挥手。

"好。再见。"

苏橙橙有礼貌地和他们告别，和岳桃一起离开。她满脑子都是怎么样才能顺利通过紧张的考试，没想到一场风波正在悄悄来临。当她在食堂吃饭的时候，突然听到几个学员在轻声议论。她们说起了尹晓雪的名字，苏橙橙竖起了耳朵，然后听到她们在肆无忌惮地嘲讽。

"你知道吗？那个尹晓雪是被人包养的！"

"真的假的？"

"当然是真的，据说有人亲眼看到她和一个老男人在约会。"

"怪不得她一直出手阔绰，原来是小三啊，真是太恶心了！"

苏橙橙愣住了。

虽然尹晓雪和她都对那天意外碰面之事缄口不言，仿佛从来没有见过面一样，但谣言还是就这样传了开来。其实，尹晓雪的美貌与阔气早就被大家羡慕又妒忌，她们不知道听谁说起尹晓雪其实是北航某高层的情妇，她的衣食住行、培训学费都是那个高层出的，甚至她被选入北航也是被那个高层发话后内定的。

原来，她是个小三啊！

只是被包养的小三罢了。

大家知道这个劲爆新闻后，看尹晓雪的眼神分外鄙夷，而尹晓雪的私生活也成为她们私下议论的有趣话题。苏橙橙因为与尹晓雪关系较好，又与她一个宿舍，反而是最后才知道这个消息的。她从食堂回到宿舍后，见尹晓雪不在宿舍，问江媛有没有听到风声，江媛点头："大家都在传她是小三，我也不知道该怎么解释。橙橙，你觉得这是真的吗？"

苏橙橙尴尬地笑笑，有些心虚地说："不会吧，晓雪不像这样的人啊。"

"我也觉得不像。"江媛点头，"可是大家都说，有人亲眼看到她和一个中年男人一起逛街，好像是在逛什么水晶店。那人说他们特别亲密，应该不会看错。"

"水晶店？"苏橙橙觉得心跳的速度一下子变快。

"是啊，说是给她买了不少水晶，每个都很贵。橙橙，你说如果，我说如果，晓雪的男朋友真的是北航的领导，他会是谁呢？难道会是林总经理？"

江媛说着，突然想到林瑞的父亲林家昌今年已经六十岁了，自己也觉得不可能，呵呵笑了起来，有些脸红。苏橙橙拉住江媛的胳膊，轻声说："不管怎么样，这些事情我们知道就好，千万不要让晓雪知道。"

"是啊！如果她知道别人这样议论她，一定很生气。"

"可她有脸做，怎么就没脸被人说？我最看不起这样的人了。"

罗琳手指继续在键盘上飞舞，突然加入了谈话。苏橙橙与江媛互看一眼，一时不知道该如何回答，而罗琳自顾自地说道："我和她高中和大学都是同学，知道她在上大学的时候就在酒吧坐台，然后被人家包养了。被包养也就算了，你看她装清高看不起人的样子，真是要多讨厌有多讨厌。"

"她坐台？罗琳，你说的都是真的吗？"江媛不可置信地问。

"呵呵，我骗你们做什么？她认识了那个男人后就被包养了，也算是找到一个大财主了吧。不然的话，还不知道被多少男人……呵呵。"

罗琳的脸上带着冷漠的微笑，苏橙橙呆呆地看着她，觉得信息量大到让她头痛。就在她们集体沉默，不知道该说什么的时候，房门突然开了。

"聊我的私事很有趣，是吗？"尹晓雪冷笑，"罗琳，你的嘴巴还是和以前一样臭啊。"

罗琳大惊失色："你、你居然偷听！"

尹晓雪上前几步，咄咄逼人："这也是我的宿舍，我进自己的宿舍怎么算偷听？罗琳，是不是你非要把我逼到退学才满意？"

罗琳硬着头皮说："你自己有脸做，我们怎么就不能说了？"

"我知道，你一直恨我抢了你的男神，可你们根本没在一起过，他追求我是他的事情，和我有什么关系？你有那功夫记恨我，还不如想想为什么你倒追那么久，他还不喜欢你。"

"你……"

罗琳气坏了，蜜桃一般的脸涨得通红，眼泪也不住在眼眶打转，而尹晓雪也是满脸苍白。苏橙橙再也看不下去了，不想她们两个人关系坏成这地步，站在尹晓雪面前打圆场："算了，不要吵了。罗琳她也不是故意说你的……"

"啪！"

一个巴掌，狠狠地打在苏橙橙的脸上。苏橙橙的手摸着自己红肿的脸颊，不可置信地望着尹晓雪，而尹晓雪看她的眼神冷得像冰："苏橙橙，我以为你和别人不一样，以为你是我的朋友，是我看错你了。好了,现在全世界都知道我是别人的情妇,你高兴了?"

"我、我没有……"苏橙橙急忙解释。

"那天只有你看见了,除了你还有谁?是我太傻,居然会把你当朋友!"

尹晓雪越说越难过,紧咬嘴唇,倔强地不肯让眼泪涌出。她冷冷地看了苏橙橙一眼,"砰"的一声把门关上。而江媛终于反应了过来。她急忙为苏橙橙湿了一条毛巾,帮她小心擦拭着脸上的红肿。罗琳也帮苏橙橙拿来纸巾,恨恨地骂尹晓雪有多么不知廉耻。苏橙橙一言不发,只觉得说不出的疲惫。

那天确实只有她和岳桃看见尹晓雪和一个四十岁的男人在一起,能说出"买下所有水晶"那么详细的话的人也只可能是她,怪不得尹晓雪这样怀疑。可是,她真的什么都没做!谁能相信她?

苏橙橙只觉得心乱如麻,疲倦地说不出话来。与她的沉默截然不同的是,罗琳激动地握着她的手:"橙橙,你不用担心,这件事你没有错,那女人想闹的话就让她闹好了。就是闹大了,吃亏的也是她。你放心,我们一定支持你!"

"让我静静吧。"苏橙橙勉强笑道。

夜晚,苏橙橙躺在床上睡不着。她觉得有点冷,把身上的被子紧了紧,那股凉意却还是挥之不去。她的面颊早已经消肿,也不再疼痛,但尹晓雪给她的那巴掌到底是深深伤害了她。她躺在床上,望着乌黑的夜晚,终于流下泪来。

2

尹晓雪那晚也彻夜未归。之后的几天,尹晓雪很少在宿舍,也从来不和其他三个人交谈。错综复杂的宿舍关系让苏橙橙烦躁无比,而紧张的课程还在继续。

当应急医疗的理论课结束后,就是令人头疼的实操课了。苏橙橙她们从一些空姐前辈口中知道，教导应急医疗的张医生虽然心慈手软，会给每人两次考试机会，但如果你两次都不过的话，她也不会放任一个不合格的学员成为乘务员。据说，每年在她手中挂科的也有一到两名，绝对不能轻视这门考试。

苏橙橙一想到考试就觉得头疼，而她入了这行才发现做空姐和她想的太不一样。她原以为只要长得漂亮、说话甜美就是一名合格的空姐，却没料到她们要学习那么多东西，了解那么多知识，学习强度甚至比得上高三。苏橙橙忍不住对自己到底能不能顺利结业产生了怀疑，而应急医疗实操课终于来临。

当大家怀着恐惧的心理来到演练教室时，就看到地上躺着的两个塑料假人，几个胆小的女生都吓得惊叫了起来。张医生好笑地看着大家的反应，温和地说："只是假人罢了，同学们的胆子有那么小吗？"

"有！"大家齐刷刷地说道。

"别和老师撒娇了。这堂课，我将教大家如何用纱布为病患包扎，在我示范后，你们两人一组，分别为对方包扎，然后我来检查、评分。大家都清楚了吗？"

"清楚！"这一次，大家回答得有气无力。

"那我们现在就开始上课。"

张医生说着，开始认真示范怎么给在不同部位骨折的病人包扎、止血，然后让她们两人一组开始练习。

全班共有20名同学，正好分成10个组，每个宿舍分为两组。苏橙橙和尹晓雪现在见面也不说话，所以苏橙橙想与罗琳或者江媛一组。可是，没等她开口，却见罗琳与江媛已经拿着纱布开始了演练。她忍不住皱眉，想看看教室中还没有人落单，发现大家都已经分组完毕，开始实操。

怎么办才好？难道真是要和尹晓雪一组吗？要和这个冤枉她并打她一巴掌的人一组？

苏橙橙想着，眉头紧紧皱着，而尹晓雪也是一脸厌恶。她们就这样静静地站着，没人开始动手为对方包扎。时间一分分过去，张医生终于走到了她们身边。

"这两位同学怎么还不开始练习？你们是不是不需要练习就能让我来评分？"张医生不悦地问道。

"不是……"苏橙橙急忙解释。

"请抓紧时间练习。"

张医生说着，严厉地看了她们一眼，然后起身去查看其他学员的进展。苏橙橙板着脸走上前，拿起纱布往尹晓雪胳膊上胡乱一缠，而尹晓雪也沉默地把她的手臂缠成了大麻花。每当她们的手指不小心触碰到一起时，就会如同被火燎一般迅速退却。

好尴尬！这样的练习还是快点结束吧！苏橙橙郁闷地想。

当规定的练习时间终于到了，张医生来检验成果的时候，苏橙橙与尹晓雪都暗暗松了一口气。她们都没想到，张医生上课的时候十分温柔，但检查的时候却是十分认真，凡是包扎的部位不对，包扎方法不对，甚至包扎得不够美观都会被她无情批评。当检查到苏橙橙与尹晓雪一组时，张医生的眉头皱得越发厉害，不留情面地说："你们组是十个组当中最糟糕的一组。部位偏差得厉害，包扎手法也是五花八门。你们是怎么练习、怎么合作的？这次勉强算合格，但如果真正考核的时候你们还是这样不懂配合，就要准备补考了。多加练习吧。"

张医生说着，继续讲其他的需要掌握的内容，而苏橙橙与尹晓雪互看一眼，都尴尬又无奈——她们也不想挂科，但是到底该怎么和对方合作？

下课后，尹晓雪再次一个人离开，苏橙橙则和罗琳、江媛一起去吃饭。她们成了两个小团体，都尽量避免和对方碰面，苏橙橙更是不知道该怎么和尹晓雪相处。她有时候想为自己解释，有时候又会为尹晓雪不分青红皂白打她生气，她自己都不知道要怎么处理才好。她的情绪非常低落，麻烦事更是接踵而来。

因为平时不理睬，在课堂上也是应付了事的关系，苏橙橙与尹晓雪在应急医疗的实操课上的成绩总是最差的，她们也到底没有通过5分钟的CPR的考核。这项考核本来是考验每位学员为病患做心脏起搏、人工呼吸的技术以及团体协作的能力，大家都完成得很好，可尹晓雪嫌那个假人嘴巴脏，愣是不肯对它做人工呼吸，而苏橙橙却在按压假人胸部的时候用力过猛，都能听到假人肋骨断裂的仿真声音……

教室中，张医生满脸黑线地看着这对怎么也无法通过考核的活宝，心里很哀愁。她不是一个难说话的人，看在苏橙橙是林瑞绯闻女友的分上更想放她们过关，但教室有那么多双眼睛看着，她也不好徇私舞弊啊！所以，她不管苏橙橙与尹晓雪涨红的面颊、可怜巴巴的双眼，硬着心肠说："苏橙橙、尹晓雪，你们考核不合格，本周末进行补考。要是第二次考核还不通过的话，你们只能退学回家了。"

"老师，不是吧！"苏橙橙急了，"大家都过了，老师您也让我们过，和大家一样嘛！"

"我也想让你们过，但是你告诉我，你们怎么能过？你们这样怎么能救治病人，怎么能抢夺最珍贵的那一分钟？为了病患的安全着想，我不能让你们及格。你们可以在宿舍好好练习，下周一来补考。希望到时候你们能一次过关。"张医生说。

苏橙橙哀求未遂，只能郁闷地离开教室。她没想到自己居然会挂了科，心里特别难过。看到大家都嘻嘻哈哈准备过周末的快乐模样，她的心里更加难受。到了傍晚，她精神倦倦地去食堂吃饭。一走进食堂，就看见所有人都放下了手中的碗筷，齐刷刷地看了她5秒然后才继续进餐。

其实，自从知道她和林瑞"过夜"后，这样的情景已经很久了。苏橙橙原来只是一个隐没在美女堆里的平凡的新学员，但因为沾上了"林瑞"这个金字招牌，她的一举一动都受人关注。苏橙橙不喜欢这样的感觉，不想成为别人茶余饭后的谈资，但她又不能开记者招待会诅咒发誓，说自己和林瑞什么关系都没有——认识那个男人，真是倒了八辈子霉了！

苏橙橙郁闷地想着，饭也不吃了，闷闷地往宿舍走，遇到了一队刚飞行完的机组。她看着漂亮的空姐和英俊的飞行员有说有笑地下车，再想到考试没有通过，可能会被退学的自己，心情越发低落。就在这时，她突然发现人群中有一个熟悉的身影。她心猛地一跳，急忙低头往回走，但那个人已经和她打招呼了："苏橙橙，怎么见了我就走？"

苏橙橙假装没听到林瑞在叫她，继续往回走。林瑞再次开口："听说你应急医疗考试没过，要我给你补习吗？"

什么？他怎么会知道？

苏橙橙立马回头，一下子愣住了。因为，这是她第一次见到林瑞身穿制服的样子。

林瑞身穿黑色的机长西装，身材高大健硕，丝毫不逊色于T台上的超级男模，而合身的机长西装将他的身形衬托得越发英挺。谈笑举止间，流露出优雅气质。唇边泛起浅浅的笑意，温暖得像早春的阳光，一个不经意间，就住进了人的心房。苏橙橙呆呆地看着他，几乎忘记了呼吸，也在不经意间跌入林瑞似笑非笑的双眸。

"苏橙橙，你在想什么呢？"林瑞摘下帽子，走到苏橙橙身边，弯下腰，注视她的眼睛，"为什么都不给我打电话？"

"你……你怎么知道我考试没过？"苏橙橙终于问。

林瑞淡淡地说："我说过，北航是没有秘密的。苏橙橙，你想要补习的话，我可以帮你。"

林瑞的话是那么有诱惑，也让苏橙橙犹豫了短短一瞬。她看看周围人正在挤眉弄眼地看他们，顿时下了决定："谢谢你，可是我不需要。"

"是吗？那真遗憾。"林瑞挑眉。

3

苏橙橙回到宿舍后，发现尹晓雪还是不见踪影，而罗琳一见到她，就扑到她身上，兴致勃勃地说："橙橙，我们今晚出去玩吧！还记得上次在酒吧认识的王总吗？他总说带我去化装舞会玩，可一直没有机会，这次好不容易为我们弄到了三张邀请函，不去的话真是可惜了。对了，你们有小礼服吗？去这种场合都要穿礼服的，要是没有的话，我们现在就去买。"

自从上次和罗琳去过酒吧后，苏橙橙对罗琳的感觉一直挺奇怪的。罗琳一口气说了那么多，苏橙橙无奈地说："我就不去了，我考试都没过，哪还能出去玩啊？"

"不就是一次考试嘛，怕什么，劳逸结合你不懂啊？江媛，你也一起去啊。"

罗琳是那么热情，江媛却一直摇头，直说不去。罗琳后来发了火，江媛只能吞吞吐吐地说男朋友不让她晚上出去玩，后来罗琳也没了办法。罗琳见江媛油盐不进，又来纠缠苏橙橙，苏橙橙也不忍心她再次被拒绝，只好点头答应。罗琳顿时高兴了："那我们现在就去买礼服吧！"

罗琳拉着苏橙橙的手去商场购物，购物的快乐也让苏橙橙慢慢忘记了考试挂科的悲伤。在一家价格不菲的专柜里，罗琳看上了一件黑色紧身小礼服，喜滋滋地去试穿，发现上身果然效果特别好。罗琳爽快地掏出信用卡，苏橙橙暗暗抓住了她的衣袖："罗琳，这也太贵了吧。一件衣服要两千，你一个月生活费才多少？"

"有些事是要下成本的。"罗琳微微一笑，似乎在开玩笑，"舍不得孩子套不住狼。今天出席宴会的都是社会精英，你穿劣质的衣服很掉价的好不好？橙橙，你也买一件吧，以后总用得着。"

"以后？"

"是啊。我们还是学员，很少有认识那些大老板的机会，但是真正飞了以后这样的事情就会很多，出席这种场所也会很频繁。总之，你听我的，不会错的。"

罗琳说着，甜美可爱的脸上露出一丝让人无法拒绝的魅惑来。苏橙橙只觉得心中一惊，有些话脱口而出："可你不是有男朋友吗？你不是每次和何江打电话的时候都说要和他结婚吗？你这样……"

"何江他对我很好，但他不会是我最终的归宿。"罗琳淡淡一笑，神情也有些落寞。

"为什么？你不喜欢何江吗？"

"不是喜不喜欢的问题。橙橙，别光说我，你怎么不买衣服？"罗琳回避这个话题，"这件桃红色的不错，你穿了试试看吧。"

两个小时过去了，她们终于选完了礼服。她们拎着大包小包，去理发店洗头吹发型，都把直发烫成微卷的波浪，越发风情万种。当她们从理发店中出来，王总的车子已经在门口等着了。春天的风吹在她们裸露的皮肤上有些微微的寒，罗琳急忙跳进王总的车子，搓着手笑道："都春天了，怎么还那么冷？"

"春天要'捂'，你们小心着凉。苏小姐，你穿得很漂亮啊！"王总看着苏橙橙，眼前一亮。

和罗琳的成熟性感不同，苏橙橙青春洋溢又带点小女人的娇俏，桃红色的裙子让她的脸色越发面如桃花。苏橙橙挺少穿这么贵的裙子，害羞得不知道说什么好。罗琳嘟起了嘴，故作生气地说："王哥，难道我不漂亮吗？"

"一样漂亮，一样漂亮。"王总呵呵一笑。

当汽车行驶到一个私人会所时，苏橙橙与罗琳一起下了车。门口的侍者见到她们，彬彬有礼地给她们两个面具。罗琳选了一个黑色蝴蝶形状的面具，苏橙橙选了一个金色的，配上她桃红色的礼服显得分外妖娆。

当她们走进大堂的时候,乐队在演奏,舞池中已经有许多人在翩翩起舞。虽然看不清面具下佳人的容颜,但她们的到来还是吸引了不少男士的目光。罗琳与王总坐在一起,时不时调笑一番,而苏橙橙却走到了自助餐面前,特别高兴地往盘子里塞东西。

大明虾、三文鱼、澳龙……好多好吃的,真是赚大了!那些人好奇怪,为什么只拿着酒杯说话、跳舞,就不来吃东西?难道他们不饿吗?苏橙橙疑惑地想着。

苏橙橙拿着盘子走到阳台上,看看四下无人,就没形象地大吃特吃起来。正当她的嘴巴被提拉米苏撑得满满的时候,突然感觉到有一道目光正在她身上停留。那目光火辣辣的,让她有些局促不安,她猛然回头,只见一个身穿米白色西服、戴着银色面具的男子正拿着两个酒杯,笑盈盈地望着她。

"小姐,我能请您喝一杯鸡尾酒吗?"男人问。

苏橙橙挺不好意思地拒绝:"抱歉,我不会喝酒。"

"这杯 Klubb Rouge 味道甘甜,度数也不高,很适合像您这样的女孩子喝。小姐给我一点面子,让我们认识一下?"

虽然这个男人身上古龙水的味道让苏橙橙有些头晕,但他态度殷勤,彬彬有礼,苏橙橙也不知道该怎么拒绝。她接过酒杯,没有喝,观赏着晶莹的玻璃器皿中鸡尾酒艳丽的颜色。她手中的酒杯在灯光下发出璀璨的光芒,那个男子也有一搭没一搭的和她说着话,越靠越近。

"小姐,您今晚是一个人吗?"

苏橙橙摇头:"不,我和我的朋友一起来的。"

"原来是这样。那么,请问您今晚有男伴了吗?"

"男伴?"苏橙橙疑惑地问。

男人一愣,然后说:"就是您今夜的舞伴。"

苏橙橙摇头:"没有,因为我不会跳舞。"

"请问,我能有幸成为您的男伴吗?"

"很抱歉，不行。因为她今晚的男伴是我。"

就在苏橙橙正准备答应的时候，一个低沉的声音在她身后响起。她回头一看，只看见一个同样戴着黄金面具的男子正站在她身后，意味深长地望着她。

那个男人很高，身材挺拔，而他那双乌黑的眼眸仿佛能透过她的面具，看到她的脸一样。在他的注视下，苏橙橙的心莫名一跳，只觉得自己的脸一寸寸变红，紧张得动都动不了。

"过来。"

金色面具的男子一伸手，强硬地把苏橙橙拉到自己身边，然后拉着她的手腕就往舞池走。米白西装急了，一下子拦在他们面前，语气中多了一丝挑衅的意味："这位小姐是我先认识的，您这样做，似乎不太合适吧。"

"抱歉，她是我的女朋友。"男人面无表情地说道，从米白西装面前擦身而过。

第五章　神秘男人·可恶的机长

1

"你是谁？放开我！放手！"

那个男人紧紧拉着苏橙橙的手腕，苏橙橙被他拉得踉踉跄跄，手中的酒杯都险些拿不住。她不断让男人放手，但是他的手是那么有力，她怎么也挣脱不了。她被他带到了舞池，他把她手中的酒杯放在了侍者的空托盘中。他修长的手指缓缓滑过苏橙橙的嘴唇，用低沉的近乎叹息的声音说："你到这里来做什么？"

"你说什么？"苏橙橙迷惑地问。

"和我跳支舞吧。"男人说，对她伸出了手。

她的目光在他骨节分明的手上停留，轻声说："我、我不会跳。"

"只要跟着我跳就好了。"

没等苏橙橙答应，那男人突然一把抓住了苏橙橙的手，在她的手背轻轻一吻。男人的手掌宽厚、温热，而那个柔软而略带湿润的亲吻也让苏橙橙的脸也一下子涨得通红。她猛然抽回自己的手，手背上淡淡的红色痕迹很快就消失不见，但她总觉得这个痕迹一直残留在手背上，透过她的肌肤，深深烙印在她的身体。她没想到在这里会有"艳遇"发生，只觉得口干舌燥，每寸肌肤都要燃烧起来了。而她，似乎并不厌恶这个声音有些耳熟的男人。这到底是怎么回事？

"试试看吧。"男人轻轻搂住了她的腰。

悠扬的音乐中，苏橙橙跟随着他的步伐，虽然不成舞步，却也进退得宜。他与苏橙橙离得很近，都能听见彼此的呼吸声与心跳声。苏橙橙闻着男子身上淡淡的烟草味，只觉得自己的心紧张得就快跳出来了。

"你叫什么名字？"那男人问道。

"苏橙橙。"苏橙橙下意识地报上了自己的真名，然后懊悔地咬住了嘴唇。

"橙橙……是橙子的意思吗？"男人笑着问。

苏橙橙轻声说："是啊，我妈喜欢吃橙子，所以不负责任地给我起了这个名字。"

"那如果你妈喜欢吃辣椒的话，你不是要叫苏辣椒？"

"啊？"苏橙橙愣住了。

"你很有趣。不知道，苏小姐的真容是怎么样的？"男人说着，突然一把摘下苏橙橙的面具。

苏橙橙没想到他会有这样的举动，心中一惊，下意识后退，却被那男人一把拥入怀中。他紧紧地抱着她，一个冰凉而带有薄荷气息的吻也烙在了她的唇上。苏橙橙没想到自己居然会被一个陌生人吻了，脑中一片空白，反应过来后急忙一脚踩在男人的皮鞋上，那男人温热的唇也终于离开了她。苏橙橙害怕地往后退，那个男人突然笑了起来："在接吻前，你该吃些口香糖，不然会有一嘴的螃蟹味。"

"我……我让你吻我了吗？我吃了螃蟹没螃蟹味儿，还有红烧肉味儿吗？"苏橙橙恼羞成怒。

男人摇头："女人太伶牙俐齿了不会讨男人喜欢。"

"要你管！"

苏橙橙狠狠瞪了那个男人一眼,转身就走,而男人再次把她搂住。他一手搂住苏橙橙的腰,一手摘下了自己的面具,对苏橙橙微微一笑。看到他容貌的瞬间,苏橙橙如遭雷击,整个人都不好了。

"橙橙,不认识我了吗?"林瑞微笑,"还是说我让你不满意,不配做你今晚的男伴?"

"林瑞,你、你怎么在这里?"苏橙橙惊慌地问。

"苏橙橙,你是不是不知道这种聚会大家戴着面具,就是为了可以不负责任地寻找一夜情?你到底有没有脑子?"

苏橙橙愣住了。她是真不知道化装舞会表面下居然有这样的勾当,脸一下子变得通红。她的脑子嗡嗡作响,拔腿就走,而林瑞突然脱下西装外套,披在她身上:"我送你走。"

"不要你送。"苏橙橙轻声说。

"跟我走。"林瑞坚持。

"喂,你放手!你别管我!"

"走。"

林瑞说着,用力拉着苏橙橙的手腕,几乎生拉硬拽地把她拖出聚会现场。他把苏橙橙按到副驾驶的位子上,没有发动车子,而是点燃了一支烟,似笑非笑地说:"生气了?"

"不要你管。"苏橙橙郁闷地说。

"因为我阻止了你的'艳遇'?"

"林瑞,我根本什么都不知道好不好!对了,你既然知道这种场合是做什么的,你又为什么要来?"

"和你有关吗?"

"你……"苏橙橙语塞。

"好了,别生气了,去陪我喝杯咖啡吧。"

"不用了,我要回宿舍。衣服还你。"

苏橙橙说着,把身上的西装脱下,塞到林瑞的怀里。林瑞眼看着自己笔挺的西装变得和一团抹布一样,眉头微微一皱:"原来我是想送你回宿舍，但我现在改主意了——坐好了，苏橙橙。"

"林瑞，你要带我去哪里？林瑞！"

回答她的，是汽车疾驰而去的声音。

林瑞带苏橙橙到了一家咖啡店。宽大柔软的沙发上，林瑞沉默地抽着烟，苏橙橙穿着桃红色的小礼服，握着热气腾腾的咖啡，脸色非常难看。客人们都偷偷地看着这对容貌出色的男女，暗暗猜测他们的身份。苏橙橙终于忍不住，把咖啡杯往桌子上重重一摔："林瑞，你到底是怎么发现我的？你跟踪我？"

"你以为我会那么无聊？"林瑞反问。

"那你明知道是那种聚会，你为什么要去？"

"呵呵……你吃醋？"林瑞饶有意味地问。

"咳咳！"

苏橙橙大惊失色，被自己的口水呛到，不住地咳嗽。林瑞面无表情地帮她轻拍后背，手掌接触到她光滑的背部时，脸色一沉，把被苏橙橙弄皱的西装再次披到她的身上。他看着她的眼睛："以后不要去那种地方了，不适合你。"

"我去哪里不要你管。"苏橙橙嘴硬地说。

"你穿成这样，又接受陌生人的敬酒，潜台词就是你已经接受他今晚的邀请。如果不是我抢先一步把你带走的话，你现在已经在宾馆了，你懂不懂？"

苏橙橙吓了一跳，但还是嘴硬："你……你别吓唬我！"

"信不信随你。"

苏橙橙沉默地喝着咖啡，不再说话，其实心里已经信了几分。她点的是甜腻、温暖的卡布奇诺，发现林瑞点的是无糖、无奶精的黑咖啡，暗想他居然不怕苦。苏橙橙轻轻吹着咖啡表面的泡沫，喝一口甜腻的咖啡，只觉得整个身体都温暖了起来。林瑞望着她小猫吃鱼一样的神情，眼睛扫过她的嘴角处的奶渍，望着她水润、柔软的嘴唇，想起方才的亲吻，心突然一跳。他犹豫了一瞬，还是拿纸巾轻轻擦去她嘴角的泡沫:"苏橙橙,你就是这样准备你的补考的?"

"关、关你什么事?你是来看我笑话的吗?"

苏橙橙万万没想到林瑞居然会对她做这样亲密的动作,身子一僵。她故作无所谓地问,但脸还是不由自主地涨得通红,气氛也尴尬了起来。

咖啡店轻柔的音乐如同流水一般流淌,苏橙橙紧张地握着咖啡杯,不敢正视林瑞的眼睛,而林瑞也望着窗外的灯火辉煌,不知道在想些什么。苏橙橙低着头,认真地吹着咖啡,感受着咖啡杯中袅袅上升的热气,觉得自己脸红得就要烧起来。她从没觉得,时间在什么时候会那么漫长,漫长到让她几乎觉得这是一生一世。她突然想起了上大学时第一次收到徐进花朵的感觉,而林瑞终于打破了这沉默:"苏橙橙,如果我是你的话,会抓紧练习,而不是参加这种无聊的聚会。"

"拜托,我也想练习。但是和那个人一组的话,让我怎么练?"

"那个人是尹晓雪?"

苏橙橙无语,警惕地看着他:"林瑞,你怎么什么都知道?"

"毕竟她可是我爸的绯闻女友。"

"真的假的?"苏橙橙紧张地问。

林瑞笑了:"当然是假的。你连这个也信?"

苏橙橙气坏了:"林瑞,你真无聊。"

林瑞没有理会苏橙橙的愤怒:"和我说说你和尹晓雪到底是怎么回事。"

"我为什么要告诉你?"

"因为我能帮你。"

咖啡店的空调开得很暖,林瑞的眼神让苏橙橙只觉得浑身发热。她不知道到底要怎么和林瑞说起女生之间的摩擦,低着头望着桌子上的咖啡发呆,而林瑞缓缓喝了一口咖啡,淡淡一笑:"你很紧张?"

"没有。"苏橙橙忙说。

林瑞追问："和我在一起会让你觉得紧张，是吗？"

苏橙橙瞪了他一眼："林瑞，你不要自我感觉那么好行不行？"

"闭上眼睛，休息一会儿吧。不要想太多。"

林瑞说着，轻轻拍拍苏橙橙的头，而苏橙橙望着他漆黑的眼睛，感受着他手掌的温度，竟然真的顺从地闭上了眼睛。

也许是优美的音乐让她放松了警惕，又或许是她太累了吧。

"林瑞，我好累。尹晓雪的事情传遍了整个北航，她一定觉得是我在说她的坏话，但我真的没有……"

也许是她实在太想找人倾诉，她居然把整件事情的始末都跟林瑞讲了一遍。当她把整个事情说完后，已经是口干舌燥，心里也畅快了许多。林瑞听完事情的始末，思索一会儿，然后笑道："你是说，当时除了你在场外，还有罗琳和她的男朋友？"

"嗯。难道你的意思是……"

苏橙橙其实也想过这个可能性，但她从来不敢想下去。她急切地看着林瑞，希望得到否定的答案，林瑞却说："不管真相是什么，现在考虑这些已经没有意思了。应急医疗考的是专业知识和团队配合能力，无论你和那个尹晓雪有多大的误会，你们想要过关的话，一定要好好合作。"

"可我们现在话都不说一句，怎么合作？"

"如果你认为面子比考试重要的话，大可以继续发你的脾气。反正你并不在乎这个工作，不是吗？"

"谁说我不在乎！"苏橙橙大声反驳林瑞。

"你在乎的只是一份高薪又体面的工作，而不是作为空姐的使命感与自豪感。"林瑞望着苏橙橙，淡淡一笑，"苏橙橙，你先想明白自己要的是什么再做决定吧。如果这份工作在你眼中还比不上一时气愤的话，我劝你还是早点走人。你以后会知道，现在的委屈和你以后遇到的委屈相比，根本什么都不是。辞职吧，苏橙橙。"

"林瑞，你到底什么意思？你是不是特别想我辞职？"

林瑞点头:"有一点。"

"为什么?"

"因为你并不适合这个行业。你太浮躁、太单纯,根本还像是在象牙塔里的孩子。"

苏橙橙真的生气了:"我和你很熟吗?你觉得你有多了解我?林瑞,我不会辞职的。我不会挂科,也不会辞职,我绝对要坚持下去。我要做最优秀的空姐。"

"最优秀的空姐?"

林瑞的手微微一抖,定定地望着苏橙橙,眼中闪着晦涩莫名的情绪。苏橙橙不知道林瑞为什么会这样奇怪地望着她,心中害怕,口中却强硬地说:"林瑞,谢谢你和我说了那么多,但我的事情我自己能做决定,不需要你的建议。还有,我再说一次,以后就算见面,也请装作不认识,我不想再和你有什么牵扯。"

"哦?就这么迫不及待的和我划清关系?"

"是。"苏橙橙坚定地说。

"呵,那就如你所愿好了。"

林瑞一点都没生气,拍拍苏橙橙的脑袋,好像在抚摸一只小狗一样。苏橙橙没想到林瑞居然又在众目睽睽下对她做出这样暧昧的举动,惊吓之余忘记了闪躲,只是睁大了眼睛,一言不发地望着林瑞。林瑞望着神色紧张的苏橙橙,捧着咖啡杯,突然笑了:"苏橙橙,我预感到下周你会有一个惊喜。"

"什么?"

"你到时候就知道了。一个很大的惊喜。"林瑞的唇角勾起。

2

从咖啡店出来后,林瑞把苏橙橙送回了宿舍,这一幕都被站在窗口的江媛看到了。苏橙橙一踏进房门,江媛就开她的玩笑:"还说你和林大公子没什么关系，如果没关系的话，他为什么送你回家？"

"大姐，我们是偶然遇到的好不好！你千万不要乱想！"苏橙橙急忙解释。

"你和罗琳去参加派对怎么会见到林瑞？呀，难道他也去了？那个宴会好玩不好玩？"

"一般吧……罗琳还没回来吗？"苏橙橙不愿意多谈。

"是啊，你们怎么没有一起回？"

苏橙橙疲惫地打哈欠："我估计她今晚可能不会回来了。"

"啊？"

"睡吧，江媛。今晚我们二人世界，你是不是很高兴？"

苏橙橙朝江媛扑了过去，江媛急忙推开她："滚开，你没卸妆呢，别靠近我！啊，我新买的睡衣！苏橙橙！"

夜深了，罗琳与尹晓雪都没有回来。苏橙橙躺在床上，听着江媛均匀的呼吸声，翻来覆去，怎么也睡不着。那件花了她大半年积蓄的裙子在她的衣橱里陷入了梦乡。她望着窗外的月光，想起林瑞西装披在自己肩膀上的异样感觉，手缓缓滑过自己光洁的肌肤，脸也莫名其妙地一热。

林瑞……怎么又会遇到了他？

她的发间似乎还残留着林瑞身上的味道，而与林瑞共舞的场景就算闭上了眼睛，还是历历在目，清晰至极。她在床上烦躁地翻身，心也怦怦地跳个不停。

这样的心跳，似乎只有那时候见到徐进的时候有过。她到底是怎么了？

第二天早上，熟悉的手机铃声响起，苏橙橙费力睁开眼睛，发现天已经大亮了。江媛不知什么时候出了门，罗琳还没回来，宿舍里倒多了一个稀客。

尹晓雪把长长的头发扎成马尾，穿着居家服，猫着腰在宿舍里拖地。阳光照射在她的身上，她褐色的发丝在阳光下呈现出漂亮的金黄色，她鼻尖的汗水也在阳光下闪闪发亮。也许是注意到了苏橙橙的目光，她也朝着苏橙橙的方向看去，与苏橙橙对视了几秒，然后迅速把目光移开。

糟糕，怎么只有她们两个人，是继续冷战还是开口求和？下个礼拜就要补考了，她们这样从不交流，怎么可能通过考试？要么还是吃点亏，先开口和她说点什么吧！可是说什么好？

就在苏橙橙纠结无比的时候，尹晓雪出状况了。她似乎也很紧张，竟然把水桶踢翻了，整个寝室顿时成了汪洋大海。尹晓雪手忙脚乱地抢救地上的鞋子，苏橙橙也急忙加入了救援工作。她们一个人用毛巾吸地上的积水，另一个人把鞋子拿到阳台上去晾晒，齐心合力，终于抢救及时。苏橙橙长舒了一口气，拍拍胸口，笑着说："幸好我们动作快，不然这些鞋子可都要报废了。"

"对不起，是我太不小心。"尹晓雪闷闷地说。

"没有，是我不好，大白天的还睡觉，应该和你一起打扫。"

面对着苏橙橙的抱歉，尹晓雪奇异地看了她一眼，沉默地坐在椅子上翻着小说，但有些心不在焉。苏橙橙一咬牙，对尹晓雪说："对不起……"

"橙橙，对不起！"

两个人同时开口，也同时愣了一下。苏橙橙忙问："啊？尹晓雪你说什么？"

"对不起，橙橙，那天是我太激动了，打了你一巴掌，实在对不起。后来，我一直想找机会和你道歉，但就是说不出口……希望你能原谅我。"

"不，我也赌气不理你，我也有做得不好的地方。不过晓雪，请相信我，我绝对没有在你背后说你半句坏话。那天的事情我也不知道是怎么传开的，你怀疑我也很正常，但请你相信，真的不是我……"

"我知道。"尹晓雪回过头，微微一笑，"就你那智商，你也造不出这么大的动静来。"

"尹晓雪！"

看到苏橙橙炸毛，尹晓雪笑了："橙橙，其实我一直想和你和好，可每次看着你面无表情，把我当作空气的样子，就会来气。橙橙，我脾气不好，也不会说话，上次的事情真是对不起了。我们忘了它，好不好？"

"好！"苏橙橙急忙点头，"可那件事到底是谁说出去的呢？"

尹晓雪摇头："事情都发生了，现在想这个已经没必要了。就要考试了，我们还是先想想该怎么练习吧。"

"不如我们现在就开始模拟练习？"

"好，拿枕头当假人，开始人工呼吸吧。一定要过关！"

"一定！加油！"

苏橙橙和尹晓雪和好后，认真练习到傍晚。第二天的培训课上，苏橙橙与尹晓雪非常圆满地完成了考试，也让王医生大跌眼镜。王医生很喜欢这一批学员，破例多说了几句："同学们，应急医疗的考试结束以后，你们只要学习最后一门课就能结业。我先提前祝福你们每个人都能成为合格的空姐。我还有个消息要告诉你们——应急撤离的教员，是北航最年轻、最帅气的机长哦！"

王医生的话在女孩们心里掀起了轩然大波，她们第一次对于即将到来的课程是如此期盼。一到了上课的时间，大家都早早去教室坐好，轻声议论起来。

"你们知道吗？这次的教员据说很英俊，而且年少多金，是全北航所有空姐的梦中情人！"

"哇，我就想找个机长做男朋友，不知道他喜欢什么类型？"

"得了吧，说不定人家早有女朋友了。"

大家都热烈地讨论教员，苏橙橙也对他充满了期待。她昨天晚上没睡好，一直犯困，也时不时打个哈欠。正当她把嘴巴张大，眼泪直流的时候,门突然开了。苏橙橙望着来人,嘴巴都忘记了合上。

"大家好,我是紧急撤离课程的教员林瑞,大家平时可以喊我林教员,也可以直接喊我的名字。"

当林瑞推开苏橙橙教室的门,微笑着宣布自己是为她们讲授紧急撤离课程的教员时,整个教室都沸腾了。所有的女生都用近乎狂热的眼神望着身穿黑色修身西装,肩上有着四道肩章的林瑞,而苏橙橙呆若木鸡。她傻傻地望着林瑞,他竟然成了掌握她生死的教员,而她昨天刚对他说了那么决绝的话……

他早就知道了吧,为什么从来不说?她不要挂科啊!苏橙橙欲哭无泪。

与班上的同学们见到林瑞的瞬间近乎狂热的反应不同,苏橙橙眼中满是被欺骗后无法爆发的怒火。她恶狠狠地盯着林瑞,目光凶残,几乎就要吃人了。也许是感觉到苏橙橙炽热无比的目光,林瑞微微一笑:"大家还有什么问题吗?"

"可以直接喊你阿瑞吗?"有大胆的女生问道。

"不行。"林瑞淡淡一笑,"我只是你们的老师,不是你们的男朋友——我要有做老师的尊严与威信,请各位同学谅解。"

"哈哈,教员真幽默!"大家都开始笑了起来。

"而且,我已经有女朋友了。"

林瑞说着,意味深长地看着苏橙橙,大家惊讶之余都开始起哄。她们纷纷追问林瑞的女友到底是不是苏橙橙,林瑞微笑不语,只是说:"紧急撤离是每年挂科最多的一门科目,请大家端正学习态度,顺利结业。现在,请把手册翻到'紧急处置'一页。"

林瑞说着,带头翻开了手册,神情也瞬间变得严肃而认真。他站在讲台上,认真、细致地宣讲着上课的内容。他拿着粉笔的手指很白净,修长,没有难看的指节,也没有凸起的青筋,倒是一双极其好看的手。苏橙橙顺着他的手慢慢往上看,看着他修长的脖子、凸起的喉结、坚毅的下巴、高挺的鼻梁,却在不经意间跌入他乌黑的仿佛见不到底的眼眸。

林瑞突然望向苏橙橙。

苏橙橙没想到会与林瑞对视上，愣了几秒，然后慌忙把头低下，脸也变得通红。林瑞把她的反应尽收眼底，淡淡地笑着，继续讲课。

3

当三节理论课终于结束的时候，苏橙橙收拾好书包就走，急忙回到宿舍。一进宿舍，她立马被舍友们逼问和林瑞的关系，她只能尴尬地解释："不，我和他真的不熟……"

"少骗人了！他上课的时候尽往你那看，你当我们都是瞎子吗？橙橙，你认识大领导的儿子，可要好好提携我们啊！"罗琳热情地说。

苏橙橙真的不知道该怎么证明自己的清白："是，我和他是见过几面，但我真的和他不熟。上次我见到他喝醉，一时好心把他送去宾馆，没想到会多出这么多的事情来。"

"不熟怎么去了宾馆？"罗琳狡黠地笑，"放心，大家都是成年人了，不会有人在乎这种事的啦！林瑞他棒不棒？"

"啊？我都说了是他喝醉了，我们什么都没发生。"苏橙橙头痛地说。

"怎么会这样？橙橙你那么漂亮，林瑞怎么会不动心？难道……他不行？"

罗琳疑惑地说着，而苏橙橙已经满脸黑线了。虽然她与徐进也拉手、接吻，却从未进展到实质的一步，所以她对于这些少儿不宜的话题还是挺尴尬的。她听到手机铃声响起，松了一口气，急忙接电话逃避她们的问题。

"喂？请问是哪位？"苏橙橙对陌生号码问。

电话那头沉默，只听得到轻微的呼吸声。苏橙橙以为是无聊的人打来的骚扰电话:"你不说我挂了啊。"

苏橙橙随手挂断了电话,却没想到电话在一分钟后再次响起。苏橙橙气哼哼地接通电话,张口就说:"喂,说话啊!变态!"

"难道你把我的电话号码删除了吗?"电话那头,是一个熟悉的男声。

"你是谁?"

"林瑞。"

"林瑞?你……你怎么会打电话给我?"

苏橙橙没想到林瑞居然会打电话给他,大惊失色,而其他人都饶有兴趣地把她围了起来,听听她到底在讲什么。苏橙橙脸一红,急忙走到走廊上,低声而恼怒地问:"你想怎么样?"

"出来吧,我请你吃饭。"

"我不要。"

"你不怕挂科吗?"电话那头,林瑞轻笑。

"林瑞,你就是这样假公济私的人?"

"你可以试试看。"

苏橙橙深吸一口气,到底不敢得罪林瑞:"去哪儿?"

"你下楼,我在楼下。"

"嗯。"

苏橙橙换了身衣服,在大家暧昧的眼神中出了门。一走到楼下,她就看到林瑞果然在等她。他打开车门,苏橙橙气哼哼地坐了进去,一路上都没有说话。

当车子开到一家水上餐馆的门口时,林瑞很绅士地为苏橙橙开了车门,苏橙橙也沉默地往里走去。在服务员的带领下,他们坐在靠窗的位子上,透过巨大的落地玻璃窗正能看到美丽的湖景。林瑞看着窗外的美景,再看看他面前那个明显憋了一包气的女孩,微微笑了起来。他看到苏橙橙一边看窗外,一边错拿了他的茶杯,眉头微皱:"苏橙橙,你拿的是我的茶杯。服务员,麻烦再拿一个茶杯来。"

"你嫌弃我？"苏橙橙总算有理由借题发挥了，把茶杯重重一摔。

"很抱歉，我有轻微的洁癖。"

"不是轻微洁癖，是病态的洁癖吧！一个大男人比女人还爱干净，真是变态！"

苏橙橙终于逮到机会讽刺林瑞，而林瑞没有反驳。他沉默一会儿，缓缓为苏橙橙的杯中加水，平静地说："我小时候曾经因为吃了不干净的食物住院，那段时间真是生不如死。从那时候起，我妈就严格规定我的饮食，不让我与任何没消毒过的餐具接触，也不让我吃任何不干净的食物。一开始，我很羡慕其他小朋友能肆无忌惮地吃路边摊，但后来我也慢慢习惯了这样的生活。这也没什么不好。"

"啊，对不起。"苏橙橙只觉得心中一酸，急忙说道。

林瑞沉默。

"那个，其实我以前也住过院，我真的很理解你的感受。我最怕医生来给我打针，每次都哭闹个没完，但不管怎么闹，还是会被扎上一针……我那时候才5岁，爸妈又要上班，只有晚上才能陪我，所以白天我就一个人在医院偷偷地哭。所有的医生、护士都不喜欢我，只有一个很可爱的小哥哥会给我糖吃。哈哈，我那时候可喜欢他了！"

苏橙橙回忆小时候的事情，脸上露出甜蜜的神色来。林瑞一怔："你那时候住在哪个医院？"

"二院啊。我记得那时候给我打针的护士姐姐起码有200斤，对我们很凶，我还和那个小哥哥一起捉弄过她，哈哈！"

苏橙橙越想越觉得有趣，林瑞突然沉默了。他望着苏橙橙，眉头微皱，神情也是忽喜忽悲，让苏橙橙觉得他的神经病就快发作了。正在她被林瑞看得浑身不自在的时候，林瑞突然说："吃吧。"

林瑞就这样突兀地结束了话题，苏橙橙也习惯了他的随心所欲。精致的菜肴一道道上来，苏橙橙努力吃着，与林瑞有一句没一句地交谈，意外发现林瑞知识渊博、细心温柔，也没有其他教员高高在上的样子，倒是挺好相处的。她咽下最后一口饭，谄媚地笑道："林教员，我们也算比较熟了，考试的题目能不能……"

"不能。不想补考的话，回去好好看书吧。"林瑞果断地说。

"哼！"苏橙橙失望地哼了一声。

为期两天的理论课很快就结束了，苏橙橙与林瑞之间的关系也终于有所缓和。理论课结束后，大家开始去模拟机上进行紧急撤离的实操练习。大家原以为林瑞年轻、平易近人，一定很好说话，却没想到他在实操课上比理论课上还要严肃。对于不认真或是做的动作不规范的学员，他都严厉地苛责，不留一点情面。

紧急撤离实操练习时四个人为一组，苏橙橙小组就是她和她的舍友们。大家原以为会受到林瑞的特别优待，却没想到在练习时也被林瑞毫不留情地责骂。罗琳走出模拟仓，吐吐舌头，悄悄地说："橙橙，你的男朋友真是铁面无私。"

"我都说了他不是我的男朋友。"苏橙橙无奈地说。

"好好，他不是！看来，蒙混过关是不可能的。大家都认真一点吧！"江媛郁闷地说。

在痛苦的学习中，最令人头痛的跳水、蹬艇考试终于到了。

现在是四月，虽然游泳池的水没有到冰冷入骨的地步，但是一个头脑正常的人还是要很大的勇气才会下水的。女孩们都身穿救生衣，瑟瑟发抖地围在游泳池边，而林瑞一身黑色运动装站在池边，越发显得英俊帅气。他带领大家做了准备动作，讲述了跳水要注意的事项后，问："大家都明白了吗？"

"明白。可是，这水好冷啊，教员！"有女生忍不住说。

"如果发生紧急情况，你会有时间想这水冷不冷这样的问题吗？都给我下水！"

虽然林瑞下了命令，但是大家你看看我，我看看你，还是没人敢跳下去。林瑞眯起眼睛，目光一一扫过她们，被他看到的人都急忙低下头，苏橙橙也不例外。林瑞看着苏橙橙不住蜷缩的身影，指向她："苏橙橙，你先来示范。"

"不是吧！"苏橙橙吓坏了。

林瑞威胁她："想补考吗？"

"不想。"苏橙橙轻声说。

"那就快过来，别磨磨蹭蹭的。"

林瑞不耐烦地挥手，而苏橙橙在众人同情的目光中一步步向着泳池边缘走去。她走到跳台上，望着身下蓝汪汪的水，想象着被冷水包围的感觉，不由自主地伸出脚感受一下水温——真的好冷啊！

"苏橙橙，你在做什么！"林瑞大声说。

"我在湿润一下身体，找点感觉。"

"那你现在找到感觉了吗？"林瑞气极反笑。

"大概吧，呵呵！"

大家的眼睛都停留在苏橙橙身上，而苏橙橙收回脚，开始慢慢地做准备工作。她慢条斯理地伸伸胳膊、动动腿、扭扭腰，觉得浑身终于开始发热，一横心，一闭眼就往下跳——还是没跳成。

"呵呵，我还是有些没找到感觉……啊——"

苏橙橙的腰部被一股力量一推，脚下一滑，人不受控制地往前冲去。她只觉得自己突然被冰冷的池水所包围，想大声尖叫，水源源不绝地朝她嘴里涌去，口中满是漂白粉的味道。她奋力挣扎，就在她以为自己就要被淹死的时候，身上的救生衣终于起了作用，让她缓缓浮出水底，而她已经眼泪、鼻涕一大把了。

"自己游回来。"林瑞冷酷地说道。

游回来我就咬死你！

苏橙橙恨恨地想着，用尽全力朝着岸边游着，而大家都在不住为她呐喊助威。当她终于游到池边，疲惫地爬上岸的时候，女孩们噼里啪啦地鼓起掌来。林瑞看了一眼苏橙橙，对其他人说："好，苏橙橙同学已经通过了考核。请大家不要浪费时间，早点考完这最后一门功课,可以为带飞做准备。"

"跳水合格的话就结束培训了吗?"

"是,只要过了这一门,就是真正的乘务员了。"

"林教员,我们跳水啦!"

大家见苏橙橙被推下水还顺利通过了考核,又被林瑞挑起了斗志,一个个欢欣鼓舞,就好像下饺子一样纷纷跳入水中。苏橙橙站在岸上,冷得瑟瑟发抖。林瑞不动声色地把一条浴巾披在她身上,在她耳边对她低声说:"跳水并没有那么可怕,是吗?恭喜你培训合格,成为正式的乘务员。"

苏橙橙没有理他,继续看着前方。

"怎么了?生气了?"

林瑞的手顺势搭在苏橙橙的肩膀上,而苏橙橙抓紧时机,张嘴对着林瑞的手咔嚓就是一口。林瑞眉头微皱,却没有躲闪,只是深沉地笑着:"也许你不想过关了。"

"林瑞,你故意报复我!阿嚏!"

"去洗个热水澡,回去喝点姜汤吧。还是那么爱咬人……"

林瑞轻轻摇头,注视着苏橙橙离去的背影,而苏橙橙没有听到他近乎叹息的声音。她回到宿舍后,洗了个热水澡就睡下,觉得头依然有点晕。所有人都出去聚餐了,苏橙橙蜷缩在被子里不想去。尹晓雪是全宿舍最后一个走的,走之前摸摸她的额头,担忧地说:"不会是发烧了吧?"

"应该不会。你走吧,我没事。"苏橙橙笑着说。

"我给你买了感冒药,就在桌上,你如果感觉不舒服的话就吃,知道吗?"

"知道了,大小姐!你这个冰山美人怎么和老妈子一样烦啊!"

"真不知好歹!"

尹晓雪的脸微微一红,在苏橙橙额头上一点,然后拿着包离开了宿舍。苏橙橙望着尹晓雪离去的背影,把桌上的药拿起来用温水吞服，蜷缩成一团，但到底觉得心中暖洋洋的。

真好。被朋友关心的感觉真好。苏橙橙想着，笑了起来。

虽然尹晓雪看起来冷漠、不好接触，但相比较罗琳、江媛而言，苏橙橙更喜欢尹晓雪一点。她觉得尹晓雪待人真诚，人又聪明、细心，如果她能和那个已婚男人分手的话就更好了……不，她又闲着没事瞎操心，干涉人家的私事干吗？好困啊，真想睡……

苏橙橙想着，打了个喷嚏，急忙去拿纸巾。与苏橙橙凄惨状况不同的是林瑞等教员们此时正和学员一起庆祝她们顺利通过所有考试项目。饭桌上，林瑞没有见到那个熟悉的身影，微微皱眉，而大家逐一向教员敬酒，让他应接不暇。有人借着酒意，嘻嘻哈哈地问："林教员，那你以后不教我们了吗？"

"是，我也有自己的飞行任务。"

"那橙橙怎么办？一定会伤心的！"有人嘴快问道。

"橙橙？"林瑞一怔，笑意逐渐弥漫，"橙橙以后就拜托你们照顾了。"

"林教员放心，我们肯定会照顾她的！"几个女孩都急忙开口。

"她今天怎么没来？"林瑞问。

"她生病了。"尹晓雪望着林瑞，不温不火地说，"好像是受了凉，还在房间休息。"

"这样啊。"

林瑞看似漫不经心地点头，继续与大家谈笑，却在半个小时后找了一个机会悄悄溜走。尹晓雪好笑地望着林瑞离去的背影，喃喃地说："苏橙橙，你还真是傻人有傻福。"

宿舍里，苏橙橙吃了药，鼻子不通气，头也晕晕的，把自己埋在被子里。她回想着两个月的培训时间，只觉得就好像一场梦一样。她甚至无法想象她真的通过了考核，即将成为一名真正的乘务员，即将飞上蓝天了。

两个月前，她还是一个失去爱情、没有事业、对自己未来的道路满是迷茫的无业人员，没想到两个月后她的人生居然会有翻天覆地的变化。她从不信命，但现在看来，一切似乎冥冥之中自由安排。

如果徐进没有背叛她，她就不会因为赌气而去报考空姐，而是在家专心做一个等待结婚的小女人。那样的生活，就算是平平淡淡，但是只要和自己心爱的男人在一起，每天都会觉得很幸福吧。现在，她的事业虽有了起色，但感情空白，而她真不知道未来的路在哪里。

不，工作才刚起步，想这些有的没的做什么呢？培训结束后，五天后就要正式安排学员飞行了，该为这个做点准备才是正事。听说很多空姐在第一天都会想吐，但愿她不要这样。以前在飞机上看着空姐穿制服的样子都觉得她们很漂亮，不知道自己穿制服是什么样子呢？

一定很好看吧，呵呵。好期待。

苏橙橙想象着自己穿着制服、拉着拉杆箱的样子，唇边露出了幸福的微笑。她在床上百无聊赖地看着电视，没过一会儿药性发作，昏昏睡去，很快就睡得天昏地暗，连房间里来了一个人都不知道。林瑞站在她床边，静静地看着苏橙橙睡着的模样，摸摸她潮红的面颊，把她把蹬掉的被子盖好。

这丫头，睡着了也这样不老实。不过真是很少见到她这样安静的样子。

还记得第一次见面的时候，她哭得很狼狈；第二次见面，她永不言弃，非常坚强；第三次见面，她是那样的温柔……那天在宾馆陪我的时候，她也是这样睡着，也是这样没心没肺，忘记了防备吧。

也不知道她生病严重不严重……

林瑞用手试试苏橙橙额头的温度，微微皱眉，再把自己的额头贴了上去，果然感觉到了一阵灼热。苏橙橙无意间翻了个身，发丝扫过林瑞的面颊，发间淡淡的香气也让林瑞的心开始剧烈地跳动了起来。他只觉得呼吸急促，下意识地松松领带，忍不住在她的额上轻轻一吻。

"唔……"

熟睡的苏橙橙似乎感觉到了什么，又翻个身，把头也埋在了被子里。林瑞看着她，在她床边坐了许久才离去。他突然发现，自从她离开后，他的微笑只有在苏橙橙面前才会绽放，而这个女孩突然让他有种不想放手、不想割舍的感觉——并不是简单地想戏弄她，想惹她生气，而是有种奇特的感觉。

那是心脏重新跳动的声音。

苏橙橙，既然你极力想和我划清界限，不想与我有任何关联，那我如你所愿就是。确实，我对你的感受已经超越了我的理智、我的掌控，是有必要降温了。

可是，我真的能控制住自己吗？

"晚安，橙橙。做个好梦。"林瑞看着她，心中五味陈杂。

林瑞走得无声无息，苏橙橙根本不知道他来过。她只感觉到一双微凉的手放在她的额头，很舒服，也很安心。

啊，好像开始做梦了，一个很美好的梦。苏橙橙在梦里露出了微笑，甜蜜地翻了个身。

第六章　飞行的日子·柠檬的味道

1

培训结束后，苏橙橙搬出了招待所，住进了北航的员工宿舍，终于能享受一人一间的私密空间。在入住的当天，苏橙橙、尹晓雪、罗琳、江媛都去饭店吃饭庆祝，缓解一下紧张的人际关系，也顺便庆祝自己即将到来的飞行生涯。

这家韩国烧烤店里，人声鼎沸，唯独苏橙橙一桌有些寂静得可怕。罗琳和尹晓雪低着头发微信，一副漠视对方的样子，所以苏橙橙与江媛只能拼命找话题。

"小琳，我师父是李娜，你的师父是谁？"江媛问。

"我师父是王玲，传说中很好说话那个。橙橙你的呢？"

"是陈心怡。"苏橙橙喝口茶，闷闷地说道。

"咦，这名字很熟，怎么好像在哪里听过？"

"当然熟了，就是教我们礼仪那个教员。"

听到苏橙橙这样说，所有的人都看着她，目露同情，尹晓雪更是脸色雪白。罗琳拍拍苏橙橙的肩膀，夸张地叫道："什么，就是那个母夜叉？橙橙，你真倒霉，她做你师父有的你受了。"

"算了，别说了，我已经很郁闷了。"苏橙橙苦着脸说。

"橙橙，严师出高徒，你师父这样严厉，对你以后也有好处。"江媛见苏橙橙心情不好，急忙打圆场。

"只能这样想了。呀，上菜了，快吃饭吧！"

"你啊，就知道吃……"

"哈哈！"

在苏橙橙的带动下，她们四个人终于其乐融融地吃了一顿饭。苏橙橙知道，罗琳和尹晓雪不住一个宿舍后，肯定是老死不相往来的局面，可这也不是她能解决的事情。她不是圣母，没有拯救所有人的崇高理想，她只想好好工作，多赚点钱，也顺便让林瑞那个混蛋另眼相看——林瑞，你不是让我辞职吗？我偏偏要做最优秀的空姐给你看！

苏橙橙满怀激情，期待着自己的第一次飞行。当排班表出来后，她查了下航班计划，发现机长是林瑞，心先猛地跳了一下，然后有点郁闷。她没想到自己最重要的第一次飞行，居然是要和这个家伙一起，光是想象他们见面的样子，就有够尴尬的。她不敢再想下去，定了早上4点的闹钟，强迫自己早点休息，也终于陷入了梦乡。

第二天，当闹钟响起的时候，苏橙橙习惯性地把闹钟按掉，她正想再睡5分钟，突然一个激灵，猛然从床上爬起。

不行，今天是第一天飞行，千万不能迟到！不能让林瑞那家伙看扁了！

虽然睡眼蒙胧，但苏橙橙还是飞快地从床上爬起。洗漱完毕后，她换上了制服，精心为自己化了个淡妆，然后静静地看着镜子中的自己。

镜中的她，容貌秀丽、气质出众，修身的制服让她看起来分外优雅。苏橙橙在镜子前把自己的飞行帽戴正，重新检查了一次飞行箱，确定自己没有忘记该带的东西，然后对镜子笑道："苏橙橙，加油！你一定会成为最优秀的空姐！加油！"

当苏橙橙拖着拉杆箱来到报到处的时候，惊讶地发现大家都已经来了,而陈教员陈心怡正在和几个空姐们进行任务分工。见到苏橙橙,她皱皱眉,严厉地问:"苏橙橙,你怎么回事,第一天飞行就迟到?"

"6点报道,我,我没来晚啊……"苏橙橙轻声解释。

"难道你不知道要比报到时间提早15分钟来签到吗?你上课是怎么学的?"

"我……"

苏橙橙张张嘴,脸涨得通红,可到底什么话也说不出来。她低着头,心中暗暗责怪自己光顾着激动了,居然会忘记了这个,特别后悔。陈心怡恨铁不成钢地望着自己的徒弟,正要继续说什么,只听一个空姐笑着说:"陈姐,别生气了,新乘都会犯错误,改了就好。您这样责骂她,今天的机长可是会心疼哦!"

"哦?"陈心怡皱眉。

"不,我和林瑞什么关系都没有!"苏橙橙急忙说,"师父,我做得不好的地方您尽管说,我会认真改正的。"

听到这话,陈心怡不再说什么,脸色也好看了一些。苏橙橙见状,急忙把自己的证件给陈心怡检查。她背对着其他人站着,觉得有一股视线一直停留在自己身上,灼热得让她有些无所适从。她迅速回头,与方才说话的那个空姐的视线撞了个正着。她们双方都没想到会与对方对视,停了几秒后,都迅速移开了视线。苏橙橙低着头听着陈心怡的训导,心中一直在思索她看她的眼神到底为什么那么奇怪。

刚才看了下她的胸牌,苏橙橙知道她叫李颖,可她应该并不认识叫李颖的空姐,也没听说哪个朋友认识这个人。她到底为什么一直看着自己?因为今天的妆化不好吗?

苏橙橙想着,手不由自主地摸摸自己的脸颊,而李颖看她的神情更加奇怪了。就在苏橙橙手足无措,实在不知道自己该做些什么的时候,林瑞下楼了。

"陈姐,证件都齐了吗?"

"是,机长。"

林瑞身穿机长制服,漠然地扫视一下等候他的机组成员,也浮光掠影一样地从苏橙橙身上滑过,疏离而冷漠,仿佛他们是从未见过的陌生人一样。见到林瑞,苏橙橙只觉得心猛地一跳,愣愣地望着林瑞,特别担心林瑞和又说一些不该说的话,为他们的谣言多些事实依据,但她多心了。林瑞看看手表,眼角都不扫苏橙橙一眼,只是对陈心怡淡淡地说:"人到齐了,现在开车,去机场协作吧。"

林瑞这家伙果然装作不认识我?苏橙橙一愣。

机组车上,大家都在闭目养神,唯有苏橙橙坐立难安。从理智上说,她希望就此与林瑞划清关系,但当林瑞真的对她视而不见的时候,她心里又有些莫名的失落和烦躁。

这是怎么了?明明想和他从此再无一点瓜葛,但是看到他爱理不理的样子还是会生气。他凭什么这样对她?从他们认识的第一天起,就是她不断地倒霉,要给脸色的话也是她给林瑞脸色看,林瑞凭什么对她这样漠视?而她到底为什么总是想着林瑞这家伙?

一路上,苏橙橙坐在后排,偷偷看着林瑞挺拔的背影,纠结地想了一路,直到到了机组协作室里才提起了精神。林瑞认真地与机组成员协作完毕,正准备上飞机,却听见一个安全员笑道说:"机长,今天带了一个新学员,你怎么不对她多关照一下?"

"有新学员?"林瑞仿佛才发现苏橙橙一般,看了她一眼,"你叫什么名字?"

"苏橙橙。"苏橙橙瞪了林瑞一眼,忍气说道。

"苏橙橙……"林瑞口中回味着这个名字,然后站起身,"走吧。"

2

虽然学习了两个月的知识，但一上飞机苏橙橙还是不知道该做什么好，只能紧跟在陈欣怡身后。虽然陈心怡很严肃，但她还是手把手地教了苏橙橙上飞机后应该做的事情。为了显示自己勤奋好学，苏橙橙随着陈心怡的讲解，快速记笔记，头越发眩晕了起来。

在陈心怡这学习完毕后，她就去服务间帮忙冲咖啡、烘烤餐食，忙得和陀螺一样，也终于发现练习和实际操作起来有多大的距离。当旅客开始登机的时候，她们急赶慢赶，终于把准备工作都做完。苏橙橙正准备出门迎客，李颖对她大声喝道："喂，那个谁，你怎么不把服务台收拾下就出去？怎么这么不讲卫生！"

"可是现在旅客开始登机了，应该先去迎客吧。"苏橙橙小声质疑。

"后厨房这么乱，你到底是怎么看得下去的？你不打扫难道让我们打扫吗？"

"知道了，我这就打扫。"

苏橙橙急忙拿毛巾打扫着后服务台，当她打扫完毕的时候，旅客都已经基本入座。她心中暗叫不好，冲到客舱中，见陈心怡正微笑着帮旅客摆放行李，也急忙上前帮忙。陈心怡看了苏橙橙一眼，对她轻声说："一会儿到前舱来，我有话和你说。"

"是，师父。"

在飞机等待起飞的时候，陈心怡与苏橙橙坐在一张座椅上，陈心怡面色不佳，苏橙橙一脸郁闷。陈心怡深吸一口气，尽量让自己平静："苏橙橙，你做学员的时候我就是你的教员，说起来对你也算有些了解了。你今天是带飞的第一天，有些事情不清楚我也能原谅，但你为什么在带飞第一天就偷懒不干活？"

"师父,你在说什么?"苏橙橙惊讶地问。

"大家都在外面迎客,为什么只有你不出来?难道你不知道旅客登机的时候应该做什么吗?"

"可是李颖姐她……"

"她和我说了,她让你去迎客,你却说要整理服务台。苏橙橙,你能不能上进点,让我省心一点?"

"什么?她是这样和你说的?"

苏橙橙听到李颖颠倒黑白的话后大惊,猛地从座位上坐起,却因为系好了安全带,又被一股力拉得坐在了座位上。陈心怡头痛得捂住额头,恨铁不成钢地说:"你说话声音再大点的话整个客舱都能听到了!你到底在想什么?"

"可是我是被冤枉的!明明是她让我打扫服务台,不要出门迎客的!"

"好了,我不要听你的解释。我见到的,是你飞行第一天就迟到,是你不知道自己该干什么,整个人都浑浑噩噩,心里不知道在想什么。我对于你那些恋爱故事不感兴趣,但你既然选择了这一行,作为我的徒弟,我是不会让你混日子的。今天我就先不抽查你业务了,回去好好看手册,明天我会提问。如果回答不出来的话,我会申请让你停飞。"

苏橙橙呆住了:"停飞?"

"苏橙橙,想成为一名合格的空姐,并不是长得漂亮、有些小心机就行的。你是很漂亮,又和林瑞机长关系匪浅,但我对事不对人,不会因为你的背景而对你降低要求。好了,我话就说到这里,你自己去琢磨吧。"

面对陈心怡平静、淡漠的面容,苏橙橙张张嘴,很想说什么,却到底无语。她没想到那个李颖居然会在乘务长面前造谣,也不知道陈心怡为什么会对她这样严厉,一时之间委屈得想哭。可是,她只能使劲憋回眼泪,不让陈心怡看出一点端倪。

当飞机终于飞出跑道，飞上蓝天时，苏橙橙的眼睛望着窗外，心情也慢慢激动起来。她看到自己好像腾云驾雾一般离开了地面，地上的房屋、车辆就好像模型一样小，而天空中漫天的白云也让她好像到了雪的天堂。她透过窗外，望着湛蓝的仿佛没有任何杂质的蓝天，望着身下一团团白雪一样的云海，只觉得所有的郁闷瞬间消失殆尽，恍若隔世。

好美的云海。

朝阳的光芒为云海涂了一层淡淡的红色，如同少女脸上浅浅的红晕，也把苏橙橙的脸印得微微发红。她望着窗外的美景，捂住了胸口。

她爱蓝天。她爱白云。她爱这份工作。

以前曾经听说空姐是"最接近上帝的女孩"，当时还不明白别人为什么这样说，现在她终于明白这句话是什么意思了。当距离地面有三万英尺时，洁白的如同棉絮一样的云彩触手可及。苏橙橙忍不住想，如果真有天国的话，她会比在地面任何一段时间都要接近天国吧。

就在苏橙橙望着云海，开始胡思乱想的时候，突然感觉到飞机一颠。她的身体不受控制地向前倾倒，然后向左歪，向右歪……她牢牢地抓住座椅，平衡自己的身体，只觉得头开始发晕，身体也越来越不舒服。

"女士们、先生们，我们的飞机在上升过程中受气流影响产生颠簸，请您在座位上坐好，并保持系好安全带……"

面对着飞机颠簸，陈心怡熟练地拿起广播器广播，而苏橙橙只觉得飞机颠簸得让自己的早饭都要吐出来了。她紧紧咬住嘴唇，极力克制住胃部的不适，脸色也变得苍白。不知道过了多久，飞机终于恢复了平稳。飞机飞稳后，苏橙橙见陈心怡换上围裙开始准备餐车，也急忙换上了。陈心怡与苏橙橙一起在服务台摆餐车，时不时提醒她应该注意的事项，苏橙橙认真地听着，紧紧地闭着嘴，一句话也不敢说，生怕自己开口就吐出来。陈心怡看了她一眼，皱眉问："怎么回事？你晕机？"

"我没事，只是这飞机颠得我难受……"苏橙橙虚弱地说。

"不舒服的话就休息下，不要出去发餐了。李颖，我们去。"

"好的。"李颖立马说道。

苏橙橙咬咬嘴唇，急忙说："师父，我过一会儿就好，我能行。"

"好了，快别硬撑了，想吐的话就快去洗手间。身体不舒服还逞强只会给别人添麻烦。"

"对……对不起……"

"快去吧！"

"我……哇——"

虽然苏橙橙极力忍耐，不想让自己失态，但到底冲进卫生间。她对着马桶吐了许久，把早上吃的东西全都吐了出来，只觉得胃部发酸，浑身也没有一点力气。因为呕吐的关系，她的眼泪直流，眼中满是红红的血丝，睫毛膏也有些花了。当她终于把胃部清空，无力地抬起头时，发现镜中的她面色苍白、嘴唇暗淡，已经是一脸病容。

罗琳说过，第一天带飞可能会有身体不适应，但就算不舒服也不能一个人休息，不然只会给别人留下懒惰的印象。陈心怡本来就对她有意见，她再这样娇气的话，只会让陈心怡更加反感。不管怎么样，都要支撑下去，苏橙橙，一定要撑住！

苏橙橙想着，强打精神，对着镜子整理一下自己的仪容，然后走出了洗手间。她喝了一杯水，正准备走到服务台去帮忙，却听见李颖与另一个乘务员的对话。

"现在的新乘还真是娇气。这个苏橙橙看起来挺聪明的，怎么什么都不会？"

"人家第一天带飞，身体不好也情有可原吧。但她确实没用了点儿。"

"我之前虽然搞不懂林瑞到底看上她哪一点,但觉得他们至少能交往个几个月,没想到才一个多月就被林瑞甩了,还真可怜。"

"是啊,刚才林瑞看她好像看陌生人一样,你看她脸都白了。"

"呵呵,她以为她是谁?林瑞还在等她,绝对不会看上她这种人的。"

"他还在等?"

"他……"

服务间的两个乘务员聊得正起劲,突然见到苏橙橙站在她们身后,脸色都一变。一个人急忙拿着冲好的咖啡就走进客舱,李颖神情僵硬地站了一会儿,也准备往客舱走,而苏橙橙站在了她面前。

"李颖姐,你是不是对我有意见?"苏橙橙问。

"呵呵,你为什么这样说?我认识你吗?你太看得起自己了吧。"李颖冷笑。

"从上飞机开始,你就事事针对我,我到底什么地方做得不好了?"

"我不明白你在说些什么。"

苏橙橙气愤地说:"明明是你不让我去迎客的,为什么和我师父说是我偷懒?还有,我和林瑞明明什么关系都没有,你这样说我的私事有意思吗?"

李颖也来了脾气:"苏橙橙,你只是个新乘,如果不是想借着林瑞往上爬,你以为谁会注意到你?你少自以为是了。"

"你……"

苏橙橙气得浑身发抖,一句话也说不出,就这样与李颖僵持了下来。李颖背后说人坏话被撞见后到底心虚,趁苏橙橙不再开口,急忙走了出去。苏橙橙一个人在服务间呆呆地站着,泪水终于抑制不住。她胡乱地擦擦眼泪,一回头,却看见林瑞正站在一边,若有所思地看着她。

3

一见到林瑞，苏橙橙心中的怒气更旺了。她深吸一口气，一言不发地从林瑞身边走开，但林瑞却突然说："哭了？"

苏橙橙闷闷地问："和你有关系吗？"

"不管怎么说，你现在所处的局面和我还是有一点关系的。苏橙橙，既然事情已经这样了，你可以考虑下我的提议。"

"什么提议？"

"你知道的。"

林瑞的声音非常低沉，带着成熟男人的沙哑与诱惑。苏橙橙一怔，微微抬起头，疑惑地望着林瑞，也在不经意间跌入林瑞深邃的眼眸。林瑞站在苏橙橙面前，低头看着她，瞳孔极黑，幽深得就好像一汪深潭，也能把苏橙橙所有的思绪都收入其中。苏橙橙呆呆地看了林瑞几秒，望着他漆黑的眼、薄薄的唇，心突然飞快地跳了起来。林瑞上前一步，伸出手……

苏橙橙闭上了眼睛。

她不知道自己为什么闭上眼睛，不知道自己心里在期待些什么，只知道她不敢再与林瑞对视了。林瑞的眼角就好像幽深的黑洞，能吞噬一切的思绪与防备。苏橙橙闭着眼睛，只觉得自己的心怦怦地跳，而那个黑影越来越近……

然后，她的面前多了一个柠檬。

"你吐了，喝点柠檬水的话会舒服许多。这个是我自己泡茶喝的柠檬，你拿走吧。"

"啊？"

"收好，不要弄丢了。"

林瑞说着，把一个嫩黄的柠檬放在苏橙橙的手里，然后一言不发地从她面前走开。苏橙橙望着他的背影，再望着她手中黄嫩可爱的柠檬，轻轻舒了一口气。她把柠檬切开泡水，酸甜的滋味让她幸福地眯了眼睛。

因为喝了柠檬水的关系，她反胃的感觉好了很多，一个小时的航线很快就结束了。当飞机平安落地的时候，苏橙橙深深地呼了一口气，竟然有种劫后重生的感觉。她和陈心怡一起站在门口，微笑着和每位旅客说"再见"，然后清理客舱，看看有没有旅客的遗留品，才算是正式结束了一段飞行。

也许是看她身体不太好的关系，陈心怡没有对她太过苛责。过站的时候，陈心怡在忙头等舱的准备工作，而苏橙橙趁着陈心怡没注意，偷偷把高跟鞋脱了。她摸摸自己被高跟鞋挤得发疼的脚，龇牙咧嘴地给自己按摩，没想到就在这时，驾驶舱的门开了，又与林瑞撞个正着。见到林瑞，苏橙橙的脸一下就红了，急忙把脚塞回高跟鞋，而林瑞对她若有所思地一笑，拿了瓶矿泉水，又进了驾驶舱。

为什么每次她丢脸的时候都会被他看到？上帝啊，是你派林瑞来克她的吗？

苏橙橙休息没多久，第二段航程的旅客就陆陆续续上机，也不再给她胡思乱想的机会。这次，苏橙橙学乖了，坚决地站在紧急出口处迎客，笑容灿烂。当飞机平飞后，她急忙换上围裙，与陈心怡一起出去发餐、发水。

"苏橙橙，你的身体行吗？"

"行的，师父。"苏橙橙坚定地说。

"不要硬撑。"

"我真的可以。"

"那好吧。一会儿我发水，你发餐，然后你和王航两个人一起加水，我收餐。发餐、发水要注意些什么你还记得吗？"

"需要介绍每一种餐食、饮料的种类，拿杯子只能拿下三分之一处，要从里到外发……"

"理论知识还不错。小心点，情愿慢一些，也不要出错。"

"是，师父。"

苏橙橙与陈心怡推着餐车出了服务台，看到满机舱的旅客，觉得头开始发晕。她深吸一口气，极力稳定自己紧张的情绪，向旅客介绍今天的餐食种类，僵硬地微笑："这位先生，今天我们配备了鱼肉饭和鸡肉饭，请问您想吃什么呢？"

"驴肉饭！"一位先生一边翻着报纸，一边漫不经心地说。

苏橙橙愣了一下，轻声说："先生，是鱼肉饭和鸡肉饭，没有驴肉哦。"

"啊，不是驴肉啊，我还想怎么飞机上会有驴肉呢。"

"哈哈！"

这位先生幽默的言语引起客舱里的一阵哄笑，苏橙橙也乐了。要是以前，她肯定一拍大腿就哈哈大笑起来，但现在她是乘务员，要注意自己的形象，不能再和以前一样没心没肺了。所以，她抿嘴轻轻一笑，到底没有那么紧张了。

"先生，那请问您想吃哪种呢？"

"我吃鱼肉的吧。"

"好的。请您接一下，小心烫手。"

"谢谢你啊，空姐！"

"不客气。"

这位先生的一句"谢谢"让苏橙橙心中暖暖的。在接下来的服务中，她也得心应手了许多。发餐结束后，她与另一个空姐加水，陈心怡独自一人收餐。路过一个抱着小孩的旅客时，她听到那个小女孩天真无邪地问："爸爸，这个穿紫色衣服的姐姐是空姐吗？"

"是呀。"

"好漂亮！那穿黑衣服的阿姨呢？"

"那个啊……"

爸爸一愣，似乎也没想明白为什么会有个人穿的和一般空姐不一样。可是，他万万不能在自己女儿面前丢脸。他略加思索，然后飞快地说："那个阿姨啊，是收垃圾的。"

哈哈，说乘务长是收垃圾的，苏橙橙一下子乐了。

虽然她极力控制住自己的面部肌肉，但还是笑出声来。她偷偷回头，望了一眼正在认真收着餐盒的乘务长，突然觉得她的严厉也不是那么令人恐惧了。

"小姐，我要咖啡，你怎么拿着我的杯子还不给我倒啊？"

"啊？对不起，请稍等！"

苏橙橙有个不好的习惯，就是她爱胡思乱想。经那个旅客的提醒，她才想起来自己手里还拿着人家的杯子，居然连工作都忘记了。她悄悄吐吐舌头，弥补性地往杯子里多倒了点咖啡，正打算把它递给那位小姐，飞机突然颠簸了起来。

"啊！"

"哟，烫死我了，你怎么回事啊！"

飞机一颠簸，苏橙橙的手一抖，手中的咖啡不受控制地朝一个旅客的身上洒去。被烫的旅客是一个大约30岁的女人，穿着一件雪白的衣服，现在衣服上多了一块褐色的污垢，显得格外触目惊心。她不断拿纸巾擦拭着自己的衣服，又疼又气，劈头盖脸地骂："你怎么回事啊，到底长没长眼睛？刚才让你倒咖啡你不倒，现在倒好，你故意烫我是吧？"

苏橙橙急忙道歉："不，我不是故意的，对不起……"

"我要投诉你！把意见卡拿来，我要投诉！"

客舱内所有的旅客都往苏橙橙的方向看，苏橙橙只觉得自己浑身的血液都冲到了脑子。她手足无措地站着，孤独地面对着旅客的谩骂、指责。她的眼泪在眼眶中打转，而她尽自己最大的努力，不让自己流泪。

"对不起，真的对不起……"

虽然在模拟仓的时候训练过关于烫伤旅客后的处置程序，但她真的面对这一切时,只觉得脑中一片空白,除了道歉不知道说什么好。王航递给旅客一块毛巾,向她道歉,帮她擦拭着衣物,但那个旅客看看自己被弄脏的衣服,还是忍不住生气。

"你呆站着做什么?你们的领导在哪里,让她过来!你们这什么破公司啊,空姐闯了祸还和木头一样站着!我要投诉你!"

"王航,苏橙橙,你们继续加水。这位小姐,把咖啡洒您身上了真是对不起。这样吧,要不您和我一起先到服务台,我帮您把衣服清理下好吗?"

陈心怡不知道什么时候来到了苏橙橙身后。王航原来是帮着苏橙橙一起道歉,见乘务长发话,对苏橙橙使个眼色,就继续为旅客加水,把道歉的事情交给陈心怡。苏橙橙心中一惊,回过头,一见到陈心怡那张微微皱眉的脸,心知自己又闯祸了,不由得沮丧了起来。她下意识地后退一步,却没有离开,只是执着地站着。

"苏橙橙,你要做什么,还不去加水?"陈心怡轻声说道,脸色越发严厉。

"师父,是我闯的祸,我不能走。"

陈心怡愣住了:"什么?"

苏橙橙走到旅客面前,温柔地问:"这位小姐,把咖啡洒您身上真的对不起您,我再帮您倒一杯好吗?"

旅客大声说:"我不要咖啡,我要你赔我衣服!"

"是我的失误,真的对不起!"苏橙橙朝那个旅客深深鞠躬。

"别废话了,你到底赔不赔!"

"很抱歉!"

面对苏橙橙不住道歉,那旅客的谩骂声开始慢慢变轻。陈心怡望着苏橙橙,眼中闪过一丝不明的情绪,但很快就恢复如常。她没有再逼着苏橙橙离开,而是俯下身,微笑着对那名旅客说:"小姐,这位乘务员今天是第一次飞行,刚才还吐了,身体有些不舒服才会弄洒咖啡,希望您能理解。您的衣服现在需要清洗,时间久了的话,恐怕咖啡渍更难洗干净了。请您先和我去服务台处理下,要是您还不满意,我们再协商赔偿事宜好吗?"

"好,洗不干净的话我可是要你们赔的!"

那个女人看了苏橙橙一眼,站起身,和陈心怡进了服务间。苏橙橙愣了一下,正要继续跟上,陈心怡对她严厉地说:"你去发水,不要管这件事了。"

"可是……"

"遇到事情不要不知道变通。快去发水,别让其他旅客等急了。这件事我来处理就好。"

陈心怡说着,就与那个旅客往服务台走去,背影还是一如既往的高贵、端庄。苏橙橙呆呆地望着陈心怡远去的背影,心中五味杂陈。她既感谢陈心怡为自己解围,又不明白她到底为什么对自己那样严厉——难道她做得真的有那么差吗?

她到底能不能成为一名合格的空姐?

4

当客舱服务终于告一段落,苏橙橙回到服务台的时候,陈心怡正笑容可掬地和那个被洒了咖啡的旅客说"再见"。说来也奇,刚才那么气愤的旅客此时竟是一脸笑容,见到苏橙橙甚至客气点头,一点也没有了刚才的愤怒。苏橙橙惊讶地望着那个旅客,待她走远后,终于忍不住问:"师父,这个客人不投诉了吗?"

"难道你希望她投诉?"陈心怡看了她一眼,淡淡地问。

"不,我只是想知道我对她道歉了那么久她都不愿意原谅我,您是怎么让她消气的?"

陈心怡摇头:"你只知道道歉,但你有没有想过这位客人此时最需要的是什么,她又为什么生气?"

苏橙橙突然想起自己面试时遇到过同样的问题。当时的她侃侃而谈,还得到了考官的赞许,可是真正面对问题时,她却那样慌张失措。她轻声回答:"因为我把咖啡洒在她身上了,弄脏了她的衣服。"

"这就是问题的所在了。你只是不停地道歉,没有为旅客解决最实质的问题。你做的都是表面功夫,根本没想到旅客现在最需要的到底是什么。苏橙橙,你现在还觉得做乘务员是一件很简单的事情吗?"

"我没这么想过……"

"有没有这样想你自己清楚。总之,这件事情已经解决了,你也不要放在心上。以后工作的时候认真点,别犯错。我不想让别人说我的徒弟毛手毛脚,给我丢脸。知道了吗?"陈心怡严厉地问。

"是。"

苏橙橙点点头,望着陈心怡,嘴唇微张,似乎想说什么又不敢说的样子。陈心怡问:"还有什么事吗?"

"没……就是……谢谢师父!"苏橙橙轻声说。

陈心怡有些吃惊。她在业务上一向是精益求精,对徒弟更加严厉,许多人当面对她叫得亲热,但背地里不知道怎么骂她。她自认对苏橙橙很是苛刻,没想到这个女孩居然会对自己说"谢谢",而这感觉真是不坏。

"别废话了,去打扫洗手间。"陈心怡挥挥手,掩饰自己的尴尬。

"是,师父。"

"还不快去?"

"知道了!"

苏橙橙说着,就急急冲向洗手间。陈心怡看着她笨拙的样子,想起了自己刚做乘务员的日子,不由得有些感慨。她的外表上虽然还是一副冷冷淡淡的样子,但嘴角的那丝笑容到底出卖了她的内心。

这丫头,也许真的可以好好培养。虽然她做事粗心、毛手毛脚又不会说话,但是她的真诚、勇于承担责任的态度是难能可贵的。她真的很像那时候的我啊!我希望她从现在开始谨言慎行,多个心眼,而不希望她像我一样,撞得头破血流才懂得回头。陈心怡想,轻轻叹了一口气。

"没想到她居然会帮我,也许她也是个好人呢。"洗手间里,苏橙橙捏着鼻子打扫,笑了起来。

接下来的两段飞行都波澜不惊地过去,苏橙橙的第一天带飞也顺利结束。当一天的飞行结束后,苏橙橙拎着飞行箱下了飞机,觉得身体都要散架了。机组车上,她没有了早上的激动,头倦倦地靠着窗户,一下子就睡着了。

好累啊……真的不想起来……

这一觉,她睡得极沉,连什么时候到了公司都不知道。在一片蒙眬中,她觉得有人在轻轻地推她,不耐烦地挥挥手,却觉得碰到了什么,大惊之余猛地睁开眼睛。她看到林瑞正在面前,而机组车里除了他们之外,再也没有其他人。

"林瑞,其他人呢?"苏橙橙一睁开眼就问。

"他们都下车了。"林瑞摸摸自己的鼻梁,面无表情地说。

"啊?大家都下车了?我怎么不知道?"

"你睡得那么香,当然感觉不到。"

"不是吧。"苏橙橙觉得不可置信。

"你说呢?"林瑞冷笑。

苏橙橙觉得自己再次出丑了。她在机组车上睡着也就算了,居然睡到人事不省!要是她磨牙说梦话的话真是丢脸丢大了!她应该没有这样吧!

"下车了。"林瑞突然说。

"哦。"

林瑞拎着箱子下了车,苏橙橙拿着拉杆箱,乖乖地跟在林瑞身后走下车去。夜晚的风吹在她身上,凉凉的,很轻柔,还有些花朵的芬芳。林瑞站在她面前,沉默地看着她,不知道在想些什么。晚风吹乱了他的头发,细碎的发丝掠过他的眼睛,他的容颜也在昏暗的灯光下显得很朦胧。他笔直地站着，把手插在口袋里，一直望着苏橙橙，沉默不语，似乎在想些什么，又似乎有些心情不佳的样子。苏橙橙看了一眼林瑞鼻子上可疑的淤青，终于忍不住说："机长，我回宿舍了。"

"嗯。"

"再见。"

苏橙橙对林瑞微微点头，拖着箱子就朝宿舍走去。她背后没长眼睛，可是她也不知道为什么，感受到了一股灼热的目光一直盯住她的后背，让她的背几乎都要燃烧起来了。她摇摇头，暗暗摇去不该有的思绪，往前又走了几步，林瑞却突然叫住了她。

"苏橙橙。"

"干吗？"苏橙橙回过头。

轻风吹动着她的头发，她的脑袋微微偏着，疑惑地望着林瑞，乌黑的大眼睛闪着黑玉一般的光芒。林瑞摸摸自己仍在疼痛的鼻梁，笑了："没什么。"

"奇奇怪怪的。"

苏橙橙嘟囔着说，回了宿舍。她打开行李箱，拿出了水杯，看着杯子里面的柠檬，甜蜜地笑了起来。

第七章 苏橙橙的心事·美丽的云海

1

第一天的带飞让苏橙橙疲惫无比,躺在床上连根手指都不想动。她打电话向江媛哭诉今天的悲惨遭遇,电话那头,江媛也说她第一天飞行闹了不少笑话,让苏橙橙的心邪恶地平衡了不少。苏橙橙犹豫了一会儿,终于还是说:"江媛,今天和我飞行的机长是林瑞。"

江媛激动了:"呀呀,你们还真是有缘分。他对你是不是特别好、特别地照顾你?"

苏橙橙愤愤地说:"哪有啊!不故意让我出丑就不错了!"

"不会吧!机长大人没有对你怜香惜玉吗?"

"一点儿都没有。我让他装作不认识我,他还真的这样了,好像我们真的第一次见面一样。"苏橙橙在床上翻个身,握着手机气呼呼地说。

"呀,这么过分啊。"

"可他突然给我一个柠檬……"苏橙橙吞吞吐吐地告诉江媛。

"咦,干吗给你那个?"

"我今天吐了,他说给我柠檬泡水喝,会好受很多。"

"还挺细心啊!苏橙橙,你喜欢上他了?"江媛语出惊人。

"拜托，怎么可能！"苏橙橙心中一惊，急忙说，"只是突然觉得他也挺会关心人的。"

"橙橙，你和我讲了10分钟电话，2分钟讲你今天的经历，剩下的8分钟都是在讲他。你真的喜欢上他了吧。"

"江媛，我不会喜欢上这种公子哥儿的。我和我以前的男朋友交往那么久、谈婚论嫁了都会被背叛，像林瑞这样的更容易背叛吧！与其那样，还不如从来没开始过。"苏橙橙平静地说。

"橙橙……"江媛很理解苏橙橙的感受，不知道该怎么劝她。

"好啦，不打扰你啦，我们明天都要飞，早点休息吧。有空联系哦。"

"好，橙橙你也好好休息。"

挂断电话，苏橙橙的心突然空荡荡的。她捧着水杯，轻轻喝了一口，酸酸甜甜的味道让胃部的不适慢慢消散，也让她的心越发纷乱了。她不知道自己对林瑞到底是什么感觉，也不知道是不是真的能像她所说的那样豁达。她只知道，她的心从来没有这么乱过。

这一晚，苏橙橙睡得极浅，一直在做着不知所谓的梦。在梦中，林瑞对她淡淡地笑着，而她好像受了蛊惑一样，沉浸在他的微笑中不可自拔。她站在原地，看着林瑞慢慢走近，看着他笑着摸着她的头，笑着拉着她的手，笑着吻上她的唇……

林瑞的拥抱是那样的有力，他的亲吻是那样的令人意乱神迷。他好像是一汪水，慢慢地流入苏橙橙的身体，缠绕着她，束缚着她，但她却没有一点不舒适，有的只是一种渴望被索取的欲望。她紧紧地搂住林瑞，激烈地回应着他的亲吻，觉得自己都要被融化了。林瑞的手揽住她的腰，慢慢下滑……

"丁零零……"

尖锐的闹钟声响起，苏橙橙猛地睁开眼睛，迷茫地看了天花板许久，终于记起方才的一切只是一场梦罢了。她关上闹钟，起身为自己倒了一杯水，一口气喝下，干涸的咽喉才感觉舒适了许多。她握着水杯，望着放在床头的还有着新鲜伤口的柠檬，想起方才的梦境，只觉得说不出的烦躁。她摇摇头，企图把乱七八糟的思维尽数赶出脑子，而她最终捂着头纠结地叹道："唉，还真做春梦了……可男主为什么是那个家伙啊！啊啊啊——"

苏橙橙纠结万分，幸好忙碌的飞行生活让她没有那么多时间胡思乱想。苏橙橙运气不错，除了师父严厉些，在第一天飞行中遇到了给她穿小鞋的李颖外，接下来的几天都与为人不错的乘务员一起飞行。这天傍晚，她查了班，先是一愣，然后开心地敲了罗琳的房门。罗琳敷着面膜开了门，含含糊糊地问："橙橙，我在做面膜呢，有事吗？"

"罗琳，你猜我明天和谁飞？"

"林瑞？"罗琳立马来了精神。

"不是啦，我和你老公飞哦！"

罗琳一愣："你说……何江？"

"是啊，运气很棒吧！"

"还真是巧。"罗琳摘了面膜，认真地在脸上扑着爽肤水，"你放心，就算我不和何江在一起，他也肯定会照顾你的。他就是这样的烂好人。"

苏橙橙觉得自己听错了："你说什么？"

罗琳轻声说："我们……可能要分手了。"

"为什么？因为那个王总？"苏橙橙脱口而出。

"不是。"罗琳奇怪地望了苏橙橙一眼，开始在脸上涂精华，"是另外一个人。"

"谁？"

"上次在假面舞会上认识的一个人。挺有钱的，对我也不错。他一直在追我，我考虑和他交往试试看。"

"那何江呢？"

"再说吧。我慢慢冷着他，到时候他也会比较容易接受分手。"

橙橙，我也不想耽误他啊，可有些事情不是我能把握的。"

苏橙橙觉得难过起来："你不喜欢他了吗？"

"橙橙，你真是单纯……"

罗琳轻轻一叹，顺手拿起一根烟。她熟练地点火，深深吸了一口。袅袅的烟雾中，罗琳的面容有些模糊，而满屋子的烟草味让苏橙橙不由自主地皱了皱眉。她望着罗琳，悄悄挥手驱散着烟味，终于忍不住问："罗琳，你什么时候开始抽烟的？"

"我一直会抽烟。之前为了何江，戒了，现在觉得烦心，就又抽上了。"

"那个追你的男人，你喜欢他吗？"

"橙橙，在这个世界上，光有爱情是不够的。何江是个好人，但他不是我的那杯茶。"

"你……"

"别问了。我的事情，我希望你也别和何江说，行吗？"罗琳苦涩一笑。

"知道了。罗琳，你少抽点烟，皮肤会不好的。"苏橙橙关心地说。

"哈哈，知道了。你还真是八婆。"

罗琳拍拍苏橙橙的肩膀，大声地笑着。可不知道为什么，苏橙橙总觉得罗琳乌黑的眼中有一种亮晶晶的东西，闪闪的，很耀眼。

2

知道罗琳与何江之间的事情后，第二天见到何江时，苏橙橙没由来地心虚。她冲何江尴尬地笑，上了飞机后就开始忙活，一点也不敢让自己有空暇时间，也不敢在何江的面前出现。

与苏橙橙的刻意躲避相比，何江却是经常来服务台转悠。他在服务台站了很久，见苏橙橙忙碌的样子也不好打扰，只好离开。苏橙橙心知何江找她肯定有事，但她到底是罗琳的朋友，所以也只能对不起何江了。

没过多久，旅客开始登机了。苏橙橙站在紧急出口的位置，微笑着向每一个登机的旅客问好。她下定决心，一定要好好表现，让陈心怡对自己改观，也向着"做最优秀的空姐"这条光荣而艰难的道路进军。

"姑娘，这个，121排在哪里？"

就在苏橙橙尽力显示自己优雅、温柔一面的时候，一个挂着拐棍，身上背着大大的蛇皮袋的老大爷走到苏橙橙面前。他拿出登机牌，一下子举到了苏橙橙眼前，险些戳到她的眼睛，他身上的汗臭味大得几乎让她昏厥。苏橙橙不动声色地皱皱眉头，尽量让自己温和地说："这位先生，您的位子是18C，这个121是登机口的编号。您看行李架的边缘有座位号，C是靠走道的位子，就在后面两排。"

"啊，谢谢姑娘啊！"

老大爷挺不好意思地接过登机牌，背着包就往后排走去了。今天的旅客很多，飞机几乎全满，旅客上到一半的时候突然不动了。陈心怡站在登机口，严厉地看着苏橙橙，苏橙橙急忙突破艰难险阻，费劲地朝着被堵塞的地方走去。她走到那儿，看见一个中年妇女拿着登机牌，和坐在靠窗座位上的老大爷交涉，而那老大爷坐得岿然不动，屁股都没抬一下。

"大爷，我是A座，是靠窗户的，麻烦您让一下成不？"

老大爷望着窗口，不说话。

"您的座位是靠走道的，我的才是18A，您看……"

不管别人怎么说，那个老大爷特固执地坐着，一动不动，仿佛根本听不懂别人在说什么一样。中年妇女拿他没办法，只好求助地望着苏橙橙。苏橙橙一下子就认出来他是问自己座位号的那个老人家，想起自己已经把他座位在哪说得很清楚，可他却还是弄错，心里有点烦躁。后面的旅客还等着登机，苏橙橙只好微笑着说："老先生，您是坐在靠走道的位子，麻烦您让这位女士坐靠窗好吗？"

"为什么不让我靠窗？"老大爷终于发话了，"她的票比我贵吗？"

"您下次办理登机牌的时候说一声，说您喜欢靠窗的位子，下次再靠窗，这次先坐靠走道的好吗？"

"可是，我、我想靠窗。"老大爷继续坚持，但底气到底有些不足。

"可您的位子不是靠窗的。您看，后面的旅客都等着登机呢，您先让一下，一会儿有空位我帮您调到靠窗的位子好吗？"

也许是苏橙橙的提议给了老大爷一个希望，也许是被众人注视的感觉实在太糟，老大爷犹豫了一会儿，终于站了起来，让了位子。那个女人很是恼火地看了他一眼，捂住鼻子坐下，那老大爷站起身，坐在了靠走道的位子上，神色木然。

没过多久，飞机的客舱门关闭，飞机也顺利起飞。坐在乘务员座椅上，苏橙橙的耳边都是轰轰的发动机引擎声，震耳欲聋，脑袋也嗡嗡作响。胃中的苦涩感袭来，苏橙橙急忙喝了一口自己冲泡的柠檬水，默默地闭上了眼睛，才觉得胃里那股翻江倒海的味道少了许多。

柠檬水酸酸甜甜，喝下去觉得整个身体都被洗涤了一样，清澈、干净，宛若新生。柠檬是一种很干净的水果，林瑞的气质也很像柠檬，干净清透。可是，他的本质是不是酸的呢？苏橙橙不知道自己为什么又想到了林瑞，急忙收回思绪。她悄悄看了一眼陈心怡，发现她好像也在想些什么，没有注意到她的神游，暗暗松了一口气。

飞机平飞后，苏橙橙不敢像第一天一样因为身体不适而休息，急忙换上围裙和布鞋，摆好餐车、水车后准备去发餐、发水。就在这时，呼唤铃响了。

苏橙橙望着自己头顶上方的蓝色小灯，急忙跑了出去，只见那个想换座位的老大爷正呆呆地看着头顶上方亮着的小灯泡，企图把它扭灭。苏橙橙见状，心中暗暗叹了一口气，点住他头顶上方那个小人的标志，把呼唤铃按灭，然后微笑着问："老先生，您有什么事情需要帮忙吗？"

"啊？"

"这个铃是呼唤铃，您按的话，我们就会出来。"

"哦，这样啊。"老大爷说着，好奇地望着呼唤铃，看来很有一种把它再按几下，好好玩玩的冲动。

现在，飞机已经平飞，太阳光非常耀眼，所以周围的旅客都把遮光板拉下了闭目养神。为了不打扰睡觉的旅客，苏橙橙放低了声音，再次给老大爷讲述了一次呼唤铃的使用方法。她正准备离开，那老大爷突然指着苏橙橙，颤颤地说："姑娘，你不是说要给我换位子吗？怎么没换？"

因为忙碌，苏橙橙早就把这件事忘记了，经他提醒才想起。她心中一紧，慌忙四下看了看，发现靠窗的座位早就被人占据了，不由得内疚地说："对不起，今天飞机靠窗的座位都已经全满了，老先生，要不您下次再坐靠窗的？"

"不行！你都答应我了！你们怎么说话不算话？"

老大爷突然生气了。他的嗓门很大，气得满脸通红，也让苏橙橙手足无措。她不知道是什么让这个老大爷这样生气，尴尬地站着，下意识朝着服务台望去，果然见陈心怡正在帘子后面观察着事态进展。她偷偷看了一眼陈心怡，心中暗暗在想真是怕啥来啥，一会儿又要挨批了。为了不要被骂得太惨，她稳定自己的情绪，尽量和颜悦色地说："这位先生，实在对不起，飞机现在已经满了。这样吧，我帮您问一下，看看有没有人愿意和您换位子，好吗？"

"我要坐在窗口。"

怎么这么烦人啊！窗口除了能看看云彩外，进出一点不方便，真是搞不懂大家怎么会喜欢坐窗口。

苏橙橙望着这个衣着寒酸、只会惹麻烦的老大爷，心中很是不满，但脸上不敢表现出分毫。动静已经闹得很大了，但老大爷周围的旅客都在闭目养神，似乎怎么睡也睡不醒的样子，又似乎是不想多管闲事。苏橙橙环视整个客舱，往后走了几排，轻轻询问了几个坐在窗口的人，但没有人表示愿意调换座位。没办法，苏橙橙只有再次和那个老大爷致歉。老大爷虽然很不高兴，但看看苏橙橙为难的神色，再看看四周冷漠的旅客，终于放松了语气："没人肯和我换，那就算了吧。"

"老先生，真的对不起。"

"没事。"

终于能在陈心怡出现前把问题解决，苏橙橙心中终于暗暗松了一口气，走回服务台的步子也轻快了许多。回到服务台，陈心怡果然问起刚才的事。苏橙橙把事情和陈心怡简单地讲述了一下，暗想陈心怡会不会表扬她一下，夸她处理得当，可陈心怡只是皱眉说："在地面的时候，是你承诺旅客给他换位子，现在没有办到，旅客心里有意见也是正常的。一会儿的服务当中你多注意下他，对他格外关注些，知道吗？"

"是，师父。"

苏橙橙原以为自己今天的处理方法比昨天好了很多，就算得不到陈心怡的夸奖也不会挨批，却没想到还是被骂了，心中不免有些郁闷。客舱服务的时候，当发水发到那个老大爷时，苏橙橙遵从师父的教导，特地对他多加关心。她微笑着问他需要喝点什么，但他只是默默摇头，有些失神地望着窗外，看起来有些落寞。

"老先生，您真的什么都不喝吗？"

"不喝，不喝。"

"航线还很长，这样吧，那我先给您倒杯水，如果想喝别的，按呼唤铃再和我联系好吗？"苏橙橙贴心地问。

"谢谢姑娘啊！"

老大爷的异常举动让苏橙橙心中疑惑，但她也没空多管，给他倒了一杯水，然后就为后面的旅客服务。当餐水服务结束，垃圾也收拾妥当后,苏橙橙拿着托盘巡舱,看看旅客有没有其他需要。当她再次经过那个老大爷面前时,对他多看了几眼,敏锐地发现老先生的眼角湿湿的,似乎有泪珠。

他怎么了?是因为身体不舒服,还是遇到了什么难事?自己到底要不要多管闲事?

苏橙橙望着那个一动不动坐着,一脸木然的老先生,不知为什么想起了自己过世已久的爷爷,心也一点点变软。她知道孤身一人,又是第一次坐飞机的老人家一定是紧张、惶恐不安的,心中纠结了一下,最后决定多管闲事一把。她俯下身,关切地看着他,微笑着问:"老先生,您有什么不舒服吗?"

"没、没有。"

老先生一惊,急忙擦擦眼睛,做出一副若无其事的样子。苏橙橙注意到他的眉头一直紧锁,而他的眼睛一直盯着遥远的窗外,神情有些哀伤。苏橙橙想到他刚才的举动,不知道一个座位对他而言怎么会那么重要,而看他的样子,好像有什么难言之隐。这到底是怎么回事?

"老先生,您有什么需求可以和我说一下吗?您是不是想坐在窗口,看看云海?"

"是啊……可惜没机会了。"老大爷喃喃地说。

"怎么会没机会呢,要看的话只要走到窗边就好了啊。"

老大爷惊讶地问:"坐飞机可以不系这个什么安全带?"

"当然了!"

"可我怎么解不开?"

老先生说着,又去硬掰安全带,苏橙橙急忙帮他解开,心中真是哭笑不得。她细心教这个初次上飞机的老大爷怎么扣上、解开安全带,暗想幸好自己多嘴问一下,不然他一会儿连上厕所都不敢,那可要把身体都憋坏了。她扶着老大爷,带着他走到了走道上,让他看看窗外洁白的仿佛棉花糖一样的云彩。望着湛蓝的天空,老大爷身子微微颤抖,嘴唇不住抖动,终于老泪纵横。苏橙橙有些愕然地望着他,而老大爷一把抓住了她的手,颤颤地说:"姑娘,谢谢你,真的谢谢你!我老伴一定走得安心了!谢谢你!"

苏橙橙呆住了:"老先生,您说什么呢?您老伴?"

"我的老伴她一直想出去旅游,想坐次飞机,可我没本事,她临死也没带她坐飞机。她走了,我就是想带着她坐坐飞机,看看云彩就行了。我儿子孝顺,接我去城里住,还给我买了张机票。我这辈子也坐趟飞机,帮我老伴看看云彩。很好看,真的很好看!姑娘,谢谢你帮我!这下,我老伴走得也安心了。"

老大爷说着,眼睛又湿了,苏橙橙的鼻子也酸酸的。苏橙橙的家虽然不是大富大贵之家,但也丰衣足食。像这种一辈子没坐过飞机,面朝黄土背朝天的人对于她来说,只是在电视上见过,而现在发生的一切也好像拍电视一样。突如其来的酸楚与不真实感让苏橙橙有些茫然,他们的对话让许多人都沉默了。

客舱中一片寂静。睡觉的旅客不知何时都醒来了,突然有人站了起来,对老大爷高声说:"大爷,我和你换位子。您坐窗口。"

"这,这怎么好意思……"老大爷羞愧地说。

"我经常坐飞机,我还比较喜欢坐走道,出入方便。大爷您就和我换吧。"

"和我换也行。"

"和我也行。"

客舱突然沸腾了。

苏橙橙愕然地看着许多人都站起来,热情地拉着老大爷入座,之前和他有些不愉快的中年妇女也站了起来。她一个箭步冲到老大爷面前,生拉硬拽地把他按在自己坐的位子上:"大爷,你一定要坐在我这儿。你听我说,我也是做儿女的人,你就当我想完成大妈的心愿,成不?"

"谢谢!谢谢!"

老大爷感激地只会说"谢谢"。苏橙橙扶着他坐下,突然发现客舱里全部的遮光板都被打开了,整个客舱明亮得好像在光的国度一样。她望着窗外,看着飞机飞速地飞过一朵朵云彩,只觉得心也好像窗外的阳光一样明亮又温暖。服务间里,陈心怡一直注视着苏橙橙,嘴角露出了会心的微笑。

3

当飞机落地的时候,苏橙橙微笑着目送那个老大爷离去,心中一直暖洋洋的。她第一次体会到了这个职业给她带来的成就感和满足感,心情特别棒。这时,陈心怡走到了她的身后:"苏橙橙,你休息下吧。今天也做了不少活了。你不用叠报纸了,我来就行。"

"师父,没事,让我来吧。"苏橙橙急忙说。

"快休息下吧。对了,那个何江说找你有点事,你看看怎么回事。"

"啊?"

"去吧。"

陈心怡说着,走到旅客座椅那里叠报纸。何江果然走到苏橙橙面前。见到何江,苏橙橙尴尬地笑着,走到服务台,机械地洗茶壶。何江站在她身边,笑着问:"苏橙橙,很久不见了,还记得我吗?"

"记得啊,我们吃过一次饭。谢谢你哦!"苏橙橙忙说。

"别那么客气了。苏橙橙,你比以前瘦了一点。"

"真的吗?"苏橙橙摸摸脸颊,嘿嘿一笑,"这话我最爱听。"

看到苏橙橙乐呵呵的样子,何江也笑了。他站在苏橙橙边上,帮着苏橙橙洗壶,苏橙橙真是诚惶诚恐。她不敢让安全员干活,急忙从何江手中夺过咖啡壶笑道:"大哥,拜托你别让我难做了。如果师父看见了一定会骂我。"

"没事,你就先休息下,你师父在叠报纸,看不见。"

苏橙橙轻声哀求："我还是个学员，您就别难为我了，成不？"

"其实我也是有事求你。苏橙橙，你知道小琳她最近在忙什么吗？"

他还是问了，他还是问了……

苏橙橙望着何江，只听到脑子嗡的一响。她冲何江尴尬地笑笑，含糊地说："我不知道啊，也很久没和她联系了。"

"是吗？其实我不该和你说这些，但我真的不知道她在想什么。对不起，打扰你了。"

何江说着，神色黯淡地转身要走。苏橙橙望着何江，只觉得心中一软，不由自主地问："你们不太好了吗？"

何江停住了脚步，过了一会儿才说："是啊！如果我没感觉错的话，她最近一直在躲着我。电话不接，短信不回，就连我去宿舍找她她也不在。苏橙橙，我知道这样很为难你，但我很想知道小琳她到底怎么了，是不是出了什么事？就在一个月前，我们还商量结婚的事情，还商量着去哪里买房……可一切突然变了。苏橙橙，你知道小琳到底怎么了？是不是遇到了什么难处？"

望着何江，苏橙橙的心猛地一疼。

外表坚强，内心却是那么无助、那么彷徨的何江，真是像极了三个月前的她。一样的自说自话，一样的对未来充满了希望，一样的彷徨不知所措，一样的从未想到自己的另一半会出轨……

为什么不会想到？只因为对方口口声声地说要与你相濡以沫，只因为觉得自己的感情不会被背叛，就可以活在自己的世界里，天真地以为自己的感情童话永远不会破灭吗？难道非要到了目睹背叛的那一天，才会发现自己以前是多么的一厢情愿、自欺欺人？

"何江，你确定罗琳要和你结婚？"苏橙橙问。

"你……你是不是知道些什么？"何江嘴唇微颤。

"何江，不要被自己的记忆和感觉给欺骗了。很抱歉，我就能说这么多，你不要为难我了。"

何江急了:"苏橙橙,小琳到底出了什么事?"

"何江,我不好多说,你就别问我了。"苏橙橙为难地说道。

"那我想要找她的话,在哪里能找到?"

苏橙橙犹豫:"那个啊……"

"苏橙橙,求你告诉我。我想知道小琳她到底怎么了。"

也许是一个大男人这样哀求的目光太过迫切,苏橙橙的心百转千回,到底是软了。她轻咳一声,含含糊糊地说:"运气好的话,也许你去酒吧能找到她。"

"酒吧?"何江眼神一暗。

"她也不常去,我也就随便一说。"

"知道了……谢谢你!"

"不谢!"苏橙橙轻声说。

结束飞行后,苏橙橙回到了宿舍,想起何江暗淡的眼神,只觉得一切索然无味,心里也有些酸酸的。她掏出手机,翻到通讯录的页面,很想和罗琳说些什么,可犹豫了5分钟,也不知道该如何开口。就在苏橙橙纠结无比的时候,她的手机突然响了。她吓了一跳,接通了电话,听到的却是隆隆的音乐声和岳桃特有的大嗓门。

"苏橙橙,你在哪里?"岳桃问。

"在宿舍啊。"

"我限你半个小时之内赶到夜色酒吧。"

"啊?为什么?"

"因为今天是老娘的生日!你不是把我的生日忘了吧?"

"当然没有!我不是想给你个惊喜嘛!"

苏橙橙心中一惊,慌忙讨好地笑着,恨不得当场变出条尾巴来,钻到电话那头对岳桃摇尾乞怜了。岳桃倨傲地哼了一声,恶狠狠地说:"快过来,没带礼物的话你就死定了!"

"是,女王陛下!"苏橙橙忙说。

当苏橙橙到达酒吧的时候,是晚上10点,也是酒吧最热闹的时候。她眯起眼睛，在疯狂起舞的人群中终于找到了岳桃。她逆着人群向岳桃走了过去，立马得到了岳桃的一个熊抱。岳桃搂着苏橙橙，笑眯眯地在苏橙橙面颊上亲了一口，略有醉意地说："看吧，这是我最好的姐妹儿，是北航的空姐。漂亮吧？哈哈哈！"

"哟，空姐都是仙女儿，今天总算让我见到活人了！"

"是啊是啊，快给我签名！"

朋友们都起哄，苏橙橙笑了。多日不见，苏橙橙发现岳桃比以前更漂亮了。现在天气还不算热，但她已经完全是夏天的打扮。岳桃穿着黑色吊带，蓝色牛仔短裤，脖子上戴着亮晶晶的项链。她露出了丰满的胸部、修长的大腿，白腻腻得简直让人口干舌燥。苏橙橙笑着说："你们就贫吧！对，我是仙女儿，不过是脸着地的那种。"

岳桃最近找了个时尚杂志编辑的工作，和年轻爱玩的同事们关系很好，苏橙橙也很快和他们打成了一片。有人好奇地问她："空姐儿，你们上班是不是特轻松，是不是有很多艳遇？"

"怎么可能！每天都要伺候人，还艳遇呢，能不累趴下就不错了。"苏橙橙撇嘴。

他们不信："真的假的？那你们工资是不是特高？"

"中等偏上，刚好小康吧。反正肯定没有你们想象中那么多。"

"那你们是不是经常能免费旅游？"

岳桃的朋友们都不太了解空姐这个行业，好奇地向苏橙橙连番发问，苏橙橙被他们的奇思妙想弄得真是哭笑不得。以前，她也觉得空姐是一个光鲜亮丽的职业，能乘坐飞机去各个不同的地方旅游，但当她真的从事了这一行，发现一切都不是这么简单。

是，空姐都是美丽而优雅的，可那是因为她们飞行要花一个小时细心化妆，用大半瓶啫喱把自己的头发弄得一丝不乱；空姐都是温柔、和善、笑容可掬的，那是因为就算她们再辛苦、再委屈，也要把自己最美的一面展示给旅客。就好像她前一秒还在洗手间吐得昏天黑地，前一秒还被同事气得抹眼泪，但在下一秒面对旅客的时候，还是要微笑大方，仿佛什么都没有发生一样，空姐这行，真的不是外人想象中那样的简单……不，今天是岳桃生日，她想这些做什么？反正明后两天都休息，今天就开开心心，把所有烦恼统统忘掉！

"橙橙，你当上空姐真是太好了。我以你为荣！"岳桃已经有了几分醉意，抱着苏橙橙，眼睛亮晶晶的，"你好好努力，飞机上钓到金龟分姐姐一个。"

"得了吧你！你还缺男人？"苏橙橙反问。

"是不缺男人，可是我缺好男人。橙橙，这世界上好男人就快绝种了，如果哪个不长眼的落到你手里，你一定要好好把握，就算霸王硬上弓也不能让他逃，知道吗？"

"岳桃，你喝醉了吧？"苏橙橙说。

随着第三瓶芝华士见底，大家都有了些醉意，就是喝得最少的苏橙橙也有点手脚不听使唤了。苏橙橙从怀中掏出钱包，啪的一声放在桌上，口齿不清地说："我、我买单……我真的不行了，要吐了！我、我先走了，你们慢喝！"

"小样儿，今天我请客，怎么能让你买单？不，不对，我们已经付过钱了啊！你等等我，我先去下洗手间，然后和你一起回家！"

岳桃把钱包硬塞到苏橙橙手里，自己踉跄着走到洗手间。苏橙橙放心不下，也跌跌撞撞地跟在岳桃身后，站在洗手间门口等着她。不知道过了多久，岳桃还没出来，而酒吧里震耳欲聋的音乐声让苏橙橙只觉得头昏脑涨，心里也是说不出的烦闷。

"岳桃，我到出口等你，你快点啊。"

苏橙橙冲着洗手间里面大喊了一声，也不管岳桃有没有听见，就一个人走了出去。在经过一个包厢的时候，她顺势往里看了一眼，隐约看见有个女人似乎正拉着一个男人的手。那个女人身形看起来有些熟悉。她忍不住多看了几眼，停住了脚步，觉得浑身的血液都要凝固了。

尹晓雪！

竟然是尹晓雪！

第八章　后悔的前男友·林瑞的邀请

1

包厢的门开了一条小缝。正是透过这道小缝，苏橙橙看了一场本不该看的闹剧。她眼看着自己的好友那么没骨气地拉着一个想离开她的男人的手，没骨气地啜泣着，没有了往日的半点骄傲。

"求你不要离开我……"

尹晓雪凄凉地跪在冰冷的地面上，抱着一个男人的腿，不让他离开，而那男人烦躁地站着，一脸不耐烦。苏橙橙认出来，他就是她和岳桃在水晶店遇到的那个人，只是此时的他没有了上次的那种和颜悦色、温柔儒雅，有的只是深深的厌恶与不耐烦。他看看手表，再烦躁地望着跪倒在地的尹晓雪，试图抽出脚，但尹晓雪直直地跪着，不让他离开半步。也许是终于被逼急了，男人猛地抽出脚，对尹晓雪提高了声音说："晓雪，你闹够了没有？这次的机会对我很重要，我不能有任何闪失，你懂不懂？"

"那我呢？你不是说过一定会和她离婚，一定会娶我的吗？"

"是，但你需要给我一点时间！"

"我跟了你5年，难道5年的时间还不够吗？"尹晓雪抬起头，凄然地笑，"姜平，你根本不想和我在一起，对不对？"

"你能不能不要这样孩子气?好了,不和你说了,我必须走了。你好好照顾自己。"

姜平说着就推开房门,却见到了正站在门口的苏橙橙。他见到苏橙橙后大吃一惊,下意识地看看尹晓雪,恼火地问:"这是你带来的朋友?难道你真的想把我们的事情公开?"

"不,不是……"尹晓雪无力辩解。

"晓雪,你放手!"苏橙橙猛地一拉尹晓雪,"你这是做什么!为了一个男人这样糟蹋自己,你值得不值得?"

"你是谁?"姜平皱眉。

"我是晓雪的朋友。今天没有谁喊我来,我来这是和我朋友一起过生日的。可我没想到,居然见到了……晓雪,我们走!"

"橙橙……"尹晓雪轻声哀求。

"你做什么?难道还嫌不够丢人吗?我们走!"

苏橙橙说着,拉着尹晓雪的手就要往外走,尹晓雪也木木地任由她拉着。姜平皱着眉看着她们,在她们快走到门口的时候,突然挡在了她们面前。他背靠着门,僵硬地笑:"这位小姐,你不会把今天发生的事情外泄,是吗?"

"你在威胁我吗?"苏橙橙眉毛一挑。

"当然算不上威胁。你既然是晓雪的朋友,希望你以后对她多多照顾,不要让她多想。晓雪,我走了。我不希望再听到类似的谣言了。"

尹晓雪悲伤地说:"姜平,我和你说了多少次,那些谣言不是我散布的,你为什么不相信我?"

"就算是这样吧……"

姜平似笑非笑地看了尹晓雪一眼,眼看就要走出房门,可就在这时,他突然觉得面上一凉,低头一看,胸前已经满是殷红的酒渍。他伸出手,默默擦拭着面颊上的酒渍,脸上的表情已经几近狰狞。

"苏小姐,请问你到底想要做什么?"姜平愤怒地问。

苏橙橙的手中拿着一个酒杯，酒杯中还残留着一些酒渍，剩下的都被她招呼到姜平的脸上了。她一只手拿着酒杯，另一只手指着姜平，冷静地说："你听好了。第一，你们的事情绝对不是尹晓雪散播的，她为此还和我吵了一架。第二，就算是她散布的，你也不用这样对她吧。好好的女孩子，没名没分地跟你5年，你还想骗她多久？你从来没想过离婚，是吗？"

"姜平，是这样吗？"尹晓雪不可置信地问道。

"我和晓雪的事用不着你操心。晓雪，我先走了，过几天等大家都冷静了我会打电话你。再见！"

姜平说着，头也不回地走了，留下尹晓雪一个人呆呆地站着。不知道过了多久，她一跺脚，就要追上前去，却被苏橙橙狠狠抓住了手腕："你要做什么？要去追他吗？"

"我必须要弄清楚！"尹晓雪大声说。

"你要弄清楚什么？弄清楚他是不是真的想娶你？醒醒吧，傻瓜！如果他想娶你，又怎么会让你等5年，又怎么会因为你们的事情被人知道那么生气？他从来就想让你做一只见不得人的金丝雀！尹晓雪，你不是很聪明的吗，怎么在这件事情上这样傻？"

"你不要说了！橙橙，你不要说了！"

尹晓雪捂着脸，呜呜地啜泣着，眼睛红肿，神情已经几近癫狂。苏橙橙头痛地叹气，给岳桃打了个电话，不顾岳桃的咆哮，拉着尹晓雪的手："走吧，我们回去。"

"去哪儿？"

"回家。"苏橙橙说。

苏橙橙把尹晓雪带回她的宿舍，扔给尹晓雪一身睡衣，自己一连喝了几口冰水，才觉得酒意淡了一些。她望着坐在自己床上一言不发、眼睛红得像核桃一样的尹晓雪，再想起自己刚做了些什么，真是怀疑自己当时被御姐岳桃附身，才会做出这样冲动的事情来。苏橙橙头痛地抓抓头发，纠结地问："晓雪，姜平是不是北航的领导？官大吗？"

"现在知道害怕了？你刚才不是很勇猛吗？"尹晓雪抱着苏橙橙的抱枕，不住摇头，真是被她气得哭笑不得。

"我刚才不是一时激动吗嘛……"苏橙橙嘟囔着说。

"他不是北航的员工，是政府机关的，你大可以放心。"

苏橙橙忍不住问："你们究竟为什么吵架？"

"因为他希望我们暂时不要见面。"

"啊？为什么？"

尹晓雪苦笑："还记得我和他之间的谣言吗？虽然没有指名道姓地提到他，但这已经让他感觉到害怕了。所以他要我们暂时不见面。"

"那你……"

尹晓雪落寞地说："橙橙，我从17岁就开始跟着他，他是我的初恋，也是我唯一的男人。一开始，我并不知道他有妻子，当我知道后，我想过要离开，可他跪在地上，不肯让我离去。我心软了。"

"后来呢？"苏橙橙忍不住问。

"后来，5年过去了。每一年，他都信誓旦旦地答应我要离婚，要和我在一起，但每年我得到的只是几张金卡和孤零零的长夜。橙橙，我不要钱，我想要的是他的陪伴。可那么多年了，我没得到，我什么都没得到。我们逛街被你撞到后，我是很生气，但我心里也有种窃喜——那么多年了，我们的地下恋情都是密不透风，现在这层窗户纸终于被人捅破了，他的妻子也终于能知道了。为什么一直以来受害者都是我，他和他的妻子倒能那样开心地活着？我不甘心！可是，我没想到他居然和我说要分开一段时间……"

"他为什么突然和你说分手？"

"不是分手，是分开一段时间。"尹晓雪看了苏橙橙一眼，似乎在强调这一点。

苏橙橙只能顺着她的话说："好，那他为什么要和你'分开一段时间'?"

"因为下个月他要竞选一个岗位,他说不能在这个时候有任何不利的传言。我也不知道怎么了,听到他第一万次和我道歉,说暂时不能离婚的时候,我忍不住就哭了。他原来在安慰我,但后来他老婆来电话,他接了电话,不顾一切就要走。我抱住他,哀求他,但是他还是要走。橙橙,我在他心里到底算什么?难道他不知道我的宽宏大量都是装出来的,其实我对现在的生活已经厌恶到了极点?我真的恨死了他!"

尹晓雪说着,抱着苏橙橙的抱枕,十指用力,深深地插入枕芯。苏橙橙沉默了许久,安慰地说:"你也别想那么多了。晓雪,你年纪也不小了,你该知道,一个已婚男人为了你离婚是一件多么不现实的事。你为什么不尝试着离开他?"

"我尝试过无数次,但是那种滋味你真的无法理解。橙橙,我是不是特肮脏?你是不是特看不起我?"

一贯骄傲的尹晓雪此时就像个孩子一样,含泪望着苏橙橙,好像是等待着宣判的囚徒一样。苏橙橙微微一叹,摸摸尹晓雪的头:"我没有看不起你。"

你这个傻瓜,就是怕别人看不起自己才特地抢先一步和别人疏远距离,好维持自己骄傲的自尊?为了那个男人,你一定哭了很多次,一定很难过吧?可我不想让你这样难过了。苏橙橙想着,突然很想哭。

"分手吧,尹晓雪。"苏橙橙残忍地说,"长痛不如短痛,既然知道了结局,为什么还要让自己抱有不该有的希望?你明知道他绝对不会离婚的,是吗?而且,他应该有孩子吧。他怎么可能抛弃妻子,被大家看不起?"

"橙橙你别说了!"尹晓雪痛苦地抱着头。

"晓雪……"苏橙橙欲言又止。

"你放心,我会认真考虑的。这事确实该有个结果了。"

尹晓雪说着，轻轻把散落的发丝归到脑后，脸色依然苍白，但带了些决绝的色彩。现在的她虽然是那样的狼狈不堪，但她还是美丽的。经过了泪水的洗涤，她一双乌黑的眼睛在灯光下黑得发亮，像黑玛瑙一般闪着耀眼的光芒。苏橙橙看了她许久，终于说："好，随便你。但愿你真的会想通。"

"嗯。事情是该有一个结果了。"尹晓雪轻声说道，眼中闪着异样的光芒。

2

尹晓雪在苏橙橙宿舍里睡了一天，第二天当她醒来的时候，尹晓雪已经不见了。她的书桌上整整齐齐地放着牛奶、面包，还放着一张小纸条。昨晚的酒意还未完全消除，苏橙橙挣扎着起床拿起小纸条，只见纸条上写着："橙橙，谢谢你昨晚的照顾。你做的一切都是为了我，你放心，他是不会怪你的。我一定会好好想想以后该怎么走，会给你，也会给我自己一个满意的答复。谢谢你的睡衣。"

苏橙橙望着阳台，发现自己昨天借给尹晓雪穿的睡衣已经被清洗过了。她不知道尹晓雪是什么时候走的，又是怎样轻手轻脚地做了这么多事没让她发觉。她发现，尹晓雪实在是个敏感、小心又渴望爱到极点的女人，只要别人对她有一点点好，她就恨不得粉身碎骨地回报。这样看来，也不难理解她为什么对那个男人不离不弃……可这却是一条不归路。

苏橙橙想着，轻轻一叹，走下床，吃着尹晓雪为自己准备的早餐。她吃着面包，习惯性地打开冰箱门，拿出柠檬准备泡水，惊讶地发现柠檬只剩最后一片了。

静静地躺在她手中的柠檬片早就没了以前的丰盈，干干瘪瘪的，很不好看，但苏橙橙还是把它泡入了水中，慢慢喝下，在酸甜中感受神清气爽——她也不知道自己是什么时候开始，居然养成了喝柠檬水的习惯。恢复精神后,她开始打扫房间。她努力地拖地,爬上窜下,终于把宿舍擦得窗明几净。就在她猫着腰跪在地上刷马桶的时候,门外突然有人敲门。苏橙橙以为是有人来串门子了,把门打开,口中笑骂:"谁啊,起那么大早?是不是来帮我刷厕所来了?"

"请问是苏小姐吗?"门外一个中年妇人微微皱眉。

门外的中年妇人大约50岁,身穿得体的套装,化着精致的淡妆,头发盘得一丝不乱,整个一阔太太的标准打扮。苏橙橙看看她,再看看身穿睡衣、头发蓬松还戴着塑胶手套的自己,只觉得怎么看怎么丢人。她以为这个女人找错人了,对她笑笑,然后说:"阿姨,我是苏橙橙,可我不认识你,你是不是找错人了?"

"你就是苏橙橙?不请我进屋坐坐吗?"

那个女人说着,自顾自地走进了苏橙橙的房间,紧锁的眉头从来就没舒展过。她看看简陋的宿舍,看着被苏橙橙清理出来的堆积如山的杂物,不可置信地说:"你的房间就是这样打扫的?地板里还有污渍,玻璃也没擦干净!现在的女孩子啊,真是没有一个会做家务的……"

"阿姨,你找我做什么?我好像不认识你。"苏橙橙额头上青筋直跳,忍气问道。

"我是林瑞的母亲。我代表林家,正式请你在四天后去林家吃饭。"

什么?她是林瑞的母亲?

苏橙橙再次打量着这个女人,发现她的眉眼果然和林瑞有几分相似,而她终于知道林瑞挑剔的个性是从哪里来的了。她闷声不响地摘了手套,尽量让自己平静地说:"谢谢阿姨!但请问你为什么要请我去你家吃饭?我们似乎并不熟啊!"

"你这孩子怎么这样不知好歹?虽然你长得也就还凑合,家世一般,不会操持家务,但阿瑞喜欢你的话,我们做家长的也没办法。不管怎么说,你比那个总要好些。我让你林叔叔查了你的班,四天后你休息，可以赴约。本来是想电话通知你的，但是你林叔叔说亲自来比较有诚意，我就登门造访。苏小姐，希望到时候能见到你。"

林母说着，对苏橙橙微微点头，然后离开了她的屋子，好像在这待一分钟都会被毒死一样。苏橙橙呆呆地站着，过了许久，终于反应了过来。她拿出手机，气急败坏地拨打了一个从未拨打过的陌生号码，怒火中烧。

林瑞，你这个大混蛋！原来以为和你之间的破事就这样结束了，现在倒好，都牵扯到家长头上了，而且这家长还是我的顶头上司！欺负人不带欺负成这样的！混蛋！

苏橙橙越想越气，怒气冲冲地拿着电话，准备电话一通就把林瑞臭骂一顿。可是，电话响了许久，还是没人接听。就在她要愤愤挂断电话的时候，电话那头突然传来了一个有些沙哑的声音："橙橙？"

林瑞的声音是低沉、富有磁性的男中音，现在可能是没有睡醒，倦倦的，带了一些慵懒的意味。听到林瑞的声音，苏橙橙的脸飞快红了一下，然后蛮横地问："林瑞，你到底怎么回事啊！你和你家人说了什么，你妈怎么会来找我？"

"她……来了？"林瑞似乎有些诧异。

"是！你和她到底说了什么？"

林瑞沉默了一会儿，然后说："很抱歉给你造成困扰了。你放心，我会解决的。"

"你怎么解决？要花多久？"

"需要一点时间。"

"林瑞，你和你爸妈到底说了什么？你出来，我要和你当面说。"

"现在？"

"是。现在、立刻、马上。"苏橙橙强硬地说道。

林瑞好脾气地答应："行。你想吃什么？"

"啊？"

"中餐还是西餐？"

"西餐吧。"

"那一个小时后，珠江路的大马可意大利餐厅见。那里的意大利面不错。不见不散。"

林瑞挂断了电话，苏橙橙却是握着手机发呆。她不知道自己的兴师问罪怎么又演变成二人世界了，这次和上次的见面模式几乎一模一样。

苏橙橙想着，打开衣橱，精心挑选着一会儿要穿的衣服。她郁闷地发现，女人的衣柜永远缺一件衣服，以前觉得还不错的衣服现在看起来都是那样的平庸不堪。

这件太暗沉，这件太暴露，这件太幼稚……为了保险起见，还是穿得淑女一点好了，不容易出错。

苏橙橙拿起了自己前几天新买的嫩黄色的连衣裙，紧张的情绪终于放松了一些。她换上连衣裙，精心化了个妆，把一头直发吹得飘逸柔顺。她对着镜子微微一笑，满意地发现自己认真打扮起来还真不错。她在镜子面前打转，仔细检查自己的着装有没有不合适的地方，然后突然醒悟她是要去兴师问罪，不是该死的约会！她到底为什么打扮，打扮给谁看？

苏橙橙郁闷地皱起眉，脱下连衣裙，换上了普通的运动装，把自己打扮成漫不经心的样子出了门。她走在北航生活区枝丫繁茂的林荫道上，望着太阳照射在树枝间斑驳的光影，闻着玉兰花若有若无的香味，只觉得心情也平静了许多。

现在已经是初夏了，阳光照射在身上很温暖，她的心也一片火热。她发现院中的桃花早就凋零了，嫩叶在阳光下青翠可人，倒是一副生意盎然的样子。苏橙橙怔怔地望着这棵桃树，想起自己今年都发生了什么，不由得微微一叹。

春天过去了，桃花都谢了，她的未来在哪里？还记得小时候妈妈带她去算命，算命先生就说她命中少桃花，就算是偶尔有哪朵为她盛开了，也迟早是凋零的命。以前她从不相信这些，但徐进的事情确实证明了这一点。

桃花，桃花，到底谁才是她生命中的那朵桃花呢？会是他吗？

苏橙橙想着，林瑞的身影不经意间浮现在她的脑海。她心虚地想到，林瑞是一个很注重仪表的人，打扮总是整洁、得体，也永远是那样的温文尔雅，让人感觉如沐春风。今天，他一定会穿着正装，他穿西装的样子也一定很好看。自己打扮得这样漫不经心，会不会显得对他太不尊重，显得她不懂高级餐厅的用餐礼仪？

苏橙橙想着林瑞鄙夷的神色，再看看自己的运动服，终于为自己找了一个回去换衣服的绝佳理由。她立即返回宿舍，换上了连衣裙。想着即将和林瑞见面，她忍不住微笑了起来。

3

林瑞预订的意大利餐厅位于城东，环境很不错，菜肴也很别致。苏橙橙到了餐厅后，没想到一向准时的林瑞还没有来。她为自己点了一杯柠檬水，然后等待着林瑞的大驾光临。她一边翻看着杂志，一边小口地喝着柠檬水，享受着午后的阳光，觉得等待的时光也不是那么难熬。

"橙橙？你怎么会在这？"

在苏橙橙认真看着杂志的时候，一个熟悉的声音在她身后响起。

听到那个声音，苏橙橙的心跳慢了半拍，觉得浑身的血液都要凝固了。她不想回头，不敢回头，因为她害怕见到记忆中那个早就该被淡忘的身影。她僵硬地坐着，脸色苍白，手脚不会动弹，只能眼睁睁地看着那个男人走到她的桌前。

"橙橙，又见面了。很久不见了。"

徐进叹息般地轻声说着，自顾自地拉开了苏橙橙面前的座椅，坐在了她的对面。多日不见，徐进褪去了以往的青涩，有的是属于男人的成熟与稳重,也把苏橙橙心中最后一点记忆尽数抹去。

徐进没有穿着苏橙橙记忆中的休闲装,而是身穿浅色西装。他的头发打了啫喱,生机勃发地竖起,尽量让自己显出一派青春又有干劲的样子,但苏橙橙只觉得他和电视剧中的反派人物没什么两样。细细看来,徐进的皮肤比大学时期差了很多,黑眼圈很重,眼中的红血丝也让他黑白分明的眼睛少了几分清澈,多了几分算计。他似乎发福了,脸比以前圆了许多,西装下的肚子微微突起,早就没有了苏橙橙印象中的结实、强健的好身材。

徐进要了杯咖啡,缓缓地搅动着咖啡上的奶油,出神地望着苏橙橙,似乎有千言万语要说,但不知道如何开口。时间不知道过了多久,他终于开朗地笑着:"橙橙,我来这里和一个客户谈生意,客户还没来,没想到见到了你,真有缘分。"

"是吗?"

与徐进的热络反应不同,苏橙橙神色淡然地望着窗外,仿佛坐在她面前的只是一个陌生人一样。徐进不会知道,他的出现让苏橙橙几乎已经痊愈的伤口重新迸裂,鲜血淋漓。

在今天遇到徐进之前,苏橙橙曾幻想过与徐进相遇的100种方案。她希望挽着出色的男子,与徐进在大街上就这样擦身而过;也希望看到徐进贫困潦倒、露宿街头,他在你身边站着快慰地微笑,却在他黯然回头的时候还给他一个拥抱……现在看来,她到底是偶像剧看多了。她所爱的,早就不是现在的徐进了。徐进对他而言,只是一个陌生人罢了。

"橙橙,你在等人吗?"徐进很少见到这样沉默的苏橙橙,有些尴尬地没话找话。

"是啊。"苏橙橙淡淡地说,似笑非笑,"这位先生,你和我很熟吗?谁让你坐在这里了?"

"橙橙,你怎么还是那样的伶牙俐齿?"徐进微微一叹,然后目光炯炯地望着她,"好久不见,你更漂亮了。"

徐进说的都是真心话。

大学期间他与苏橙橙相依相伴了4年。他虽然觉得自己的女朋友容貌不错，但参加工作后，他见到的都是精致、优雅、处事大方的白领，再看看自己不懂穿衣打扮的小女朋友，怎么看怎么不顺眼了。

他从事的是销售行业，人际关系很重要，苏橙橙的不善交际与姚莉的热情大方、长袖善舞成了最鲜明的对比，他也一度以为姚莉就是他所希求的背后力量，能让他的事业更上一个台阶。而他没想到，和姚莉真正开始交往后，也有着他想象不到的麻烦。

姚莉爱逛街，开销极大，一开始他还能打肿了脸充胖子，但到后来到底有些力不从心。而且姚莉经常背着他和其他男人联系，他们的争吵逐渐增多，而他也开始慢慢怀念那个身穿牛仔裙，坐在他的单车上，紧紧抱住他的腰的女孩。

他没想到在他心中那样没用的前女友居然会考上空姐，也没想到半年未见她会变得这样漂亮。她比以前瘦了一些，嫩黄的颜色很适合她的肤色，合身的衣服尽显她姣好的身材，她精致的面容就好像娃娃一样，与浓眉大眼的姚莉有着不一样的风韵。

相比以前的青春可爱而言，现在的苏橙橙有女人味了很多，举手投足间都充满了令人神往的魅惑。而且，她是空姐，说出去的话会很有面子，收入也不错……她现在看起来对他冷淡，是因为还在生他的气，如果他回头的话，她应该也会愿意和他在一起吧。毕竟，他们交往了4年，他是苏橙橙的初恋男友……

"橙橙，我和姚莉分手了。"徐进说，一把抓住了苏橙橙的手，热烈地望着她，"橙橙，我忘不了你。我们和好吧。"

苏橙橙开始纠结，到底是先骂他然后再抽他一耳光好，还是直接打了他走人好。她陷入了深思，徐进以为她在害羞，忙说："橙橙，我知道你想说什么，我都知道。是我不好，为了别的女人伤害了你，但我现在想回头，想回家了。橙橙，原谅我好不好？我们明年就结婚。"

徐进的眼神是那样的深情、专注，他的语气是那样的执着、坚定，都让苏橙橙误以为自己已经答应了他。她的脑子嗡的一响，急忙把手从徐进手中抽出，可是没有成功。因为徐进两只手都抓住她企图紧缩的右手，以显示他的霸道与决心。

"橙橙，答应我，好不好？"徐进问。

"你放手！"

"你不答应我就不放。"徐进理所当然地说道。

苏橙橙的心一跳。她还记得她刚进校园的时候，在操场上被人拦住。那个手抱篮球的少年执着地等着一个答复，而她红着脸，一言未发。也许是等急了，那少年一把抓住了她的手。她大吃一惊，急忙甩开，而那人笑着，露出一口整洁的白牙："橙橙，你不答应我就不放手。"

"橙橙，我想和你结婚。"

"橙橙，我们分手吧。"

曾经的誓言是那样的脆弱易碎，曾经深爱的男子早就不是记忆中的那个阳光下对她微笑的白衣少年。苏橙橙望着徐进，一点点、坚决、缓慢地把自己的手抽出，深吸一口气，对徐进笑道："徐进，你觉得我们还回得去吗？"

"橙橙……"

"我是喜欢过你，发了疯一样地想嫁给你，但这都是以前的事情，久远到我都快忘记了。当你搂着你的新女友从我面前走过的那刻，我们就完了，永远地完了。徐进，就算我还爱你，就算我们勉强在一起，我们的感情也是有裂痕，永远无法弥补。更何况，我早就不爱你了。"

"你不爱我了？你喜欢上别人了？"徐进愤怒地问。

"徐进，你不要那么幼稚好不好？我们早就分手了，不是吗？而且我没记错的话，是你甩的我吧。"

"可我现在回头了。橙橙，难道你不愿意给我一个机会吗？还是说你早就有了别的男人，你变了心？"

徐进说着，神色逐渐阴冷，看苏橙橙的眼神好像看自己红杏出墙的妻子一样，震怒而屈辱。苏橙橙头痛地捂着额头，不知道该怎么和这个男人继续说下去。就在气氛极其尴尬之时，苏橙橙只觉得手臂一紧，一股力量硬是把她直直地从座椅上拉起。她一回头，见到的是林瑞平静的面容。她没反应过来，林瑞突然搂住了她的腰，把她揽入自己的怀中。

"林瑞？"苏橙橙诧异地看着他。

"橙橙，路上塞车，等久了吧。"林瑞搂着苏橙橙，云淡风轻地笑着，"想吃点什么？"

"橙橙，这是谁？"徐进见林瑞与苏橙橙的亲密关系，终于忍不住站起，"你们是什么关系？"

"关你什么事？"

"我是她的男朋友。"

两人同时开口，然后互视了一眼。徐进不可置信地问："橙橙你……真的交了男朋友？"。

"是，我有了男朋友。所以，请不要再来打扰我的生活。"苏橙橙心一横。

徐进愣住了。他从未想过只会跟在他身后，什么事都听他安排的小女朋友居然会这样冷静地和他说话，这样决绝地与他划清界限，而他不得不承认她与那个神态平和、俊朗清秀的男子站在一起是那样的相配。可是，他为什么会有种不甘心、被背叛的感觉？那是因为这一次被抛弃的人是他吗？

"橙橙，也许你说得对，过去了就过去了，就算想回头，也已经回不去了。既然你已经找到了你的幸福，我祝福你。不过，如果你相信你最爱的男人还是我，我会等你回头的。"徐进深情地看着她。

苏橙橙摇头："徐进，我不会的。"

"我等你。"徐进固执地说,"我不会放弃的。"

"随便你吧。"

"我不会放弃。"

徐进强调着,最后看了苏橙橙一眼,走出了餐厅,而苏橙橙知道,这很可能是他们最后一次见面了。城市那么大,茫茫人海中要遇到一个人不是那样容易,就算以后遇到了,也会是擦身而过,装作从未见过吧。

他们做不了朋友,因为曾经被伤害过;他们做不了敌人,因为曾经爱过。所以,做个陌生人就好了。

"苏橙橙,你怎么了?哭了?"林瑞问。

"没有。"苏橙橙哽咽地说。

"擦擦眼睛吧。"

林瑞拿出一包纸巾递给苏橙橙,苏橙橙默默地接了,轻轻擦拭着眼睛,过了许久才缓过神来。林瑞喝着黑咖啡,望着渐渐平静下来的女孩,貌似漫不经心地问:"刚才那个人是你以前的男朋友?"

"嗯。"

"上次你在机场哭,就是为了他?"

苏橙橙郁闷地点头:"嗯。不过都过去了。"

"是啊,都过去了。"

林瑞微微一笑,并未再追问下去,而是专心地看着菜单。他今天身穿简单的白衬衫、黑长裤,没有徐进那样正式,但是举手投足间的贵气与自信却是徐进所没有的。他专注地看着菜单,鼻梁高挺,睫毛微卷,侧影美好得不像话。苏橙橙注意到他的右手还是戴着那串木质的佛珠,只是这佛珠式样陈旧,材质一般,与他的昂贵衣物并不相配。

林瑞看起来并不像是什么善男信女,为什么会佩戴佛珠?难道这是高僧开过光,给他保平安,又或者是对他而言重要的人送的?他到底有没有喜欢的人?

苏橙橙望着林瑞，愣愣地想着心事。林瑞终于合上菜单，跟服务小姐彬彬有礼地点菜。服务小姐时不时偷偷看林瑞几眼，红着脸退下，顺便对苏橙橙抱以毫不掩饰的妒忌的目光。苏橙橙不与她计较，嘴角微微抽搐，心想这个林瑞还真是女性公爱、男性公害。林瑞不知道苏橙橙在想什么，对她笑道："苏橙橙，为什么这样看着我？"

"那个……刚才你说……"

"我怎么了？"林瑞笑着望着她。

"你为什么说你是我的男朋友？"苏橙橙低下了头。

在出发前，苏橙橙原本打算严厉地质问林瑞为什么要胡说他与自己的关系，但面对林瑞的时候，她的声音越来也小，底气也很是不足。她也不知道自己为什么那么紧张。

"你觉得呢？"

林瑞头微微侧偏，看着苏橙橙。午后的阳光照在他的脸上，让他的头发、睫毛都微微泛着金色。阳光中，他望着苏橙橙，淡淡地笑："苏橙橙，如果我没记错的话，你是第一次打电话给我，也是第一次约我出来。"

"你别打岔！你妈究竟为什么来找我？还说那……那什么！"

"那什么？"林瑞故意问道。

苏橙橙轻声说："就是什么女朋友的事。这到底是怎么回事？"

"橙橙，我 28 岁了。"林瑞微笑着说，"我的父母都希望我尽早完婚，所以对我的个人问题比较上心。为了让我早日完婚，他们每周都会给我介绍一个女孩。长此以往，大家都烦不胜烦。"

"然后呢？和我有什么关系？"

"我和你在一起过夜的事情被我父亲知道了。我父亲他是军人出身，有些古板，就这样认定了你是我的女友。而我也不想再继续被逼婚的生活了。"

"所以呢？"苏橙橙隐约觉得有些不对劲。

"所以我顺水推舟地说你是我的女友，我们就快结婚了，希望他们不要再过多过问我的事情。"

苏橙橙气炸了："林瑞！就算能理解你为什么说谎，你也要顾及一下我的感受吧！请问你想怎么收场？"

"我并不打算收场。"林瑞轻声说。

"什么？"

林瑞没有回答，而是望着苏橙橙，眼睛幽深得见不到底。苏橙橙不知道他为什么这样专注、这样奇怪地看着自己，只觉得浑身都不自在了起来。林瑞看了她几秒，终于收回了目光，淡淡地说："苏橙橙，四天后来我家，帮我应付一下我父母的逼婚。"

"我为什么要答应你？"

林瑞挑眉："刚才我也帮你了，不是吗？还是说，你希望你的前男友继续纠缠你？"

"我可没求你帮我。"苏橙橙嘟囔着说。

"不管你有没有这样要求我，我对你的帮助已经既成事实。还有，如果你不去的话，我父亲也许会觉得你看不起我家，对你的工作也不太好吧。"

"林瑞，你是在威胁我吗？"苏橙橙咬牙切齿地问。

"你听出来了，还不算太笨。"

林瑞说着，颇为欣赏地拍拍苏橙橙的头，手势纯熟，应该是养惯了小狗的人的惯有姿势。苏橙橙暗暗磨牙，把头偏了一偏，怒气冲冲地问："林少爷，请问你为什么要一直和我过不去？如果你想找个空姐做你女朋友的话，我相信会有很多人报名，你为什么非要找我？"

"因为我们比较熟。"林瑞厚颜无耻地说。

"我拒绝。"

"这样啊！我现在就和我父母说我被你拒绝了。"

眼见林瑞拿起了手机，苏橙橙急忙扑了上去："林瑞，你不要断章取义好不好？这样的话我一定会被穿小鞋的！"

"所以，你的答案是……"

面对林瑞自信的眼神，苏橙橙只能问："几点？"

"晚上7点见。会有人来接你。"林瑞笑了，"你做了很正确的选择。"

"见完以后过一阵子，你会和你爸妈说我们分手了吗？"苏橙橙问。

"当然。"

苏橙橙以为得到了林瑞的答复，并不知道他的回答是"当然不会"。她闷闷地吃菜，不再理他。她突然觉得，就算当初面试空姐，也没有见林瑞家长那样紧张。

林瑞的爸爸妈妈会是什么样呢？她突然害怕了起来。

第九章　见家长·林瑞的房间

1

在忐忑不安中，约定的日子终于来了。当夜幕降临，整个城市被橘黄色的灯光所笼罩的时候，苏橙橙也在宿舍整装待发。

因为是要"见家长"，她特地选了一套很淑女的淡紫色套装。化着同色的眼影，微微涂了些唇彩，头发柔顺地披散在肩头，显得青春又不失稳重。虽然明知道只是演戏罢了，但她也不知道为什么，居然会有种紧张、心跳的感觉，就好像真的是见家长一样。

当林瑞家的司机出现在苏橙橙宿舍楼下的时候，苏橙望着楼下那辆黑色的悍马，心"咕咚"跳了一下。司机帮她开了车门，她忐忑地坐到了后座，而林瑞正坐在车里，对她微笑。

"你今天很美。"

林瑞毫不掩饰地称赞苏橙橙，目光火热，与往日沉静、冷峻的样子非常不同。在他的注视下，苏橙橙只觉得自己的脸红得就快烧起来了。也许是嫌这样还不够，林瑞突然凑近，吻上了她的唇。

这是他们第二次接吻。

林瑞的唇很柔软，有些淡淡的烟草气息，他突然放大的俊颜让苏橙橙的心紧张得就快跳了出来。一切都发生得太突然了，她忘记了拒绝，忘记了反抗，睁大眼睛看着林瑞，任凭林瑞长长的睫毛触到她的面颊。也许是她的表情实在太过诧异，林瑞很快就结束了这个吻。他把她搂在怀里，在她耳边轻声说："很紧张？"

苏橙橙瞪大眼睛看着他，嘴唇微张，什么话也说不出来。

"苏橙橙，你脸红的样子很可爱，这才是我女朋友应有的表情。从现在开始，好戏就开场了。记得要和我亲密一点。"

林瑞说着，微笑着把苏橙橙搂在怀里，一副怡然自得的样子，而苏橙橙的心一点点变凉，恨得牙齿直发痒。如果不是司机通过后视镜偷偷观察着他们，她很想现在就抬起手，给那个男人一巴掌。

混蛋！就是看准她好欺负吗？虽然答应陪他演戏，但她只卖艺不卖身好不好！

苏橙橙愤怒地望着林瑞，而林瑞把她抱得很紧，一点都没有松手的意思。他身体的温度透过西装传到苏橙橙的身上，暖暖的，带了些阳光的味道。他的嘴唇一如既往地带了些微笑的弧度，含笑望着苏橙橙，眼眸就好像一汪春水，引人沉沦，也慢慢吞噬着苏橙橙的怒气。在他的怀抱中，苏橙橙很不习惯地想挣脱，但林瑞丝毫没有放手的意思。在他们不动声色的拉锯战下，林瑞位于郊外的别墅也终于到了。

通体雪白的别墅位于乡间，环境清幽，空气清新，是一个绝佳所在。现在已经是黄昏，苏橙橙坐在车里，看着在夕阳的余晖下闪着璀璨光芒的湖面，看着枝繁叶茂的葡萄林，有种恍如隔世的感觉。她从未想到，林瑞这样家庭的人居然会喜欢住在宁静、安详的乡间，这个面积不小的别墅应该价值不菲吧。

"橙橙，到了。下车吧。"林瑞在苏橙橙耳边轻声说道。

"嗯。"

司机为苏橙橙开了车门后，林瑞拉着苏橙橙的手，带着她一步步走向自己家，苏橙橙的心紧张得就快跳出来了。

这个别墅外表清幽，里面却是欧式风格，硕大璀璨的水晶吊灯发出灿烂的光芒，也让吊灯下林瑞的父母看起来更为光彩照人。也许是为了显示这个家宴的隆重，林先生身穿黑色西服，林夫人身穿绛紫色的旗袍，神情也是一个慈爱，一个倨傲。苏橙橙之前已经见过了林夫人，倒是第一次直面自己最大的领导，忍不住对他多看了几眼。她发现，林瑞的容貌总体像林夫人，但他的嘴唇和鼻梁却很像林先生，简直结合了两个人的精华。

"你就是苏橙橙吧。"林家昌亲切地望着苏橙橙。

"是，林总。"苏橙橙紧张地说。

"呵呵，都是自家人，不要那么见外。你叫我林叔叔，叫她林阿姨就好。"

"林叔叔好！林阿姨好！"苏橙橙急忙乖巧地打招呼。

林家昌笑了，眼角的皱纹也舒展开来："橙橙，一定饿了吧？阿瑞说你比较喜欢中式口味，为你准备了晚餐，也不知道是不是合你的胃口。"

"林叔叔真是太客气了。"苏橙橙诚惶诚恐地说道。

"橙橙，你不必太拘谨。"林瑞搂着苏橙橙的腰，在她耳边轻轻笑道，"我父母都是很和善的人，不会吃了你。"

是，他们是不会吃了我，但你就难说了。苏橙橙想着，白了他一眼。

虽然林家家大业大，给人高高在上的感觉，但饭桌上都是糖醋排骨、银鱼鸡蛋之类的家常菜，口味偏甜，倒是很符合苏橙橙的喜好。苏橙橙家的祖辈是军人出身，因为随军的关系才到了G市，对于G市偏咸的口味有些不习惯，除了在家里，就是在餐馆也很难吃到这些正宗的家乡菜。在吃到这些美食之前，她原先还想矜持地装下淑女，但当香甜可口的排骨下肚后，她再也控制不住自己的食欲，筷子如雨点般地落下，让林家昌笑眯了眼睛。

"橙橙，你今年多大了？"林母问道。

"她今年23岁。"见苏橙橙嘴里鼓鼓囊囊的，林瑞帮苏橙橙回答。

"家里都有些什么人?都是做什么的?"

"橙橙是独生女,父母都是大学教授。对了,她的爷爷和外公都是军人出身,是军级、师级的干部,说起来比爸爸你当初的职位还要高些。"

"是吗?那我有空一定要去拜访两位老人了。"林父果然来了兴趣。

饭桌上,苏橙橙目瞪口呆地望着林瑞把自己的经历、家世娓娓道来,张大了嘴巴看着他,手中拿着橙汁都忘记喝了。她不知道这个男人是怎么把自己的底细摸得一清二楚的,低下头疑惑地思索,而林瑞突然回过头,对她温柔地一笑:"橙橙,爸爸问我们什么时候结婚,你是什么打算?"

"啊?咳咳!"

苏橙橙始料不及,被自己的口水呛到了,剧烈地咳嗽起来,而林瑞脸上似笑非笑的痕迹越发明显。林母有些不悦地递给她几张纸巾,苏橙橙红着脸接过,擦擦嘴巴,又喝了一大口柠檬水,才缓和了一些喉间的不适。林父笑呵呵地望着苏橙橙,慈爱地说:"别紧张,我也是随便问问,不会干涉孩子们的决定的。阿瑞,你陪着橙橙四处逛逛。"

"是。"

林瑞对苏橙橙微微点头,然后笑着拉着苏橙橙的手走出了饭厅。这厢,林父望着他们离去的背影,轻声说:"虽然不是什么绝顶漂亮的丫头,但面相不错,性子随和,家世也过得去,我认同他们。夫人你呢?"

"老林,你就是这样低要求。阿瑞那么优秀,他明显可以找更好的。他也是傻孩子,明明吃过一次亏,居然还会找这行的……"

"夫人,你说什么呢!你不要戴着有色眼镜看空姐行吗?"

"知道了,林总!"林母笑骂,"好了,我不是也没说不同意吗?

我看,我们可以开始帮他们订婚宴了。一定要办得风光体面点。"

2

苏橙橙并不知道,林瑞爸妈已经把他们的婚事放到了议程。坐在林瑞的房间里,她有些坐立难安,忍不住问:"你是怎么知道我的事情的?"

"你是指你的履历?人事部有你的详细资料。"林瑞平淡地说。

"那你为什么要去调查我?"

"不是特意去查。爸爸会对每个人的履历过目,我也顺便看了下,所以公司每个人的履历我基本都能背得出来。"

苏橙橙不信:"你的意思是你过目不忘?"

"你这么说也行。"

苏橙橙坏笑:"那你以前成绩是不是很好?"

林瑞自信地说:"似乎没考过第二名。"

"那你都考最后一名?"苏橙橙故意问。

林瑞哑然。在林瑞开口前,苏橙橙急忙说:"哈哈,开玩笑的啦,你当什么真嘛!对了,你房间怎么这样干净,什么都没有?"

"你觉得应该有什么?"

"总该有点球星的海报之类的……"

"为什么?"

"男人的房间不都是这样吗?"

林瑞的房间以白色为基调,白色的床,白色的橱柜,白色的沙发,只有一盏橘黄色的小台灯为房间多了几分温暖的色调。苏橙橙以前去过徐进的卧室,见识过男生房间诡异的脏乱差的程度,所以见到林瑞这样的异类真是叹为观止。她自顾自地说着,没注意到林瑞脸色一暗,笑容也凝固了:"你似乎对男人的房间很熟悉?"

"还好,去过几个。"苏橙橙点头,"徐进的,我爸的,还有我表弟的。"

林瑞不再开口，苏橙橙没感觉到林瑞的不对劲，好奇地指着橱窗里的一本大册子："咦，这个是相册吗？可以看看吗？"

"想看就看好了。"林瑞不以为然地说。

"林瑞，你确定没什么不能被我看到的东西？我可真的看咯！"

苏橙橙说着，飞快取出相册，生怕林瑞在下一秒就反悔。她承认，她心中八卦的火焰开始燃烧，她真的很想知道林瑞这个自恋又腹黑的男人以前到底是什么样的。

按照常理来说，长大后英俊的男人小时候都不是可爱的类型。他们小时候往往会个子不高，戴着瓶底眼镜，呆头呆脑又自以为是。苏橙橙很想看看林瑞那么傻的一面，但翻开相册后，她很失望地发现林瑞以前也是一个很粉嫩的小正太，干净、清澈，与她以前班级里的书呆子截然不同。林瑞的相册里没有女人的艳照，也没有林瑞穿开裆裤的照片，所以她看了一会儿就觉得索然无味了。她百无聊赖地继续翻着，没有注意到林瑞一直在打量着她，眼中有着莫名的情绪。

"看够了？"林瑞问。

"嗯，还给你。林瑞，我没想到你小时候还挺可爱的。"

林瑞笑了。他接过苏橙橙手中的相册，手貌似漫不经心地滑过苏橙橙的手背，短暂的肢体接触让房间的气氛顿时有些尴尬。房间很静，静得能听见彼此的呼吸声，林瑞低下头，嘴唇距离苏橙橙的唇只有几厘米，苏橙橙的脸也不争气地红了一下，手足无措得厉害。也许为了打破尴尬的气氛，她讪笑，从包里掏出一个黄灿灿的橙子，递给林瑞："我也不知道买什么东西好，就给你爸妈买了些水果。这个给你。"

"给我？"林瑞一怔。

"是啊，很甜的哦。"

"谢谢你。"

林瑞望着苏橙橙,只觉得心好像被极轻的羽毛拂过,酥软成了一片。他那么温柔地望着苏橙橙,唇边的笑意越来越浓,心柔软到连他自己也没想到。他从苏橙橙手中接过橙子,剥开后轻轻咬了一口,发现果肉果然是记忆中的清甜。他望着面前那个对她巧笑嫣兮的女孩,突然有种冲动,不管她会不会害怕,只想把她抱在怀里……

"这橙子是我捡的。"苏橙橙突然恶作剧地笑了,拍拍林瑞的肩膀,"我的大少爷,你怎么像个小孩子一样,人家给你什么你吃什么?哈哈,你还真是可爱!"

"苏橙橙!"林瑞瑞皱眉。

"呵呵,开玩笑的啦,我早就洗过了。"苏橙橙摆摆手,因为自己成功摆了林瑞一道而笑得花枝乱颤,"林少爷,你放心吃吧,哈哈!"

林瑞把橙子放好:"苏橙橙,你真是一个很无聊的女人。"

"总比你让我装作你女朋友好。不管怎么样,我帮你把戏演好了,过两个月你记得和你爸妈说我们分手了,你以后也不要再来烦我。"

"就这么希望和我划清界限?"

林瑞好看的眉毛微微皱起,突然上前一步,朝着苏橙橙走去。苏橙橙正背靠着衣橱站着,林瑞一下子把她逼到了死角,丝毫动弹不得。她的背部贴着冰冷的衣柜镜子,林瑞把手撑在镜子上,把苏橙橙圈入自己的密封空间,二人的距离近得可怕。苏橙橙不敢动弹,只好假装毫不在意地看着地板,而林瑞轻轻捏着苏橙橙的下颚,强迫她看着他:"就那么想和我划清界限吗?"

"是啊。"苏橙橙一咬牙,点头。

"真的?"

"真的。"

"可我不愿意。"林瑞淡淡地说。

"什么?"

"苏橙橙，你是笨蛋吗？你以为我把你叫到我家来是为了什么？"林瑞突然问。

"林瑞，你说我笨蛋？你这混蛋又骂我！"

苏橙橙一听林瑞又骂她笨，怒从心生，恨恨地望着林瑞，而林瑞突然笑了起来。他的目光是那么深邃："你能不能听重点？你这家伙确实是个笨蛋。"

"喂！"

林瑞看了苏橙橙许久，有些话不知道从何说起，终于轻轻一叹。他伸出手，面无表情地揉揉苏橙橙的头发，然后说："走吧，我送你回家。你放心，我会如你所愿。"

虽然后来与林瑞闹了些不愉快，但苏橙橙的"见家长"之行终于顺利落幕。对于去了林瑞家这件事她没对任何人说起，林瑞也识趣地保密。说来也奇怪，自从上次见面后，苏橙橙与林瑞就没有被排到一起飞行，甚至在公司也没见过面。头两周，苏橙橙只觉得松了一口气，心情舒畅无比，但到了第三周的时候，她对林瑞开始有一些淡淡的思念。第四周，还没见到林瑞，她终于忍不住向别人旁敲侧击地打听。那人很惊讶地看了她一眼，然后说："林瑞去英国完成他的研究生学业了，难道你不知道吗？"

"他去英国念研究生？"苏橙橙呆住了。

"是啊。虽然他现在是机长，但是说句私心话，北航迟早是他的。他好像去念什么MBA，我也不懂。苏橙橙，你不知道他出国了吗？你们不是……"

"我和他什么关系都没有，我也只是随口问问罢了。"苏橙橙脸色一白，却故作淡然地说道。

接下来一整天的飞行，苏橙橙都有些心不在焉。她实在不明白林瑞怎么会就这样悄无声息地离去，没有对她留下只言片语。不过，他也确实没有必要和她有什么交代。

他们只是陌生人罢了。

林瑞，虽然早知道你是一个自私自利、冷酷至极的男人，但你就这样走了确实太过分！就算我们不是恋人，也勉强称得上朋友，可为什么所有的人都知道你的行踪，只有我傻瓜一样被蒙在鼓里？对你而言，我就是那种有用的时候拿来利用，没用的时候被抛弃的无用棋子吗？

　　我知道现在男女之间最流行的就是玩暧昧，但我苏橙橙从来就是说一不二的性格，不会也不屑和一个男人欲拒还迎，玩一些成人游戏。既然你这样对我，我也没必要对你客气；既然你不把我当朋友，我自然也不会把你放在心上。是，为这样的男人难过不值得，一点都不值得！可我的心为什么那么痛呢？

　　苏橙橙一想起林瑞，就觉得心中一疼，那种感觉竟不亚于与徐进分手的痛楚。她打定主意，不再理会林瑞，把心思全部放到工作上，进步飞快，就连陈心怡对她也挑不出太多的毛病。后来，林瑞曾经多次给苏橙橙打电话，但苏橙橙看到那个熟悉的号码，都是任由手机响着，从未接听。她不敢触碰电话，因为她怕她一时心软就接通，而之后面临的只会是更深的痛楚罢了。

　　就这样算了吧，林瑞。我要做最优秀的空姐，我要用工作来证明自己。你只是我生命中的一个小小插曲罢了，我一定会忘记你的。苏橙橙坚定地想。

3

　　到了年底的时候，苏橙橙的努力终于获得了回报。她认真、严谨的工作态度得到了领导们的一致赞赏，也被评选为北航优秀员工，可以去日本参加北航的优秀员工表彰大会。苏橙橙是她们这批新进乘务员中唯一一个得此荣誉的，参加表彰大会的时候还可以在日本免费旅行7天，把罗琳她们都羡慕得红了眼珠子。

　　面对突如其来的荣誉，面对周围或真心或妒忌的恭维声，苏橙橙很茫然,也有些害怕。她不认为自己的表现已经优秀到了能被评选为优秀员工的层次,对于领导的安排诚惶诚恐。当第23位到访者——江嫒——到她宿舍来恭喜她的时候,她终于忍不住吐了苦水:"江嫒,怎么连你也嘲笑我?"

"嘲笑你?这是好事啊,橙橙!我怎么会嘲笑你?"江嫒瞪大了眼睛。

"可是别人不这样想吧?估计所有人都觉得我是攀龙附凤,甚至会说我出卖自己的身体往上爬。"

苏橙橙很郁闷,因为她自己心里就有鬼。如果她真的与林瑞一点关系都没有的话就罢了,可他们明明一同过夜过、同床共枕过,还去了他家见过他的父母……

苏橙橙想着,眼前浮现出林瑞浅浅的笑容,心中郁闷,但是脸上却不由自主地浮现出淡淡的微笑。江嫒一边帮着苏橙橙整理着去日本要带的东西,一边回头笑道:"橙橙,你在想什么?怎么笑得和想情郎似的?"

"没什么。江嫒你又嘲笑我。"苏橙橙撒娇地说。

"橙橙,我真的没有嘲笑你的意思,我相信很多人也没有这样的想法,是你太敏感,想多了。"江嫒认真地说,"你工作很认真,闲暇的时候也积极参加部里的工作。我们这批人员中属你的表扬信最多,你评为优秀也是正常的,真不知道你自己在瞎操心什么。"

"啊?"

"你是不是觉得自己是因为裙带关系才被评选为先进的?橙橙,领导没那么傻吧。而且这批先进名单中也没林瑞,你真的想多了。"

"也许吧。"苏橙橙轻声说。

江嫒好奇地问:"橙橙,你说实话,你到底为什么会这样有压力?你和他到底发生了什么不为人知的事情?"

苏橙橙翻了个白眼:"江嫒你不要那么八卦好不好!还是空姐

呢,我看你干脆去做狗仔队算了!"

"你说谁是狗仔队?"

江媛笑着骂了一句,突然伸出手来,在苏橙橙两肋间上下其手,弄得她大笑不止,连连求饶。就在她们头发蓬乱、打成一片的时候,苏橙橙寝室的门又开了。罗琳惊讶地望着这两个没形象的女孩,晃晃手中的塑料袋,有些无奈地说:"两位大小姐,请问你们在做什么?我特地买了很有品位的三文鱼外卖,你看你们,真是太没品位了!"

"你才没品位呢!关门,放江媛!"

"苏橙橙,你真的死定了!"

三个女人打闹了很久,疲倦地躺在苏橙橙的床上,一起望着天花板发呆。罗琳侧过身,笑着问苏橙橙:"橙橙,你真的要去日本了吗?去几天?"

"7天啊。"

"哇,橙橙你真厉害!我们这批就你一个人得奖了,你真是我们的骄傲!"罗琳一脸羡慕地说道。

"没那么厉害啦。"苏橙尴尬地笑,"我也是运气好。"

"不光是运气好,你的实力也很强。"江媛说,"你和陈教员上次在飞机上抢救成功的那个旅客据说是省里的领导,领导对你进行表扬也是应该的。"

"啊?那人是省里的领导?"苏橙橙一惊,脑海中立马浮现出那个人的身影。

"难道你不知道?"

"我还真不知道……"苏橙橙讷讷地说。

江媛羡慕地说:"你这次评优是你师父为你提名的——虽然陈教员看起来很凶,但对你真的很好啊。"

"我真没想到。"苏橙橙不可置信地说,"到今天为止,她就表扬过我一次,我一直以为她不太喜欢我。"

"江媛,你们到底在说什么?"罗琳好奇地问,"什么领导啊,救人啊,我怎么都不知道?"

"你真的过时了!罗琳,你说你都多久没来串门了?居然连自己好朋友的丰功伟绩都不知道,你到底在忙什么?"

"呵呵……"罗琳笑得很尴尬。

江媛说得没错。以前在一个宿舍时,罗琳与她们的关系很好,但自从她搬出宿舍后,与大家的联系也少了许多,最后终于连面也很难见到。很久不见,罗琳比以前消瘦了一些,粉嘟嘟的娃娃脸变得尖了一些,化着黑漆漆的烟熏妆,妆容有些偏重,但显得一双大眼睛越发的明亮。罗琳歪着头望着苏橙橙,无意识地玩着手上亮晶晶的起码有50分的钻戒,笑嘻嘻地说:"橙橙,说说看,你到底是怎么美女救英雄的?为什么没人告诉我?"

"那天,是我考单的时候……"苏橙橙陷入了回忆。

1个月前,苏橙橙迎来了她的放单飞考试,只有通过考试,她才能成为正式的乘务员。

那天,为她考核的放单检查员是陈心怡。虽说陈心怡是她的师父,但她一点都不敢掉以轻心,比以前还要加倍紧张。机组车上,她尽量让自己热情地和陈心怡打招呼,陈心怡只是淡淡看了她一眼,说:"苏橙橙,你小心点,我是不会徇私的。"

"知道了,师父。"苏橙橙闷闷地说道。

因为是考试的关系,苏橙橙比平时又认真了几分,小心谨慎,不敢让自己出一点差错。她为旅客服务的时候态度和善可亲,做事认真、细心,也让陈心怡暗暗点头。今天飞行的航程有6个小时,前五个小时苏橙橙都没有犯错,只要熬过最后一个小时,应该就能顺利通过考试了。苏橙橙在客舱内巡视,越想心情越好,脸上也带着一丝微笑,没想到有突发状况发生。

"好难受……"客舱里,一位先生突然捂住了自己的胸口。

"呀,怎么回事?快来人啊!救命啊!"

苏橙橙站在客舱,清楚地看到一个坐在C座的男子突然捂着自己的胸口，软软地就朝着过道倒下，而周围的旅客都开始惊呼了起来，还有人开始围观。苏橙橙大吃一惊，急忙跑了过去，只见那个男人脸色苍白地躺在地上，手死死捂住胸口，已经接近休克了。苏橙橙脑子嗡的一响，脑海中第一想法竟是惨了惨了，真是怕什么来什么，今天的考试估计黄了……

"这位先生，你怎么样？还好吗？"

陈心怡也出了客舱，紧张地站在那个昏倒的旅客身边，轻柔地摇晃着他的肩膀。那个男人勉强自己睁开眼睛，嘴巴微微张开，似乎想说什么，但声音太小，她们什么也听不到。

"师父，他、他突然昏倒……"苏橙橙紧张地不知道该说什么。

"苏橙橙，快去安抚客舱旅客，让他们在原位坐好，不要围观。"

"我……"

"还不快去？"

一向注意形象的陈心怡瞪着眼睛，对苏橙橙怒吼，而苏橙橙也终于清醒了过来。她急忙和闻讯赶出的几个乘务员一起维持着客舱秩序，不让旅客随意走动，把那位休克旅客的周围清空。那个旅客脸色发白，不住地流着冷汗，眉头紧皱，看起来很痛苦的样子。广播里，乘务员在寻找这位先生的同行者和医生，但他似乎是孤身上路，没有一个人认识他。

"糟糕，他到底是什么病？为什么今天的航班上一个医生都没有？"

"乘务长，已经通知机长紧急迫降了，大约30分钟后飞机落地。"

"师父，他是不是得了心绞痛？"苏橙橙怯怯问道。

苏橙橙的大伯有心绞痛，她曾经见过他犯病，和这位先生的症状差不多。她记得，有心绞痛病史的人一般都会在随身的行李中放一些急救药品，心中一动，急忙手忙脚乱地开始翻动这位先生放在自己座椅上的黑色小包。陈心怡见状，不由得骂道："苏橙橙，你在说什么？又在添什么乱？"

苏橙橙不语。

"苏橙橙，谁让你乱翻别人东西的？"

"找到了！"苏橙橙兴奋地举着手中的小药瓶，"师父，他果然是心绞痛！快给他吃这个！"

"这是什么？"

"是硝酸甘油片。我的大伯也有这个病，他犯病的时候也会吃这个。快给他吃吧！"

陈心怡急忙问："先生，你是心绞痛吗？是的话就点头。"

那个旅客说不出话，闭着眼睛，很轻微地点头。

"好，那我们给你服用你随身携带的药物了，可以吗？"

那旅客又极其轻微地点头。

"张嘴。"

陈心怡小心地把药片放在那个旅客的嘴里，静等了一会儿，那个旅客的脸色果然好了许多，呼吸也顺畅了。就在这时，客舱中响起了震耳欲聋的掌声，所有的人都拼命鼓掌，为这位先生的康复而高兴。陈心怡擦擦额头上的汗珠，对苏橙橙笑道："想不到你的反应还很快。"

"嘿嘿。"苏橙橙得意又有些害羞地笑。

"这位先生，您现在还有什么不舒服的吗？请去头等舱休息一下，我们给您倒杯温水。"

"真是……真是太感谢你们了！我也没想到会突然发病，真是……"

那个男人一边说，一边感激地握着苏橙橙和陈心怡的手，倒是把苏橙橙闹了个大红脸。回到服务台，当一切都结束的时候，陈心怡突然对苏橙橙说："苏橙橙，其实我很好奇，虽然我们都学习过应急医疗，但是你怎么就能确认那人得的是心绞痛？万一他不是心绞痛，我们给予他错误的治疗，那个责任是要我们担当的。你就不怕吗?"

"我当时也没想那么多。"苏橙橙不好意思地说,"可是他的症状真的和我大伯很像。心绞痛是会死人的,我当时想的就是不管怎么样,总要努力试试看,不能让旅客就这样……"

"你不怕负责任?"

"我更怕他丧命。"

"你啊!"

陈心怡微微一笑,眼角的细小皱纹也舒展开来。她微笑着望着苏橙橙,对她说:"恭喜你,合格了。"

"真的吗?谢谢!谢谢师父!"苏橙橙欣喜若狂。

"不用谢我,我也是公事公办。苏橙橙,你确实是一个很难得的乘务员。你做事还需要小心谨慎,三思而后行,但是我也很欣赏你身上这股冲劲——许多年轻人已经没有这种冲劲了。好好干!"

那是陈心怡第一次那么温柔地对她微笑,第一次赞许她,也让苏橙橙的心里暖洋洋的。她此时才知道在培训中心学习的东西是多么有用,也知道乘务员不仅仅是服务员,还肩负着医生等重则,要对每个旅客的生命安全负责。

这件事她原以为就这样过去了,没想到陈心怡把她作为先进人物报到上级,也为苏橙橙的年度荣誉贡献了很大的力。经江媛一说,苏橙橙才知道事情始末,不由得对陈心怡充满了感激。罗琳听苏橙橙描述完那天发生的事情,惊讶地望着她笑道:"橙橙,想不到你那么能干,怪不得会是优秀员工。据说你们这次会有钱发,去日本记得多给我带点化妆品,把销量前十的都给我买一套。"

"呀,你宰我!"苏橙橙尖叫。

"是啊,怎么样?"罗琳反问。

三个女孩再次闹成了一团,门外的尹晓雪静静地看着她们,神情是那样羡慕,又是那样孤独。

第十章　日本旅行·真心话大冒险

1

去日本的日子在期待中终于到了，苏橙橙和北航的一行人一起到了北航事先预定的旅馆中。这一批的优秀工作者一共分了3批去日本疗养，苏橙橙这一批里有空姐，有飞行员，有安全员，都是各个岗位的精英人物，李颖也在其中。他们虽然或多或少带着傲气，但到底是年轻人，很快就打成了一片。

他们到达温泉宾馆后，先去餐厅吃了一些最正宗的日式料理，然后换上了正装，开始他们的庆祝活动。身穿黑色露背小礼服的李颖长相漂亮，又活泼开朗，很快就成为本次活动的主持人。她拿着话筒，声音甜美："大家好，欢迎参加北航一年一度的表彰年会！虽然今天到场的人不多，但都是每个部门的精英，在此，我们也感谢北航领导给了我们这次来日本旅游的机会！首先，我要介绍下温泉大酒店的老总——张晟董事长！"

有人惊讶地问："什么？这个酒店的老板居然是中国人？"

顿时有人回答："呵呵，你不懂了吧。这个张晟的家族垄断了东南亚的酒店行业，现在还在进军欧美市场，可是一个标准的酒店大亨。"

"可他看起来不到30岁的样子,应该是标准的富二代吧?"

"是啊,还真是命好,含着金汤匙出生。"

听到众人的议论声,苏橙橙也不禁看了一眼正站在台上温柔微笑的那个俊秀优雅的男子,然后把所有目光集中到面前的美食上。新鲜的三文鱼、美味的鱼子酱、精致的寿司……这次真是赚翻了!苏橙橙快乐地想。

李颖很会带动气氛,在她的带领下,每个部门都有人上台表演了节目,让苏橙橙看得兴高采烈。就在她满嘴塞满寿司的时候,李颖看着她,突然高声说:"大家想不想看一下苏橙橙小姐表演的节目呢?"

"想,想!"大家都鼓起掌来。

什么?苏橙橙愣了。

她急忙把口中的寿司拼命咽下,而就在这时,大家已经起哄让她上台表演。苏橙橙愣愣地看着李颖,毫不意外地在她眼中看到了一丝讥讽。李颖在台上冲着她热情招手,但是她的脸上的笑容却分明在说"看你这次怎么收场"。

"苏橙橙!苏橙橙!"

面对着大家热烈的掌声,苏橙橙愣了一会,一咬牙,硬着头皮上场。手中拿着话筒,她拼命回想着自己到底有什么才艺,很悲凉地发现自己好像什么都不会。李颖的笑容越发灿烂:"苏橙橙,你不要害羞了,快点表演啊!你不会只是个花瓶,什么都不会吧?"

她说着,捂着嘴巴笑了起来,苏橙橙的怒火开始燃烧。她想起和她第一次飞行时的经历,突然笑了起来:"不好意思,那我就献丑了。麻烦拿一块木板来。"

有人拿来了木板,苏橙橙拿起木板朝着李颖走去,李颖下意识地往后退。李颖分明看到苏橙橙的脸上露出了阴险的笑容,呆呆站着,看到苏橙橙拿着木板靠近自己的时候闭上了眼睛。可是,苏橙橙没有拿木板打她,只是把木板塞到了她手里。苏橙橙对她微微一笑，在李颖眼里，她的笑容阴险至极："各位同事，我要表演的是飞腿踢木板。请李颖姐配合一下，把木板举到你脸的位置，谢谢啦！"

李颖没想到苏橙橙还有这一出，惊慌地说："苏橙橙，你要做什么？"

苏橙橙笑着说："表演节目啊！这不是李颖姐建议的吗？大家都是好同事，你不要扫兴嘛！"

在大家的起哄声中，李颖只好把木板举了起来，心里提高了警惕。她看着苏橙橙真的要飞脚过来，是那么担心苏橙橙趁机一脚踢到她的脸上，把木板一丢就尖叫了起来。苏橙橙的脚停在了半空，一脸无辜状，台下也一片寂静。她甚至委屈地问："李颖姐，你怕什么，你是不是不相信我？"

"你、你故意要踢我，别以为我不知道！"李颖害怕地说。

"李颖姐，你为什么这么想，我们的关系一直很好啊。麻烦你再举起来一次，我要给大家表演节目。"

"你自己表演去吧，我不奉陪！"

和苏橙橙怄气，与被踢脸比起来，是那样不值一提。李颖不敢再为难苏橙橙，扭头就跑下了台，现场气氛也突然变得分外奇怪。就在苏橙橙准备下场的时候，这时张晟突然说："请问，我有幸做嘉宾吗？"

苏橙橙看着张晟微笑的面容，轻轻点头："当然可以。"

张晟捡起李颖丢在地上的木板，举在了胸口的位置，而苏橙橙一脚就踢了过去，把木板踢成了两块。所有人都觉得自己好像木板一样，被苏橙橙一脚踢断，看苏橙橙的眼神也不再是看花瓶，而是带了点惊恐。苏橙橙拍拍手心，觉得自己心里的闷气终于少了许多。这时张晟对她微笑，伸出手："苏橙橙小姐你好！我叫张晟，很高兴认识你！"

"你好！"苏橙橙望着他，微微犹豫，也伸出手去。

"喝一杯怎么样？"张晟握着苏橙橙的手，带着她走下了台。

他的掌心很暖。苏橙橙原来以为林瑞的手在男人里面算是好看的了，没想到这个张晟的手比林瑞的还要白净，一看就是养尊处优的阔少爷的手。张晟带着苏橙橙来到一个角落，亲自为她倒了一杯清酒，对她笑道："苏橙橙小姐果然武艺出众。"

"只是以前练过一阵子跆拳道罢了。"苏橙橙不好意思地笑笑，"如果我有别的才艺，也不会表演这个。"

"苏小姐，你对日本熟悉吗？"

"我没来过日本，不太熟。"

张晟很有绅士风度地说："那有空的话，我很愿意效劳，带你逛一下日本。"

"谢谢！"苏橙橙也客气地说道。

虽然张晟表现得热情好客，但苏橙橙心知这只是人家随口一说罢了。她没放在心上，张晟也很快离开了她，开始他的社交活动。他的容貌俊美、身份尊贵又擅长交际，很快就成了全场的焦点。苏橙橙不搭理在角落里一直阴阴看她的李颖，和其他部门的女孩们慢慢熟悉了起来，倒也自得其乐。

时间在不知不觉中过得飞快。一些女孩都因为时间太晚而回房睡觉了，苏橙橙打个哈欠，正想回房，却听李颖说："真不尽兴啊。不如我们玩个游戏吧。"

"什么游戏？"有人兴奋地问。

"国王游戏啊！现在正好五男五女，人数刚好。我们抽牌，抽出一个人做国王，由国王指定任意号数的人做指定的事情。如果不愿意做这件事的话，就可以事先选择说真心话。大家都明白吗？"

"明白！都不是第一次玩了！"大家都鼓掌笑了起来。

"大家可以去我的别墅玩，我买单。"张晟微笑着说。

"呀，谢谢张总！"

"我们现在就去！"

借着酒意，大家一窝蜂地就朝张晟的别墅走去，一路上笑声不断。苏橙橙不太想参加这样的游戏,想悄悄溜回房间,但是刚认识的人劳部的女孩吕晶晶拉住苏橙橙的手,双颊绯红,眼睛亮晶晶的:"橙橙,我们一起去好不好?"

"我好困,我想回去睡觉。"

"你就陪陪我嘛。大家都去了,我们不去好像不太好吧。"

苏橙橙有点为难。她知道,这是一个很容易玩出事情来的游戏,如果输了的话一定会吃亏,林瑞那家伙也会不高兴吧。不对,她为什么会想起林瑞?她还偏偏就要去了!

"好,我们去吧。"苏橙橙瞬间做了决定。

2

张晟的别墅在不远处的海边,是地道的日式风格,古朴又有禅意。这五男五女都不管自己还身穿正装,就往木质的地板上一坐,围成一个圈,抽牌选出本轮的国王和各自的号位。头几局的游戏还算正常,但随着夜幕的降临,游戏也越来越火热。

"好,我是国王!三号和五号,舌吻!"李颖拿着牌,兴奋地说。

听到李颖的命令,苏橙橙呆呆地望着手中的三号卡片,脸色一白,真恨不得把它吞进肚子里毁尸灭迹。大家咯咯地笑着,互相寻找着那两个倒霉蛋。苏橙橙把牌藏在身后不敢拿出,而张晟却爽快地说:"我是五号。"

"呀,真想三号是我!"

"三号到底是谁?"

大家都开始哄闹起来,只有苏橙橙沉默不语。张晟微笑着注视着她,而苏橙橙低头看着地板,冷汗直流。大家都注意到了张晟的目光,吕晶晶一把抢过苏橙橙手中的卡片,高举了起来:"苏橙橙是三号!"

"橙橙,还想抵赖吗?"

"舌吻！舌吻！舌吻！"

在众人的喧闹声中，苏橙橙的脸涨得通红，真后悔自己刚才没有一狠心把牌毁尸灭迹。张晟倒是毫不在乎，站起身，一步步向她逼近。面对着张晟，苏橙橙的心怦怦地跳了起来，四肢无力，再一次暗骂自己怎么会无聊到参加这样的游戏。就在张晟的容颜距离她只有5厘米的时候，苏橙橙突然说："那个，我选择真心话行吗？"

"晚了！你刚才为什么不说？"

"我刚才不是被吓傻了嘛！张先生，我们选择真心话，好不好？"

"哦？"

张晟没想到这个女孩居然会对和自己的亲密接触这样抗拒。他见惯了名门淑女、知名影星，初见这个女孩，只觉得她姿色不过尔尔，但仔细看的话，却发现她越看越顺眼。

她的个子不顶高，眼睛不顶大，鼻子不顶高，嘴唇不顶小，但是组合在一起，却是极其清丽柔和，让人眼前一亮。可能是饮酒的关系，她脸颊红润，眼睛乌黑，而她紧咬嘴唇，尴尬又无奈的样子真是很容易让男人产生保护欲。他一向是最有风度的，当然不会拒绝一个美女的祈求："好啊！"

"太好了！"苏橙橙的眼睛弯了起来，让张晟的心又不由自主一跳。

"这样啊！那我们就问苏橙橙她最喜欢的男人是谁好不好？"李颖大声说，报复性地看着苏橙橙，"说吧，你最喜欢的男人是谁？"

"我没有……"苏橙橙轻声说。

吕晶晶也起哄："现在你脑子里想着的人是谁？快说！"

苏橙橙无语："我现在脑子里想的是谁，和我喜欢谁有什么关系吗？"

吕晶晶兴奋地说："当然有关系了，这个可是经过心理学家确认的。问你喜欢谁的时候，你脑海中浮现出来的那个人就是你喜欢的人。苏橙橙，你刚才一定想到了谁，是吗？他到底是谁，是不是林瑞？"

"我、我……"苏橙橙语塞。

林瑞。当他们问她这个问题的时候，她脑子里浮现出来的那个人就是林瑞。

她喜欢他。

虽然她也不知道是从什么时候开始坠入情网，但她的心确实在一点点为他沦陷。他醉倒在地的样子，他意气风发的样子，他和她跳舞的样子，他送给她柠檬的样子……历历在目，铭心刻骨。

她知道林瑞不是一个值得托付终身的人，她也知道他对她并没有感觉，更知道喜欢上他只会粉身碎骨，所以她只能假装看不懂他的暗示，只能一步步后退……可是，她还是喜欢他。她为什么还是喜欢他？苏橙橙想着，突然绝望了起来。

"快说，别浪费时间了！是不是林瑞？"有人兴奋地问道。

"对啊，是不是他？"

"我……"

要苏橙橙亲口承认喜欢林瑞，她绝对做不出，可要她说谎她也办不到。她紧咬嘴唇，这时张晟笑着拍拍苏橙橙的肩膀，说："不如换个形式吧。"

苏橙橙还没反应过来，张晟一手搂住苏橙橙的腰，一手挡住她的脸，在她的面颊上轻轻一吻。唇下光滑的皮肤细腻而芬芳，而他巧妙地运用了角度，让大家都看不到他们到底在做什么。眼见他们真的"亲吻"，所有的人都开始欢呼、鼓掌、尖叫。苏橙橙愣愣地看着他，摸着自己的脸颊，而张晟转过身，一脸平静地说："好了，我们已经完成了任务。继续吧。"

张晟好像什么事情都没发生一样，苏橙橙望着张晟平静的面容，想起他刚才对自己的照顾，发现他真的是一个很有风度的男人。游戏玩得很疯狂，许多男人都趁机占女人便宜，张晟虽然没有反对，但是也没有参与,一副置身事外的样子。后来,苏橙橙见游戏的尺度越来越大,实在不敢玩下去,借故离开。她刚走到门外,却见听到有人在后面叫她的名字。

"苏橙橙小姐,我送你回房吧。"张晟说。

"啊?"苏橙橙一愣,然后急忙推辞,"张先生,您不用客气了,我一个人走没关系。"

"从别墅到酒店还挺远的,现在那么晚了,我不放心。还是我送你吧。"

"那就谢谢了。"

从小到大,苏橙橙都不是圆滑、善交际的人,不知道该怎么拒绝张晟,只好点头答应。她闷着头往前走,张晟突然拉住了她的手,一用力,把她整个身体都搂在自己胸前。

"你干吗?"

苏橙橙一惊,习惯性地把手一甩,然后看到一辆汽车突然从他们的面前经过。她此时才知道张晟是见到了汽车才把她拉回安全的地方,而她居然以为他想对她……脸真是丢大了。

苏橙橙急忙道歉:"对不起!你吓了我一跳,我还以为……"

"以为我是色狼?"张晟笑着问。

"不是!"苏橙橙急忙解释,"就是……就是被吓了一跳罢了。"

苏橙橙越说声音越低,自己也觉得自己的理由是那样的苍白无力,不由得暗暗吐吐舌头。张晟微微一笑,继续往前走着,而苏橙橙就在他的身后,与他保持着一定的距离。

北海道的雪非常松软,踩在上面吱吱作响,拂面而来的微风也让苏橙橙觉得脸都快被冻僵。雪地中,他们沉默地走着,张晟的步伐稍快,而苏橙橙紧跟在他身后。为了不踩到积雪里,她故意一步步踏到他的脚印里。

天空突然开始飘起雪来。张晟感受着雪花的冰凉,停下脚步,回过头。他望着苏橙橙在月光下美好至极的容颜,看着她小心翼翼地走在自己脚印里的样子，心不由得猛地一跳。他看到漫天的白雪在空中飞舞，看到她的头发也沾染到了一些最纯净的白。

"下雪了？"他眼看着那个女孩后知后觉地抬起头，用手接住冰凉的雪花，"呀，真的下雪了！好漂亮！"

晶莹的白雪把大地染成一片苍茫。白色的树、白色的房屋、白色的路面，就连月光也是白色的——清冷的、淡然的，带着一些落寞的白色。

冬天真是一个寂寞的季节啊！越热闹的时候越会感觉到孤单，那些人也是因为太孤单了，才会玩那些无聊的游戏吧。苏橙橙想着，轻轻一叹。

月光下，苏橙橙的脸是白瓷一般幽暗、细腻的颜色，身上的红色大衣让她好像白雪中的一枝红梅，夺目而艳丽。雪花落在了她的脸上，轻盈地落在她的发间，张晟看着，忍不住伸出手，帮她抹去刘海上的碎雪。他对苏橙橙微微一笑，继续在她的前方走着，为她带路。他静静地走着，刻意放慢了速度等着苏橙橙，总觉得这样他们就好像在一起行走，会一直走到天涯海角一样。

3

苏橙橙不知道吕晶晶怎么就缠上了她，非逼着她一起去东京购物，她也只好陪她一起"打飞的"去血拼。吕晶晶个子娇小玲珑，看起来非常柔弱，但苏橙橙没想到她小小的身体内隐藏着巨大的战斗力，从早上逛到晚上都没有休息。晚上，意犹未尽的吕晶晶到达宾馆后，又盛情邀请苏橙橙出去"散散心"，但苏橙橙急忙婉拒。

出去"散心"？跟你出去的话，怕是要"散"到第二天早上才能回来吧！我才没那么傻！苏橙橙想着，然后说："我不去了，我想去泡一会儿温泉。"

吕晶晶郁闷："真的不去吗？外面的雪景那么美，不去多可惜。"

"真不去了。"

"那好吧。橙橙,一会儿见。"

苏橙橙拒绝了吕晶晶的邀请,在房间小睡了一会儿后,才换上浴衣向温泉走去。她来到温泉池边,惊喜地发现温泉里面没有一个人。她干脆不换泳衣,脱下衣服,包上酒店的浴巾后,将自己的身体缓缓泡入了水中。她望着四周皑皑的白雪,闭上了眼睛,只觉得心里说不出的平静。

现在已经是深夜,圆月当空,月光如水一般照射在苏橙橙洁白的皮肤上,而温泉里除了她之外没有一个人影。温暖的水流在她的肌肤上流淌,适宜的温度让她彻底放松了下来,心中平静到没有一点波澜,也没有了烦躁与不安。她闭上眼睛,放松身心,默默享受着,没有看到一个身影正慢慢地逼近。

"苏橙橙?你怎么在这儿?"

苏橙橙没想到会在这里听到男子的声音,睁开了眼睛,却看见了一张熟悉的面容。她生怕是自己的幻觉,下意识揉揉眼睛,但面前那个男人确实是林瑞无疑。

林瑞!

见到林瑞的瞬间,她的心被惊喜和想念所填满,只想扑到林瑞的怀里问他为什么那么久没有来。千言万语,就这样哽咽在了喉咙,眼泪也忍不住在眼眶里打转。苏橙橙忘记了语言,只是痴痴看着林瑞,发现林瑞比以前瘦了一些,晒黑了,头发也短了,但看起来更为清爽。

不不,她在想什么?他怎么会在这儿?

苏橙橙想着,只觉得脑子一晕,慌乱了起来,下意识地往水里一缩,只露个脑袋在水面。林瑞的目光顺着苏橙橙的面容往下望去,见到了她水面下若隐若现的身体,脸也微微一红。苏橙橙顺着他的目光往下看,虽然知道自己并没走光,但还是气恼地骂道:"林瑞,你在看什么?你怎么会到这里来?快走开!"

"这里是给男士使用的啊！"林瑞指指远处的大字："那上面写着'男'，难道苏橙橙小姐没有看见吗？"

什么？苏橙橙愕然地朝远处望去，发现远方的红布上确实写着一个硕大无比的"男"字。她的脑中一片空白，真不知道自己该怎么收场。她愤愤地看着林瑞，妄想他在自己严厉的目光下知难而退，但林瑞似乎没有丝毫退却之意。

现在的苏橙橙并不知道她有着怎样的诱惑。她的头发披散在肩头，脸蛋因为受了温泉的水汽而越发的水润了。她的眼神慌乱，脸颊绯红，小嘴微微张着，似乎等待着亲吻一般。

这个笨蛋女人……

林瑞也没想到他们的重逢居然会是这样的场景。他尴尬地望着她，正准备离开，却听见四周突然传来一阵嘈杂的脚步。他回头一看，只见许多男人正朝温泉的方向走来，边走边笑。

"咦，池子里怎么有人？好像是个女人？"有人发现了苏橙橙的存在，疑惑地问道。

苏橙橙此时真是进退两难。如果她现在起身，肯定会被其他人看到，丢脸无比；但不起身的话，难道在这帮人的注视下在池子里泡一辈子？林瑞，果然遇到你这家伙就没什么好事！你这个扫把星！

苏橙橙很没立场地把火气都发到林瑞的身上，怒视林瑞，而林瑞突然对她微微一笑。她一愣，不知道林瑞到底想做什么，而林瑞突然大声说："都闭上眼睛！我和我老婆在这里泡温泉，你们来凑什么热闹？"

"你这小子……"有人要冲上来。

"算了，他们小夫妻也不容易，害羞也是正常的。大家就闭眼吧，哈哈哈！"

那一行人神情暧昧地望着苏橙橙，目光透过她的浴巾，似乎看到了她曼妙的身体，但到底都在林瑞严厉的眼神下闭上了眼睛。待众人乖乖闭眼之后，林瑞一把把苏橙橙拉离了水面。苏橙橙还没来得及惊呼，她裸露的身体就被包裹在他的衣衫之中。

"林瑞！"

"回去吧。"

林瑞抱着苏橙橙，苏橙橙听着林瑞强有力的心跳声，突然发现他的心跳也很快。她不安地拽着浴巾，生怕自己不经意间走光，但是林瑞把她包得很好，没让她留一点缝隙。经过走廊的时候，闻讯而来的张晟站在一边，望着一个俊朗的男子抱着苏橙橙离去，眼睁睁地看着他们与自己擦身而过，眼中满是晦涩难明的情绪。

林瑞抱着苏橙橙来到了自己的房间，把她放在床，转过身，对她说："好了，现在安全了。你换上衣服吧，我不看你。"

林瑞说着，果真闭上了眼睛。

方才温软入怀的感觉是那样的清晰，突然放手让他有种恋恋不舍的奇异的感觉。

六个月零十七天没见了，苏橙橙。林瑞想。

他去英国留学的事情本想告诉苏橙橙，也本想邀请她一同去，但苏橙橙那天斩钉截铁拒绝他的态度伤害了他的骄傲。也许是自尊心在作祟，也许是为了证明什么，他没有和苏橙橙打招呼就走了，甚至没有带走有着她联络方式的手机……但他很快就后悔了。

无论是英国宜人的自然风光、瑰丽的城堡，还是剑桥大学别具特色的教学似乎都引不起他的兴趣，他对苏橙橙的思念并没有随着时间、距离而淡却，却好像红酒一样，越发浓烈醇香。就在他几乎忍耐不住要联系苏橙橙的时候，他很偶然地听说苏橙橙在打听他的消息。他愉快地感受到这个小妮子对他也不是全无感觉——既然这样，就让她再多想念几天好了。

想念一点，再挂心一点……再到你爱上我。

林瑞想得很好，唯一没有预计到的是苏橙橙异于常人的大脑和对于感情的警惕。面对不明的感情，她选择了蜷缩起来，他怎么都无法再接触她的内心。当林瑞意识到这一点的时候，已经晚了，当他不顾一切地要去找她的时候，惊异地发现她去了日本，和他一样，走之前未留下只言片语。

原来被人"抛弃"的感觉这样不好。原来是他错了。

知道苏橙橙去了日本后，林瑞也追到了日本——这是与他的个性极为不符的冲动。到了日本，他找到了他们住的旅馆，意外地发现那个女人又闯祸了，也没有忽视站在走廊上那个目光一直追随着他们的陌生男子。

他不知道那个人到底是谁，前所未有的危机感把他笼罩，也让他的心情烦躁不安。那么多年的淡然与不动声色就快消失不见，他极力压抑着内心的火焰，但是那团火还是慢慢地、一点一点地把他燃烧。

苏橙橙，我不会放手的。

不管你到什么时候才会爱上我，我是不会放任你走出我的生活的。

苏橙橙见林瑞真的闭上了眼睛，才飞快地穿好了衣服，根本不知道他的心中已经起了那么多波澜。她的手因为恐惧和羞愧而颤抖着，等穿好衣服，她的脸上已经是大汗淋漓。她一把揪住了林瑞的衣领，怒气冲冲地看着他："你这混蛋！那帮人是不是你引来的？你真是太过分了！"

"苏橙橙小姐，你的想象力也太丰富了吧！"林瑞无奈。

"那你说什么我是你老婆，你这人怎么那么不要脸？"

"在当时的情况下，如果我不那样说，你以为我有什么资格就这样带你离开，还能让你不被别人白看？"

苏橙橙讷讷地说："那、那……那你也不能……"

林瑞挑起眉毛："很介意吗？"

"有一点。"苏橙橙嘟囔着说。

望着这样云淡风轻的林瑞，苏橙橙不知道和他还有什么好说的。

离别后重逢的激动就这样被打断,她狠狠瞪了林瑞一眼,正要回房间,林瑞却突然一把抓住了她的手。

"林瑞你做什么!"苏橙橙惊呼。

"晚上无聊,你陪我去海边转转吧。"

"那么冷的天你是不是疯了?你放手,我和你不熟,我们什么关系都没有!"

"你怕我?"林瑞微微一笑,"苏橙橙,你躲着我,是吗?"

"你别自恋了,我为什么要躲你?你要发神经的话去找别人,我不奉陪。再见。"

苏橙橙说着,猛地把门一关,头也不回地离开。林瑞望着她的背影,久久不能回神。

苏橙橙一晚上辗转反侧,满脑子都是林瑞。她闭上眼睛,极力强迫自己入睡,到了天空微微发亮的时候才真正睡过去。

4

第二天,当苏橙橙再次醒来的时候,已经是中午了。同行的许多人都去了附近的滑雪场、公园、寺庙游玩,只有吕晶晶还在等着她,倒是很讲义气。吕晶晶双手托腮:"橙橙,你想去滑雪吗?"

"想啊,不过太冷了,我也滑不好。"苏橙橙打着哈欠说。

"你就陪我去嘛,我们不滑雪在山上看看也好啊。"

苏橙橙不忍心再次拒绝吕晶晶,终于点头答应,与吕晶晶一起准备出发。苏橙橙穿上了厚厚的红色呢子大衣,再在脖子上加了一条围巾,才感觉暖和了一些。出了宾馆大门,她看到一辆蓝色的宝马正停在旅馆门口。吕晶晶笑着拉着苏橙橙坐上了宝马,苏橙橙上了车才发现司机是林瑞,脸不由得一沉。

"晶晶,这是怎么回事?"苏橙橙生气地问。

"我表姨的儿子正好也来日本,我就让他当车夫啦。对了,表哥是飞行部的机长。橙橙，你们应该认识吧？"

虽然吕晶晶极力摆出"我很无辜，就是这样巧"的表情，但苏橙橙不是三岁的小孩子，自然看得出吕晶晶的险恶用心。她轻叹一声，面色不佳地望着窗外，而林瑞已经发动了车子。

"去哪里？"林瑞问。

"去滑雪场，表哥。"

"好。"

林瑞的车子开得四平八稳，但车内的气氛却很是尴尬。虽然吕晶晶为了调节气氛，一直叽叽喳喳地说笑，但到底是敌不过林瑞、苏橙橙二人之间的冷战气氛，后来也只好闭嘴。林瑞的车子放着轻柔的音乐，一个深情的男人在歌唱着动人的情歌，苏橙橙静静地听着，只觉得心也不由自主地伤感起来。

oh, my love, my darling

I've hungered for your touch

alone, lonely time

and time goes by so slowly

yet time can do so much

are you still mine

I need your love

I need your love

god, speed your love to me

lonely rivers flow to the sea to the sea

to the open arms of the sea

lonely river sigh, wait for me, wait for me

I'll be coming home

wait for me

oh, my love, my darling

I've hungered, hungered for your touch
……

林瑞，正如《人鬼情未了》从头到尾是个悲剧一样，你我之间也注定是个悲剧吧。

是，我是喜欢你，可是那又怎么样？

你温文尔雅的外表下是一颗霸道的心，你永远只顾着自己的感受，从未想到我愿不愿意。你确实是一个优秀的男人，对我也不坏，但我知道，你的脚步永远无法为我而停留。

我不知道你为什么会来日本，但现在的你应该又是觉得无聊才会来招惹我的吧。而我就算再想逃避，再想和你划清界限，还是不忍心拒绝你，还是喜欢你……

我真是一个彻头彻尾的大傻瓜。

苏橙橙想着，只觉得说不出的疲惫，眼睛也酸酸的。她不敢让林瑞看出自己的伤感，忙掩饰般地望着窗外，而林瑞从后视镜中看着苏橙橙，目光也是若有所思。

苏橙橙听着车中的音乐，虽然心事重重，还是抵挡不住困意睡着了。就在她睡得正香的时候，突然觉得自己被人剧烈地摇晃起来。

"橙橙，到了！"吕晶晶突然兴奋地摇晃苏橙橙的手臂，"表哥，你去买票，我们先去排队！"

"他和我们一起？"苏橙橙睡眼惺忪地问。

"当然了！橙橙你是不是害羞？哈哈！"

苏橙橙没有说话，也不知道为什么心情会那么紧张。她和他们一起进了滑雪场，排队乘坐缆车。苏橙橙、林瑞先进了缆车，正准备等着吕晶晶进来，可这小丫头不知道和工作人员说了什么，居然让原本可以乘坐6人的缆车在上了他们两个人之后就关闭了。车门一锁，就算是她想反悔，但也已经来不及了。所以，她只能气愤地站起身，眼睁睁地看着吕晶晶对他们笑眯眯地摆手。

缆车外，满是白色的世界。被迫与林瑞共处一室，苏橙橙没有看风景的心情，木然望着窗外，看都不看林瑞一眼。林瑞望着苏橙橙，轻轻一叹："苏橙橙，你似乎很讨厌和我在一起？"

不是讨厌和你在一起，而是害怕。害怕看到你，害怕和你说话，更害怕自己无法控制住自己的心情。苏橙橙想，然后闷闷地说："没有。你不是在英国吗，怎么会来日本？"

"英国的学业已经完成，还有一段时间可以休息一下。"

"哦。"

苏橙橙不再和林瑞说话，望着缆车下壮阔的雪景，觉得自己好像正漫步云端一样。她偷偷看了一眼坐在她对面的神情严肃的林瑞，有些郁闷地发现无论从哪个角度看他，他都是这样的俊朗。可他到底不会是她的。

林瑞，林瑞……苏橙橙心中暗暗默念林瑞的名字。

她喜欢林瑞，可她不能说———辈子不能说。

虽然她是空姐，虽然她喜欢云海，但对于爱情来说，她还是喜欢脚踏实地的感觉。林瑞就好像云彩一样，虽然美丽，但是抓到手后只会是过眼云烟。

觉悟吧，苏橙橙。快点觉悟吧！

"苏橙橙，你到底想怎么样？"林瑞回过头，看着她。

"什么？"

"我……"

"吱嘎！"

就在他们对视的时候，缆车突然剧烈地摇晃起来。苏橙橙一惊，身体不由自主地向旁边冲去，眼看就要撞到缆车门，却撞上了一个温暖的身体。

"啊！怎么回事？"苏橙橙尖叫。

"不要慌，没事的！"

"林瑞，这是怎么回事？"

"没事的！抓住我！"

缆车仍在剧烈地摇晃着，林瑞紧紧地搂着苏橙橙。他一手抱住她，一手抓住缆车的座椅，极力不让自己摇晃，但还是被缆车壁撞得生疼。被林瑞保护得严严实实的苏橙橙虽然没有遭到任何伤害，但她害怕地闭着眼睛，只知道紧紧地抱住林瑞。她把头埋在林瑞的胸口，死死地抱住他，仿佛这样才能感觉到一丝安全。

天，不会死在这里了吧！飞行的时候没有遇到这样惊险的场景，居然在日本旅游遇到了，她还真是背！她不想死！她不想，刚和林瑞见面，就是诀别……

"橙橙，没事的。"林瑞搂着她，不断地说，"有我在，你不会有事。"

林瑞的怀抱是那么温暖，他的臂弯是那样有力，在这一瞬间，苏橙橙想，时间停留在这一刻也不错。在死亡的威胁下，她是那么透彻，又是那么后悔。她喜欢林瑞，她想让林瑞知道。否则，真的死在了这里，她会有多遗憾？

时间不知道过了多久，缆车终于逐渐恢复了正常。待一切平稳下来后，苏橙橙四下环顾，惊讶地发现所有的缆车都停了，而他们距离地面起码有几百米，分外瘆人。

"这是怎么回事？"苏橙橙惶恐地问道，没有离开林瑞的怀抱。

"应该是停电了吧。停电的时候因为惯性作用缆车会摇晃，过会儿就会恢复的，我们不会有事。橙橙，不要往下面看，看着我就好。"

林瑞的脸色有些苍白，但笑容是那样的温暖。他一手抓住苏橙橙冰冷的手掌，一手覆盖住她的眼睛，而苏橙橙也慢慢地平静了下来。依偎着林瑞，她只觉得一种从来没有过的安全感由心底升起，就算是缆车停电，就算底下是万丈深渊，似乎都没什么好怕的了。

因为，有他在她的身边。

"好冷……"

虽然缆车幸运地没有往下掉，但时间一分一秒地过去，苏橙橙只觉得越来越冷。林瑞一言不发地抱着她，突然低下头，轻轻吻上了她的额头。

"林瑞……"

苏橙橙只觉得一种从未有过的柔软的感觉从她心中升起，有尴尬，有兴奋，但更多的是不知所措。林瑞这个吻十分轻柔，苏橙橙觉得脸红得就快烧起来了。

她与林瑞就这样沉默着。

她很希望林瑞能找点话来说，但林瑞还是一如既往地沉默寡言，好像刚才的吻只是她的一个幻觉。也不知道是不是错觉，她似乎感觉到了他的心跳在加快，呼吸好像更急促了一些，完全不像他平时优雅从容的样子。她觉得他的手臂好像在轻轻颤抖，她的头埋在他的胸前，他低低的喘息混合着他不安的呼吸，带了些不知所措的味道。苏橙橙不知道林瑞这是怎么了，也不知道即将发生什么事情，只觉得紧张得心都要跳出来了。她的脸烧得厉害，不敢抬起头看林瑞，但是一个声音在对她说："苏橙橙，你喜欢他，你该让他知道！你该让他知道！"

她该让他知道我喜欢他吗？

如果他知道了，他一定会嘲笑她，一定会使他更加自以为是吧！

可是如果现在不说的话，可能一辈子都没机会说了。

可是在这个寒冷的地方，她是这样贪恋他的温度。

"林瑞，我喜欢你。"苏橙橙含着泪，轻声却坚定地说，"我知道我说了这些只会让你嘲笑我，但我觉得有些事情我一定要让你知道。我喜欢你，林瑞。"

"我知道。"林瑞沉默了一会，淡淡地说。

"那……"

"傻瓜。"

林瑞到底没有说出那三个字，却低下头，吻住了苏橙橙喋喋不休的嘴唇。苏橙橙瞪大了眼睛，不可置信地望着林瑞，而林瑞捂住了她的眼睛："专心点。"

林瑞的吻，让苏橙橙的身体慢慢温暖，到后来变得火热。停了电的缆车中，他们紧紧地抱着，时间不知过了多久，林瑞的唇才离开苏橙橙。他揉揉苏橙橙的头发，笑容是那样温柔："傻瓜，你早就是我的女朋友了。"

"啊？"

"不然你以为我为什么带你回家？全世界都知道我喜欢你，只有你这个傻瓜不知道吗？"

林瑞的表白让苏橙橙的心剧烈地跳动起来。他也喜欢她！这样的欣喜充斥着苏橙橙的身体，她简直快乐到好像漫步云端一样。苏橙橙愣了半晌，想开口，又想流泪。最后，她闷闷地说："好亏啊！早知道这样，我该等你向我表白。林瑞，如果别人问起来你一定要说是你死皮赖脸地和我表白，我勉为其难地答应你。"

林瑞淡定地说："大家不会相信。"

苏橙橙生气了："林瑞！"

"谢谢你，苏橙橙！"林瑞突然柔声说道。

"谢我什么？"

"谢谢你来到我的身边。也谢谢你让我找到了。"

林瑞幽深的眼中满是罕见的柔情，苏橙橙的心也一点点变软，最终融为一池春水。缆车不知什么时候开始动了，他们继续向着目的地前进，苏橙橙与林瑞十指相扣，心中没有一丝恐惧。

当终于到达山顶的时候，所有的人都怒气冲冲地冲下缆车与工作人员理论，只有林瑞与苏橙橙静静站着，一起看着山下的风景。山顶的风很大，苏橙橙遥望着远方，任由长发在风中飞舞，脸上满是幸福的微笑。夕阳西下，漫天的霞光投影在苏橙橙的脸上、发上、身上，让她身体的四周散发出淡淡的红色光环，美丽到成为林瑞心中的一幅画。

漫天红霞，皑皑白雪，长发伊人……只会在梦中出现的场景竟然就这样出现在了林瑞的面前。他紧握着苏橙橙的手，感受着她指尖的温度，在心里默默地说："我爱你，苏橙橙！"

很早，很早以前就开始了……

第十一章 甜蜜的恋情·尹晓雪怀孕

1

在日本，苏橙橙与林瑞度过了极其快乐的时光。

他们白天去滑雪场滑雪，晚上一起泡温泉、看电影，品尝日本美食，几乎时时刻刻都黏在一起。北航的女孩们眼见林瑞终于"名花有主"，心里特别悲伤，只好再接再厉地和张晟"偶遇"，让张晟暗暗不胜其烦。

知道了他们在缆车上的惊魂之旅后，大家对于林瑞与苏橙橙的爱情大多持以支持的态度，直说"患难见真情"，顺便对自己没机会和林大公子同坐一车表示遗憾，吕晶晶更是笑得一脸得意。可是，也有些不和谐的声音出现。李颖就一直在背后嘀咕什么"苏橙橙好有手段，林瑞是个负心人"之类的话，被苏橙橙无意听到。她虽然恼火，倒也没放在心上。她不知道李颖为什么一直看她不顺眼，但她知道女人的嫉妒心是多么的可怕。

也许，她也喜欢林瑞吧。可林瑞现在是她的了。苏橙橙得意地想。

回国之前，张晟特地邀请他们吃了一顿饭，与在座的每个人互换了联系方式。也不知道是不是错觉，当苏橙橙给他手机号码的时候，林瑞不轻不重地踢了她一脚。苏橙橙一惊，急忙向林瑞看去，却见他正微笑着和张晟寒暄着，看都没看她一眼。

是错觉吧……

一定是错觉吧……

苏橙橙想着，暗骂自己多疑，把张晟的手机号存下，然后开心地吃着烤鱼。

结束了日本之旅，在回国的航班上，她闭上眼睛，暗暗回味着这次旅途，再次笑出声来。

这真是一趟很快乐的旅程。她买了很多便宜的化妆品，参观了日本的自然风光，泡了温泉，还多了一个男朋友。这一年，她失去了一些东西，但她得到的更多。也许，上帝给你关上一扇门的时候，果然会为你打开一扇窗。

她真是不敢相信，林瑞就这样牵着她的手，就这样走进她的生命中了。孤寂了那么久，终于有个人能把肩膀给她依靠。这样，真好。

回国以后，林瑞再次带苏橙橙回了趟家。见到苏橙橙，听说了他们在日本的经历，林父、林母先是担心，然后欣慰地微笑，一直说他们"吉人自有天相"，却也没忘记禁止他们再去坐缆车。出门的时候，林父悄悄把一把钥匙放在了苏橙橙的手中，对她说："橙橙，新的一年伯父也没什么要送你的，在新洲小区我有处不太住的房子，就暂时给你住吧。"

"林叔叔，这怎么行！"苏橙橙急忙推辞。

"反正闲着也是闲着，你住的话还会多点人气，你也算是帮我大忙了。这房子离北航不远，很方便，总比你的宿舍要好些。"

"不，我不能要。"苏橙橙坚持拒绝，"林叔叔，我知道你的好意，但我确实不敢收。"

"好吧。"林父微微一叹，"你这丫头还真傻得可以。不管怎么说，阿瑞就托付给你了。他不会说话，性子又倔，虽然看起来很冷静，却是一个实心眼的孩子。"

"我知道。"苏橙橙轻轻点头，想起林瑞就觉得心中暖暖的。

"橙橙,有空的话我们能不能拜访下你的父母?双方家长早些见面,也能早些把你们的事情定下来。"

苏橙橙害羞地说:"叔叔,我和林瑞才交往一个月不到,现在提这些事太早了吧。"

林父倒也没有强求:"呵呵,说的也是。现在的年轻人和我们以前不一样。"

他们正聊着,门外传来了林瑞的声音:"橙橙,你在做什么?再不回去就晚了。"

"来了!"苏橙橙忙说,然后为难地看了林父一眼。

林父没让她难做,笑呵呵地说:"走吧,欢迎你下次再来玩。"

"叔叔再见!阿姨再见!"

林瑞的车子里,苏橙橙笑容满面地朝着林父、林母拼命挥手,直到远离了他家的别墅才放下手来。林瑞看着她,淡淡地问:"你不累吗?"

"什么?"苏橙橙不解地问。

林瑞神态平静,目视前方:"刚才你和他在书房谈了那么久,我爸他应该和你说了什么吧。他说了什么?"

苏橙橙小声说:"他要让我住到你家不住的房子里,我拒绝了。"

"哦?哪里的房子?"

苏橙橙回忆:"好像是新洲花园。"

林瑞了然:"新洲花园啊!你为什么不接受?"

"我干吗接受?虽然你家不缺一套房子,但我也不会为了一套房子卖身。"

林瑞笑了:"自尊心那么强?"

苏橙橙坏笑:"起码给两套我才卖!"

林瑞轻轻揉揉苏橙橙的头,柔声说:"其实你该收下。"

"为什么?"

"去了你就知道了。"

林瑞神秘一笑,把车子开到了新洲花园。

新洲花园是G市地段很好的一个小区,价钱自然也很昂贵。林瑞轻车熟路地在一幢高楼前停下,拉着她的手,和她一起去了那幢楼的顶层。他掏出钥匙,打开了房门,然后说:"橙橙,欢迎你来我家。"

"你家?"苏橙橙呆住了。

"我爸给你的应该就是我家的钥匙。这家伙恐怕想抱孙子想疯了。"林瑞叹气。

"为什么我有种被算计的感觉?"苏橙橙呆滞地问。

林瑞微微一笑:"不来参观下吗,橙橙?"

林瑞家是跃层式的建筑,大约有200平方米,很大,很干净,可是也很冷清。房间的基调是他别墅中的白色基调,清冷的白,拒人千里之外的白,让人看了就心生寒意。苏橙橙在林瑞家走着,很八卦地去了洗手间和卧室,很想查出这里有没有女人居住过的痕迹,但什么都没找到。

"没找到你想找的东西不开心吧。"林瑞微微一笑,捏捏苏橙橙的脸,"你的失望都写在脸上了。"

苏橙橙被说中心事,脸一红,急忙狡辩:"哪有!你那么奸诈狡猾,真是要金屋藏娇的话也不会被我发现。"

林瑞摇头,不和她计较,关心地问:"饿了吗?"

"饿了。"苏橙橙老老实实地说。

"在我家的时候你根本没吃什么东西,我就猜你饿了。为什么不多吃点?"

苏橙橙小声说:"我要注意形象。"

林瑞揭穿她:"你上次去的时候也没少吃。"

苏橙橙急了:"这次和上次不一样!"

"有什么不一样?"林瑞问。

"没什么……"

苏橙橙不敢说自己的心理变化,可是林瑞不给她退缩的机会:"橙橙,我想知道理由。"

"上次是骗人的,可以不介意你爸妈的看法。但这次,这次……"

林瑞揶揄地说:"这次是你'丑媳妇见公婆',希望给他们留个好印象,是不是?"

"嗯。"

苏橙橙说着,小脸涨得通红,都不敢抬头。林瑞一直盯着她,突然笑了起来。他一把把她抱在怀里,而她耳边轻声说:"橙橙,你真是个宝。现在,已经11点了。"

"干吗?"苏橙橙警惕地问。

"夜深人静,孤男寡女共处一室,你说我要做什么?"林瑞亲亲她的耳垂。

"去死!"

看到苏橙橙警惕的表情,林瑞再次笑了起来。他第一次觉得他的家不再清冷,而是生机勃勃。

2

林瑞与苏橙橙之间的恋情很快就在北航公开,苏橙橙一夜之间又成了焦点人物。同事们看她的目光有羡慕,有妒忌,但她已经不在乎了。她在乎的,只有那个她深爱的男人。她希望和他永远在一起。

他们珍惜在一起的每一刻,两个人都休息的时候更是舍不得分离。这天,苏橙橙飞行结束后,直接去了林瑞家,发现林瑞正准备做晚饭。苏橙橙自告奋勇要下厨,林瑞不可置信地看着她,尽量让自己说出来的话不要那样伤人:"橙橙,你会做饭?"

苏橙橙挺直了胸膛:"是啊,我可是一个心灵手巧的贤惠女人。你想吃什么?"

林瑞笑着问:"你会做什么?"

"糖醋排骨，芙蓉鲜虾，竹笋老鸭，你要吃什么？"

"芙蓉鲜虾好了。你真的会做饭？"林瑞再三确认。

"我比较喜欢糖醋排骨。林瑞，你就等着好吧。"

苏橙橙说着，大无畏地拿着两包糖醋排骨口味的和芙蓉鲜虾口味的方便面就朝厨房走去。林瑞微微一叹，把她拦住，然后说："还是我来吧。"

"你也会煮泡面？"

"我会做一些家常菜。"

虽然林瑞云淡风轻地说自己只会做一些"家常菜"，但当满满一桌菜看对着苏橙橙热情招手，对着苏橙橙叫着"来呀来呀快来吃我呀"的时候，苏橙橙几乎要泪流满面了。此时的林瑞脑门上简直刻着"贤夫"这两个奇大无比的金字，对她的诱惑力达到了十级。苏橙橙怀着虔诚的心，吃了一口菜，然后真的流泪了。

好好吃。她含泪想。

这家伙的厨艺简直比饭店的大厨还要好！这样一个又帅、又有钱、又上得厅堂下得厨房的男人居然被她捞到了，还真是走了狗屎运。呸，她怎么那么粗俗，林瑞他可不是那个……苏橙橙暗暗想道。

"橙橙，"感觉到苏橙橙正在深深注视着他，林瑞笑着摸摸她的头，"有事吗？"

苏橙橙摇头。

林瑞的脸慢慢凑近苏橙橙的面颊。他额前的碎发扫过苏橙橙的脸，灼热的呼吸近在咫尺，乌黑的眼眸让人沉沦。苏橙橙呆呆地看着他，看着他熟练地轻抚自己的面颊，从自己嘴角拿下一颗饭粒。

当她看到那颗饭粒时，只觉得自己死的心都有了。林瑞倒是不介意地把饭粒放在了一边，对她笑道："你吃饭太不当心了。"

让我死吧！让我死吧！本来就没什么形象了，居然在林瑞面前这样丢脸，我真是死了算了！不行，一定要让他忘记刚才的事情！啊啊啊！

"林瑞！"苏橙橙严肃地望着他。

"做什么？"

"你对我真好。我好喜欢你。"

"嗯？"

林瑞还没反应过来，苏橙橙突然轻轻吻上了林瑞的唇。这是她第一次主动吻他，为的却是希望林瑞不要想起她刚才的丢脸事。她的出发点是好的，但她恰恰忘记了她主动献吻的正是一个血气方刚的男人。

"橙橙……"林瑞的眸色变得深邃了起来，"既然是你主动，我一定要配合你一下，对吗？"

林瑞在苏橙橙额上轻轻一吻，把她抱上了床。苏橙橙心里知道一会儿可能发生什么事，不由自主地开始紧张起来。她不知道如果真的把自己给这个男人会不会后悔，而她似乎一点都不厌恶林瑞的触碰……

"苏橙橙，你在想什么？"林瑞的呼吸近在咫尺，声音听起来也有些无奈，"为什么你到这时候还不专心？"

"林瑞……"

"不要说话，什么都不要想，闭上眼睛。"

林瑞的大手覆盖住了苏橙橙紧张、惶恐的双眸。突如其来的黑暗让苏橙橙的眼前一黑，看不到林瑞的面容，而她也终于慢慢平静了下来，顺从地听从自己身体的反应。

她爱这个男人。她愿意把自己交给他。一切就是这样的简单。

"我真的很喜欢你，林瑞。"苏橙橙轻声说。

"我也是。"

当阳光透过窗帘射进卧房的时候，苏橙橙睁开了眼睛，发现自己浑身酸痛地连一个手指都动不了，而林瑞已经不在床上了。

阳光照在身上暖暖的，一回想起昨晚发生的一切，她的脸就好像被火烧了一样，滚烫滚烫。这下子，那家伙要更得意了吧……丢死人了!

苏橙橙趁着林瑞不在房间,飞速地穿上了衣服,搞得自己跟做贼似的。她悄悄推开房门,脑袋往外探,见客厅没人才敢走出去。

走出卧房后,第一个目的地就是厨房。她原以为林瑞会像电视剧的男主角那样在厨房亲自做早餐来安慰自己,但厨房还是空荡荡的,窗明几净得让人绝望。

"该死的林瑞……不会占了便宜就跑了吧?啊啊啊!我亏大了!"苏橙橙捂住了脸,轻声说。

"我没跑。"林瑞慢慢地走下楼梯,有些无奈,"我只是去天台上给花浇水,你的脑瓜真是不知道在想些什么?"

"我……"苏橙橙语塞,郁闷地恨不得把自己吃掉。

林瑞穿着白色的球衫、蓝色牛仔裤,头发没有打啫喱,柔软地垂在额前,在阳光下似笑非笑地看着她,脸上满是她最熟悉也是最憎恶的云淡风轻。她见惯了身穿正装的林瑞,偶尔看到他这样休闲的打扮,倒觉得他比之前看起来年轻了几岁,跟个帅气的大学生似的。"大学生"林瑞见苏橙橙脸色阴晴未定,走上前去,习惯性地搂住了她的腰,低头轻笑:"昨晚睡得好吗?"

"一般……你怎么起那么早?"苏橙橙不敢去想昨天的事情。

"我有早起的习惯。"

苏橙橙疑惑地问:"你为什么不把我叫起来?"

"不想把你吵醒——你睡觉的样子很可爱。"林瑞笑着揉揉苏橙橙凌乱的头发。

苏橙橙脸一红,扭头就走,但林瑞突然从后面抱住了她。他强有力的双手抱住苏橙橙纤细的腰肢,微微用力,苏橙橙就被紧紧抱在他的胸前了。苏橙橙的后背紧紧贴住林瑞的胸膛,心怦怦直跳,而林瑞在她耳边说:"饿了吗?"

"有点。"

"我给你买了早饭。"

"谢谢。"苏橙橙心猛地一跳，然后突然笑了起来。

"我也饿了。"林瑞在她耳边轻轻地说。

"那我们去吃早饭吧。"

"可我想吃的不是早饭。"林瑞轻咬苏橙橙的耳垂。

苏橙橙白了林瑞一眼，心跳快得就快缺氧，但到底笑了起来。她发现，她实在太喜欢和林瑞在一起的感觉了。也许，她比自己所认为的还要更喜欢林瑞一点。

当然，只是一点点啦。苏橙橙害羞地想着。

3

苏橙橙与林瑞就这样住在了一起，二人的感情也公之于众，让那些等着看他们分手戏码的人非常失望。林瑞早就是北航的焦点人物，觉得这样的生活和以前没什么两样，但苏橙橙的压力却越来越大。

为了不让别人说林瑞的女朋友有这点那点的不好，苏橙橙做什么事情都力求尽善尽美，不敢让别人寻了她的错处。飞行的时候，她认真工作，拼命抢活干，而休息的时候她就与林瑞窝在一起，甘心做起了林瑞身边的小女人——说来也奇，她以前一向是最鄙视那些只会和男人窝在一起的女人，但是遇到林瑞后，她也一步步朝着被自己鄙夷的方向发展。

因为，她喜欢他。

林瑞是一个沉稳睿智的男人，苏橙橙和他有着说不完的话题，也有着不可言喻的默契。她与林瑞的相处非常融洽，双方的家长也见了一次面，彼此都非常满意，苏橙橙的妈妈更是恨不得把女儿当场就嫁给林瑞。

虽然彼此的感情、彼此的家庭看起来都没什么不合适的地方，但是和林瑞这样优秀的男子在一起所造成的压力，还是让苏橙橙有些患得患失。她有时候会想,那天在日本如果不是她先向林瑞表白,他们还会成为如今的情侣关系吗?林瑞真的会一直喜欢她,不会厌烦她吗?

哎,想那么多做什么?林瑞对她很好就够了啊!

虽然林瑞很少说一些甜言蜜语,但是他除了飞行的时间,其他时间都在陪她,偶尔亲自下厨做饭,做出来的饭菜也是苏橙橙望尘莫及的。苏橙橙本来就是个宅女,如今安逸而稳定的生活似乎就是她所有的追求,只让她觉得平淡而温馨。闲暇时光,她或者找朋友逛街,或者和林瑞一起看场电影,十指相扣,从不分离。

又是一个阳光美好的午后。

现在已经是春季,和煦的微风和暖暖的阳光让苏橙橙的心情分外舒畅。她坐在沙发上看小说,林瑞在看电视,两个话不多,但是分外默契。也许是窗外的阳光太舒服的关系,苏橙橙醒来的时候发现自己正枕在林瑞的肩头,口水把林瑞的衣服都浸湿了一块。她记得林瑞有洁癖,内疚地笑,急忙拿出纸巾为林瑞擦拭,而林瑞握住了她的手:"醒了?"

"对不起!我真没想到我会睡着,还流口水……"苏橙橙越说越心虚。

"没事。"林瑞轻轻擦拭苏橙橙嘴角的残迹,"我都习惯了。"

"讨厌!"苏橙橙笑骂。

就在这两个人开始打情骂俏的时候,电话响了。苏橙橙见来电人是尹晓雪,想起很久没有和她联系,急忙接通了电话。然后,她诧异地听到电话那头传来轻轻的啜泣声。

"喂?"

"橙橙……"电话那头,尹晓雪在抽泣。

苏橙橙急忙问:"晓雪,你怎么了?"

尹晓雪的声音听起来很压抑:"橙橙,你能出来一下吗?我有事要麻烦你。"

苏橙橙急了："什么事？"

"出来再说好吗？"

苏橙橙只能说："好吧。半小时后，百盛门口的麦当劳见，怎么样？"

"好。橙橙，我等你。"

"我很快就来。"

苏橙橙挂断电话后，合上小说，披上外套就要往外面走。林瑞见状，微微皱眉："橙橙，你去哪里？今天不是说好，和我一起去我家吃饭的吗？"

"晓雪有事情找我，我去看看。"苏橙橙着急地说。

"尹晓雪？"林瑞口中重复这个名字。

"是啊。你也认识她？"

"她啊……"林瑞一顿，没有回答，"早点回来。"

"知道啦。来，给爷亲一个。"苏橙橙笑嘻嘻地凑了上去。

林瑞面无表情："苏橙橙你的皮是不是又痒了？"

"嘿嘿……"

市区距离她家不远，苏橙橙拦了辆出租车，很快就抵达了目的地。当她到达麦当劳的时候，尹晓雪正坐在靠窗边的位子上等着她，见了她，对她勉强一笑，而苏橙橙却大吃一惊。

尹晓雪？真的是她吗？她怎么变化这么大？

自从苏橙橙与林瑞住在一起后，和朋友们的联系少了许多。她知道，每个人都会有所改变，但尹晓雪变成了这样实在是她没想到的。

记忆中的尹晓雪，总是那样的漂亮、时尚，骄傲得像个公主，可面前的这个女人皮肤发黄，黑眼圈极重，蓬头垢面，瘦得简直不像话。天气已经很暖了，但尹晓雪还是穿着厚重的冬衣，眉眼间满是说不出的哀愁。如果不是她的五官还是一如既往的娟秀，苏橙橙几乎要认不出她来。

"晓雪,你……你怎么憔悴成这样?"苏橙橙吃惊地问。

"橙橙,帮帮我!"尹晓雪一见苏橙橙到来,一把抓住了苏橙橙的手,急切地望着她。

"你到底怎么了?"

尹晓雪极力忍住哭泣:"他……他不见了……"

"谁不见了?"

"姜平。"尹晓雪紧咬嘴唇。

"什么?为什么突然不见了?你们还没分手?是不是他故意躲着你?"

苏橙橙一急,连珠炮般地连问好几个问题,而尹晓雪的神色更加凄然。她低头,轻声说:"我不知道,我和他已经有一个月没联系了。可能是他……知道我怀了他的孩子吧。"

"你说什么?尹晓雪,你怎么那么不小心?"

苏橙橙此时真是又怒又气。她知道尹晓雪与姜平的关系后,早就对她多加劝解,但尹晓雪不听,她也只能暗暗劝她为自己留一手,千万不要沦落到无法挽回的地步。可是,这个傻女人居然又上了当,还拿自己的身体开玩笑!

这个笨蛋!

"我……是故意的。"尹晓雪摸摸自己平坦的腹部,明明在微笑,却落下泪来,"他迟迟不肯做决定,我只好帮他做决定。"

"你……你是故意的?"苏橙橙吃惊地问。

"是。我骗他说我在吃避孕药,他信了。"

"尹晓雪,你真是疯了。"苏橙橙直直地望着她,不住摇头。

"对,我是疯了!我不想再和他这样无名无分地过下去了。我已经23岁了。家里人总是问我什么时候把男朋友带回家,我受不了这样见不得光的生活。我不想再退让,只能孤注一掷。"尹晓雪声音沙哑地说。

"所以呢?所以你故意怀了他的孩子?然后他知道你怀孕后一

走了之？尹晓雪，你这个笨蛋！我和你说了多少次了，那个男人一开始就没打算和你在一起。你以为孩子能束缚住他吗？你太傻了！"

"我……"

"走，带我去他单位找他。"苏橙橙站起身。

"不要！"尹晓雪恐惧地说。

苏橙橙真是怒其不争："事到如今你还为他遮掩？你醒醒吧！"

"我，不想……因为我……喜欢他……真的，很喜欢，很喜欢……"

尹晓雪捂住脸哭了起来。

喧嚣的麦当劳中，尹晓雪无助地流泪，肩膀微微颤动，看起来是那样的无助、那样的可怜。苏橙橙很想骂她，很想把她打醒，但见她这样伤心欲绝的样子，又怎么会忍心？她犹豫了一会，紧握尹晓雪的手，试探地问："你有什么打算？"

"我想把孩子生下来。我想，他见到孩子一定会心软的。"

苏橙橙真的生气了："晓雪，你发什么神经！难道你到现在还没觉悟？如果他想和你在一起，想要孩子的话，怎么会对你避而不见？你到现在还想为他遮掩些什么？"

尹晓雪无助地问："橙橙，我该怎么办？"

"你知道的。"苏橙橙注视她的眼睛。

尹晓雪尖叫："你也想劝我把孩子打掉，是吗？我不要！这也是一个生命！"

苏橙橙也觉得眼睛发酸："那你想要孩子生下来就没父亲？就算你不为自己着想，你也要为孩子着想吧！"

"我、我……"

苏橙橙叹息："其实你内心早做了选择了，不是吗？晓雪，你是一个聪明的女人，你只是一时没看清楚自己罢了。"

"橙橙……"尹晓雪终于痛苦地哭泣。

除了上次在酒吧遇到尹晓雪外，这是苏橙橙第二次见到尹晓雪这样无助的样子。

她到现在见到的伤心人都是女人。她不知道是不是每个骄傲的女孩，在遇见自己心仪的男人后，都会慢慢地把自己的骄傲收起，都会担心刺痛对方，而把自己用于防身的刺拔掉。无论是她，还是冷傲的尹晓雪，或是坚强的岳桃、文静的江媛……

看着尹晓雪，苏橙橙突然是那么怀念她们刚见面的时候。那时候，她们都还年轻，都还没有受伤。

如果可以，她真的不想长大。

4

过了几天，尹晓雪终于做了决定，苏橙橙陪着尹晓雪去医院里打胎。她们选了郊区的一家私立女子医院，虽然花钱会多一些，但是到底比较隐蔽。

她们一大早就去了医院，原以为这里会很冷清，却没想到没到9点，医院已经是人声鼎沸，就好像市中心一样热闹。许多看起来还是大学生打扮的女孩子，或在男友的陪同下，或在女伴的陪同下等在妇科门口，有人一直低着头，有人表现出不屑一顾的样子，但苏橙橙还是从她们年轻、清澈的眼神中看到了深深的恐惧。

"橙橙，我不会有事的，对吗？"尹晓雪紧紧握住苏橙橙的手。

"是，你不会有事的。"苏橙橙柔声说道。

"我听说有人做手术会做到一辈子不孕，但愿那人不是我。"尹晓雪低声说。

"你别瞎想，这里的医生很好，怎么可能那样。"

"呵呵……就算是那样的话，我也没办法。这就是对我执迷不悟，一心拆散别人家庭的报应吧。"尹晓雪轻声叹息。

"晓雪……"苏橙橙不知道该说什么。

"我没事的，橙橙。这几天，我一直在找他，甚至去他单位那里堵住他。可他只是让我滚开,看我的眼神就好像在看一个陌生人。后来,他打电话给我,问我到底想做什么,要多少钱才肯放手。橙橙,其实我早就看清了,只是自欺欺人,一直说服自己,让我觉得他还爱我罢了。我没事,真的,没事……"

尹晓雪的手彻骨冰凉。这双冰冷的手一直紧紧握住苏橙橙的手,微微颤抖,一点不敢松手,仿佛她就是自己唯一的希望一样。苏橙橙也反握尹晓雪的手,低声安慰她,和她一起等待护士的叫号。然后,她目送尹晓雪进了手术室,焦急地坐在门外等待。大约半小时后,尹晓雪苍白着脸走出来后,苏橙橙才深深舒了一口气。

"晓雪,你没事吧。"苏橙橙忙问。

"没事,走吧。"尹晓雪看起来精神很差。

"结束了,一切都结束了。"苏橙橙抱着尹晓雪,喃喃地说。

她搀扶着尹晓雪,陪她回了宿舍,为她叫了一些外卖,把热乎乎的粥送到她的面前。尹晓雪坐在床上,望着眼前的热粥,终于落下泪来:"橙橙,谢谢你!"

"你说什么呢,我们是好朋友啊!"苏橙橙笑着说。

"对不起。"尹晓雪低头说,"我以前误会了你,以为你是那种长舌妇,还打了你一巴掌。"

"傻瓜,我早忘记了。"苏橙橙忙说。

"橙橙,你真是个好人。这种事,别人都避之不及,你却待我这样好。你……你不好奇那个男人的妻子是谁吗?"

"是谁?难道我还认识她吗?"苏橙橙随口说。

"你的师父,陈心怡。"

"什么?"

苏橙橙大吃一惊,愣愣地望着尹晓雪苍白的面容。苏橙橙很希望尹晓雪说她刚才只是在开玩笑,但尹晓雪只是对她轻微地点点头,神色有些悲哀。苏橙橙怔怔地坐在椅子上,心乱如麻,尹晓雪继续说:"我在他钱包里见过他妻子的照片。那时候,我不知道他的妻子从事什么行业,只知道我报名参加空姐考试的时候他很生气,企图阻止我。现在想来,他是害怕他的谎言被拆穿。在培训部,当我第一次见到陈心怡的时候,我整个人都傻了。可人生就是这样奇妙。我不知道她是不是知道她的丈夫在外面有人,是不是知道我和她丈夫的关系,但一开始,我对她确实是满怀敌意。姜平告诉我,他的老婆又严肃又没情趣,管他很严,每当他企图要离婚的时候她就会以死相逼。我讨厌这样的女人,我以为是她阻拦了我的幸福,直到后来我才发现我错了。"

"我师父是个好人。"苏橙橙闷闷地说。

"是,她是个好人。虽然她看起来很严厉,但我知道,她其实是个心地不坏的女人。姜平把她形容成乡下妇女,但我们都知道她其实是一个很优雅、高贵的女人……一切的一切,都和姜平对我说的不一样。我不是不想抽身,不是不想快刀斩乱麻,但他是我第一个男人,想忘记哪有那么容易?他一直说他的孩子还小,不能离婚,既然这样,我就生一个更小的出来……可我还是赌输了。知道我怀孕后,他一开始以为我在开玩笑,后来变了脸,让我把孩子打掉。我不肯,以为我坚持一下的话他会妥协,可他却失踪了。一连一个星期电话不接,短信不回,我想他应该是真的要和我断绝关系了。他应该喜欢过我,但我比起他的前途来实在是太微不足道了。你说得对,如果他真心想和我在一起的话,早就会给我一个名分……从始至终,我都只是他的一时新鲜罢了。"

尹晓雪说着,剧烈咳嗽了起来,苏橙橙急忙给她倒了一杯热水:"晓雪,你别难过。离开他你一定会找到更好的人。"

"是吗?"尹晓雪淡淡一笑,"但愿吧。橙橙,其实我真羡慕你。在对的时间遇到对的人,真是人世间最大的福气。"

"也许吧。"苏橙橙轻声说。

"如果可以的话,快点结婚吧。男人对女人好不好可以伪装,但是如果他愿意给你婚姻,那就是真的爱你。快点抓住林瑞,千万不要……不，我在说什么？林瑞那么爱你，一定不会负你。"

尹晓雪说着，对苏橙橙努力地微笑，而苏橙橙的心却是说不出的心酸。窗外，春光明媚，无限耀眼，但尹晓雪的冬天却还没有过去。

从尹晓雪处离开后，苏橙橙的心情很是压抑，回家面对林瑞的时候都有些精神倦倦的。晚上快睡觉的时候，她装作漫不经心地说："林瑞，我们结婚怎么样？"

"好。"林瑞不假思索地说。

"你根本没有认真考虑，你就这样敷衍我？"苏橙橙一愣，然后说。

"那我考虑下。"

林瑞说着，翻着手中的英文小说，迟迟不说话，而苏橙橙简直等到肝肠寸断。大约10分钟后，她终于忍不住了，踹了林瑞一脚："喂，你到底什么答案？"

"可以结婚。"

"你为什么要想那么久？你不愿意？"

"橙橙，你到底想怎么样？"林瑞合上书，无奈地看着她，"如果你想结婚，我当然不会反对，明天去领证也行——如果你觉得这很重要的话。"

"算了。"苏橙橙闷闷地关灯，"睡觉！"

"橙橙，你到底怎么了？"

"没什么，睡觉！"苏橙橙赌气说。

夜晚，月光照射进房间，为房中增添了一份朦胧的感觉。林瑞在苏橙橙身边均匀地呼吸着，胸口微微起伏，长长的睫毛在他脸上留下了阴影。苏橙橙睁开眼睛，望着林瑞，心里说不出是什么感觉。她觉得虽然她距离林瑞很近，但似乎怎么也抓不住他一样。

他们已经交往半年了。

尹晓雪说得没错，如果一个男人真的喜欢一个女人的话，一定会给她婚姻，但他到现在似乎从未说过希望想和她结婚的话，甚至没对她说过"我爱你"。他唯一一次说情话,就是在日本缆车上,但自从那次后,他似乎很逃避这些。

苏橙橙知道林瑞一向不屑说这些甜言蜜语,但女人会很在乎。特别是,那么没有自信的她。她刚才居然向他逼婚了,她到底在做什么?苏橙橙,你还嫌你不够丢脸吗?

苏橙橙想着,郁闷入睡,心想自己似乎被尹晓雪影响了,这样可真的不好。

第十二章　林瑞求婚·陈心怡的决绝

1

第二天醒来后，苏橙橙满腹心事，根本打不起精神。她倦倦地去飞行，做什么都心事重重，幸好一天下来没犯什么严重的错误。到了宿舍大院后，她在机组车面前纠结了一下，还是回了林瑞家，而不是到宿舍去住。

可能是习惯了两个人的生活后，一个人就会觉得孤单吧。苏橙橙想着，心里不知道是苦是甜。

她回家的时候，林瑞正在上网看新闻，桌上给她留好了饭菜。她突然想吃蛋炒饭，便走到厨房，穿上围裙开始做饭。她细心地打鸡蛋，把米饭炒得金黄，简直是满室飘香。

"好香啊。"林瑞闻香而来，"橙橙，你的手艺好像进步了不少。"

"废话！每次回家我妈都逼着我学做菜，你说我的手艺能不好吗？"苏橙橙白了他一眼。

"你妈是一个聪明的女人。"林瑞说。

"啊？"

"虽说以后这种事可以有用人代劳，但是自己的妻子亲手为丈夫做饭的话，会让夫妻双方的感情更为牢固。"

这家伙到底在说什么？不就做个蛋炒饭吗，怎么会有这样的长篇大论？

苏橙橙生怕林瑞和她抢吃的，好像老母鸡保护小鸡一样牢牢抱住自己的饭碗，飞速地往嘴里填着饭。林瑞见状，不由得微微一叹，倒了一杯水给她："小心吃，别噎着了。橙橙，我们今年秋天就结婚，好不好？"

"噗！"

苏橙橙大惊失色，刚喝了一口的水一下就喷了出来，喷了林瑞一脸。她急忙擦擦嘴角的水迹，连声问："你说什么？你是在求婚吗？"

"你说呢？"林瑞冷静地拿纸巾擦拭着自己脸上的水迹，似笑非笑地望着苏橙橙。

他总是这样的扑朔迷离，让人摸不着头脑，所以苏橙橙看了他很久还是没搞懂他到底是什么意思。她皱皱眉，望着自己身上的围裙，再看看林瑞整洁、笔挺的西服，别扭地说："我才不嫁你。"

"为什么？"

"求婚的话起码要有个小提琴伴奏，你单膝下跪，捧着玫瑰花，为我戴上戒指什么的，我在吃蛋炒饭的时候你求婚这叫什么事儿啊！林瑞，你又玩我，是不是？是不是我妈和你说了什么了？"

林瑞显然不理解苏橙橙为什么会有那么大的反应："昨天你说要结婚，我考虑了一下，觉得现在结婚完全没有问题。我今天去你家送水果的时候，你妈妈也说希望我们尽早结婚。既然大家的意见都一致，我们早点把事情办了不好吗？"

苏橙橙想起妈妈对林瑞异乎寻常的关爱，有些头痛，也有点丢脸。她心想女孩子这样闹着结婚算什么事儿啊，忙说："林瑞，你别听她的，老人家就是喜欢子女快点结婚，你不用理会她。"

"可我已经答应她了。"林瑞说。

"可我没答应你。"苏橙橙下意识地说。

气氛突然沉默了起来。他们两个人对视，距离是那么近，但他们都不知道彼此在想什么。就在苏橙橙暗暗后悔，心想自己是不是太任性的时候，林瑞突然开口："那就当我没说好了。"

"嗯。"苏橙橙负气说。

于是，苏橙橙与林瑞二人莫名其妙地开始冷战。苏橙橙认为林瑞向她求婚心不甘情不愿，只是为了应付家长罢了，更不知道林瑞为了什么而生气。到了第二天，苏橙橙醒来的时候习惯性地往一旁看去，却发现林瑞已经不见了踪影。

没有了习惯的早安吻，也没有了熟悉的身影，苏橙橙轻轻抚摸着空荡荡的床，抱住了还有林瑞体温的枕头，忍不住轻声地啜泣起来。她越哭越委屈，越哭越伤心，把和林瑞在一起的不甘和不满通通哭了出来。

林瑞，你是在和我发脾气吗？我又哪里做错了？你太优秀，太受人瞩目，和你在一起我很有压力，所以我从来不敢想以后的事情。虽然我们两个现在很快乐，但谁知道你哪天就会对我厌烦。

为了不要输，为了不要在被你放弃的那天难过到痛不欲生，我只好尽量让自己不要弥足深陷，让我还保持着最后一点自尊和清醒。望着父母恨不得拿我打包送给你的样子，你应该很得意，但我却会感觉羞愧。林瑞，你就好像是一阵风，就算我再想抓住，却怎么也抓不牢。所以，我只好故作豁达地张开手掌，放你走，让你不受任何束缚。

我不希望你为了责任而娶我，我不要！

就在苏橙橙一个人在房中默默流泪的时候，手机突然响了，是林瑞的号码。她犹豫了一会儿，接通了手机，电话那头传来林瑞的声音："橙橙，起来了吗？"

"嗯。"听到林瑞的声音，苏橙橙忍住抽泣说。她敏感地听到了机场中喧嚣的声音，不由得问："林瑞，你在哪儿？你今天不是不飞吗？"

"我就要去荷兰了，一会儿登机。"

"你怎么突然要去荷兰？"苏橙橙呆住了。

"我一个星期前就和你说过了，你忘记了吗？今早原来想叫醒你，看你睡得那么香就没把你喊起来。"

苏橙橙想起来，林瑞是要去荷兰帮飞一个月，可她居然忘记了离开的日子就是在今天。她忍不住问："你为什么不叫醒我？明明知道就要一个月不能见面，你、你……"

"橙橙，你在哭？"电话那头，林瑞突然问。

"没有。"苏橙橙忙说。

"那就好。橙橙，我把早餐放在桌子上了，你好好照顾自己，记得要吃早饭。一个月后我就回来了，到时候给你带礼物。"林瑞说着，似乎松了一口气。

"哦。"苏橙橙闷闷地说。

"没什么要和我说的了吗？"

"没有。"苏橙橙心中一颤，还是赌气地说。

"好吧……"林瑞微微一叹，"那么好好保重，苏橙橙。"

"你也是。"

当电话那头传来"嘟嘟"的声响时，苏橙橙忍不住，再一次泪流满面。她抱着还有林瑞气息的抱枕，胡乱擦拭着眼泪，但眼泪好像怎么也停不住一样，擦也擦不干。一种会失去林瑞的莫名担忧开始在她体内弥漫开来，她望着空荡荡的房子，只觉得房中充满了寂寞。

如果在以前的话，就算是有不开心的事情，两个人第二天肯定会和好，但林瑞突然有任务要去荷兰帮飞一个月，两个人想和好也没机会。为了显示自己这次是真的生气了，苏橙橙收拾东西，搬出了与林瑞共同居住的房子，重新住进了公司宿舍。当她回到宿舍后，习惯性地去敲好友的房间，却发现尹晓雪、罗琳早就搬出了宿舍，只有江媛还在。

曾经熟悉的宿舍大楼里又多了好些新鲜的面孔，她们有着怯生生的眼神和青春的容貌，应该是新来的乘务员。她们见到苏橙橙，都毕恭毕敬地叫她"姐"，而苏橙橙摸摸自己的面颊，笑了。

转眼间她在公司都一年了，时间过得还真是快。培训的日子仿佛就在眼前，可新的一批乘务员都来了，和当初的她们一样天真而美好。不知道她们又会经历些什么，又会如何蜕变成长。

苏橙橙想着，敲开了江媛的房门："江媛，我来了。"

"橙橙？"江媛诧异地看着她，"你怎么突然住回来了？你和林瑞怎么了？"

"我和林瑞吵架了。"

在江媛温暖的床上，苏橙橙抱着江媛的小兔子娃娃，不知道在和兔子说话还是在和江媛说话。江媛好气又好笑地抢过自己的兔子，点点苏橙橙的额头："你啊！又任性了？"

"哼，你就会指责我！为什么不会是林瑞不对？"苏橙橙不满地问。

江媛叹气："不管谁对谁错，难道你就这样吵下去不成？橙橙，如果那么好的男人你都不珍惜，你会后悔的。我是为了你好。"

苏橙橙轻声说："我知道你是为了我好，所有的人都是为了我好。可你们这样说的话，只会让我觉得我配不上林瑞，只会让我压力更大……我觉得我都要窒息了。"

"橙橙，你是不是想得太多了？有谁会认为你配不上林瑞？"江媛诧异地问。

"我自己。"苏橙橙淡淡地笑，"我和他在一起是我先表白的，是我先牵起他的手，他甚至没对我说过一声'我爱你'。江媛，你的男朋友会这样吗？和你交往那么久,连个'我爱你'都吝啬给你？"

"这个倒是不会……你和他谈过这方面的问题吗？"江媛问。

"我说不出口。我虽然脸皮比较厚，但我毕竟是个女的啊……这样弄得我跟霸王硬上弓似的。"

江媛被她气笑了:"苏橙橙,你能不能不要这么贫?你那么能说会道,怎么当着林瑞的面就什么都说不了了?"

"那不是因为他……因为他好看嘛!看到他就不想和他吵架,只想静静地看着他。"苏橙橙害羞地说。

"你啊,真是没话说!"江媛无语,认真看着她,"苏橙橙,你爱他。既然离不开他,你就别耍什么脾气,好好地抓牢他。爱情里本来就没什么女尊男卑,也没什么谁对谁错,彼此的棱角都需要磨平。别吵架了,你的退让不是因为你的懦弱,而是因为你对对方的爱。"

"江媛,你讲得好深奥,我听不懂。"苏橙橙迷茫地说。

"就是说你别任性啦!如果林瑞再打电话找你,记得要接,要撒娇,知道吗?"

"可我只会撒泼。"苏橙橙面无表情地说。

"你啊,真是被你打败了!看我不收拾你!"

"嘿嘿……"

就在苏橙橙和江媛打打闹闹的时候,手机突然收到了一张照片。打开一看,照片上的林瑞正站在满是郁金香的草地上对她微笑,照片上还有四个字:等我回来。江媛抢过手机,笑着说:"什么吵架啊,人家还那么关心你,你有什么好闹的。橙橙,林瑞真的不错,你不要瞎想了。"

"是吗?"

"当然了,全世界的女孩子都会羡慕你的。"

看着江媛真诚的面容,再看看照片上的林瑞,苏橙橙只觉得心中的郁闷被一扫而空,也觉得心好像荷兰的阳光一样暖洋洋的。她想,自己确实是把时间浪费在没有意义的冷战中,如果这段时间他们都在甜蜜恋爱那有多好!她突然那么思念林瑞。她想,等林瑞回来后,她一定要向林瑞道歉。她要告诉他,自己有多喜欢他。

2

不知不觉间，林瑞在荷兰已经半个月了，而苏橙橙每一天都是度日如年。无尽的思念早就把赌气的成分稀释得烟消云散，她越来越思念那个会抱着她入睡的男子。她已经决定，等林瑞回来的时候一定要好好地抱着他，对他说"我爱你"。

林瑞，林瑞，你什么时候回来？苏橙橙在心里回味着这个名字，心中满是最甜蜜的思恋。

今天，和苏橙橙飞行的乘务长是陈心怡，也让苏橙橙心中说不清是什么滋味。自从放单后，苏橙橙很少和陈心怡一起飞，所以她再次见到陈心怡的时候，先是惊喜，然后想起她的丈夫，神情不自觉地有些尴尬。苏橙橙的脸上风云变幻，而陈心怡不知道苏橙橙都在想些什么，像刚带飞的时候一样，严厉地指责她的错误，也让她感受到了很久没有的紧张感。

"苏橙橙，你的发型是怎么回事？怎么这样毛毛糙糙的？"

"苏橙橙，和你说了多少次了，发水的时候要先发湿纸巾再发水，你是怎么回事？"

"苏橙橙……"

苏橙橙其实并不是一个粗心大意的人，但她和自己师父飞的时候也不知怎么的，就会非常紧张，犯错不断，而陈心怡看她的目光也很是无语。在后服务台，陈心怡对苏橙橙今天的表现一一点评，苏橙橙不住点头，心中却暗暗盼望她快点说完，能让自己快点清静。正在陈心怡说到兴头上的时候，一个男人突然拉开帘子，进了后服务台。她们都急忙站起，陈心怡微笑着问："请问，您有什么事吗？"

"那个……我想问下……"

"先生是想问厕所在哪里吗？"苏橙橙特别善解人意地笑道，

"厕所在这里，推一下就好了。"

"不是，我想请问你们能不能帮我求婚？"

"什么？"

一听到那位先生说"求婚"，所有乘务员的耳朵都竖了起来，身上八卦的血液开始沸腾。苏橙橙的脑子"嗡"地一响，急忙热情地问："先生，您要我们怎么帮您？您的女朋友就在飞机上吗？"

"是啊！她总觉得我不浪漫，可我一直没有这些花花肠子，只知道对她好就行。我们就要结婚了，她都不对结婚这件事抱什么希望……我想给她一个惊喜，求婚求得浪漫一点儿，让她一辈子都能记住。这飞机离地面总有好几千米，在白云上求婚总比地面上强吧。"他害羞地说。

"当然浪漫了，保证让她一辈子都忘不了！"有个乘务员忙说。

"那能不能麻烦你们帮我和她说一声？这话我还真有点说不出口。"他满怀期待地问。

苏橙橙忙问："先生，您叫什么名字？您女朋友呢？"

"我叫顾小明，我女朋友叫唐颖。"

苏橙橙笑着说："好，顾先生，那我帮你求婚怎么样？"

"可以吗？"顾先生激动地望着苏橙橙。

"师父，可以吗？"

苏橙橙握着广播器，满怀期待地看着陈心怡，而后者对她无奈一笑。眼见陈心怡并未反对，苏橙橙欣喜若狂。她清清嗓子，用甜美的声音说："唐颖小姐请注意，唐颖小姐请注意，顾小明先生委托我向您求婚，希望您能和他共度余生，如果您愿意，请按您头顶上方的呼唤铃，他将随时出现在您的面前；如果您不愿意，那顾先生将会背着降落伞离开飞机。为了他的生命安全着想，请您按呼唤铃，我们都在期待着您的答案。"

"按铃！按铃！"

在众人的起哄声中，一个女孩羞红了脸，终于按住了头顶上方的呼唤铃。当那个小灯泡亮起的瞬间，顾小明就飞快地出现在她的面前，把她紧紧抱在怀里。他们两个人甜蜜地相拥在一起，客舱里的所有人都在鼓掌，苏橙橙也在鼓掌，兴奋地把掌心都拍红了。她不经意间看了一眼陈心怡，发现她正看着窗外的云彩，面容平淡，但眼睛有些湿润。苏橙橙心中一怔，试探性地问："师父，你怎么了？"

"没事，只是眼睛有点酸。"陈心怡淡淡地说。

"哦。"

苏橙橙知道陈心怡不愿意多说，也就没有多问，转而和其他乘务员一起祝福这对即将成为夫妻的男女朋友。回去的机组车上，大家还在兴致勃勃地讨论着这场求婚，苏橙橙也饶有兴趣地听着，特别羡慕那个被当众求婚的姑娘。她不禁想，如果林瑞也这样向她求婚地话，她一定第一时间就扑上去抱住他……

只是，林瑞的性格那么沉闷，这真的不太可能。苏橙橙遗憾地想。

回宿舍以后，苏橙橙换了衣服，一个人到北航附近的小饭馆吃饭。这个饭馆规模不大，但是饭菜干净、实惠，很受同事们的喜欢。苏橙橙选了个靠窗的位子坐下，正要点菜，突然看见陈心怡一个人坐在角落的位子里，看起来有些落寞的样子。也许是注意到了有人在注视着她，陈心怡抬起头，与苏橙橙的视线对了个正着。苏橙橙心中一惊，急忙对陈心怡尴尬地笑，而陈心怡也微笑道："橙橙，过来一起吃饭吧。"

"好呀。"

苏橙橙心中暗暗叫苦，但还是满脸微笑地坐到了陈心怡身边。陈心怡拿着菜单让苏橙橙点，苏橙橙急忙让陈心怡选，陈心怡看了她一眼，也不推辞，点了鱼香肉丝、干锅鸡这样的家常菜。等待上菜期间，陈心怡默默无语地吃着盘中的几棵青菜，而苏橙橙眼观鼻、鼻观心，默默地喝着手中的茶水，暗暗希望这顿饭快点吃完，也能快点摆脱这份尴尬。可是，仿佛与她的所想作对似的，厨房一直没有送菜来。陈心怡看了一眼苏橙橙，突然问："和我在一起很紧张？"

"啊，没有……"

"你的脸上都写着'我很紧张'，真是一个不会掩饰自己情绪的孩子。"陈心怡笑着说。

苏橙橙被看穿了，也只能承认："是啊，我是很容易被人看穿。我也知道你一直不喜欢我。"

苏橙橙这话说完才醒悟自己刚才都说了什么，愕然地望着陈心怡，真恨不得把自己的舌头咬下来。她不知道自己怎么不经意间就把自己的想法说出来了，脸涨得通红，急忙解释："不，我不是那个意思……"

"苏橙橙，你为什么会觉得我不喜欢你？因为我一直对你很严厉吗？"陈心怡问。

"不是的！其实你对我很好，真的！"苏橙橙忙说。

陈心怡突然笑了起来："苏橙橙，知道我为什么在上第一堂课的时候就记住了你吗？所有的同学都非常认真地上课，只有你，露出了一种不在乎的神情。她们都是民航专业学校出来的，都希望一辈子从事这个职业，希望自己尽善尽美，可我在你的脸上却找不出那种在乎的感觉。你的眼睛告诉我说，你觉得做空姐很容易，不是吗？"

苏橙橙低着头不语。

她不知道自己内心那点小心思怎么会被人看得一清二楚，木然地望着陈心怡，等待着她继续责骂。可是，陈心怡只是微微一叹，说："可是后来我发现我错了。你虽然并不是尽善尽美的，但是你很认真，很上进，我也似乎见到了以前的我。虽然你的专业知识也许不是最好的，服务水平也有待完善，但你对于旅客的那份热情与设身处地的温柔、细心，却是很多飞行了很久的乘务员都没有的。你很认真，苏橙橙。"

"是吗？师父，你都夸得我不好意思了。"苏橙橙红着脸说。

"苏橙橙，就这样简单而认真地生活吧。这样挺好。"

陈心怡说着，淡然地望着窗外，脸上的落寞似乎把周围的空气都凝固住了。苏橙橙望着她，犹豫了很久，终于试探性地问："师父，你不开心吗？"

"呵呵，为什么这样问？"陈心怡的脸上看不出悲喜。

"感觉罢了。"

"你的感觉很敏锐。今天是我离婚一个月的纪念日。结婚纪念日是两个人过，但离婚纪念日只能一个人过了吧。"

"什么？你……你离婚了？"

苏橙橙大吃一惊。她是知道姜平与尹晓雪、陈心怡之间的三角关系的，也知道尹晓雪受了伤害，却不知道陈心怡为什么会离婚。难道姜平终于愿意娶尹晓雪，终于向她摊牌了？

"很惊讶？"陈心怡淡淡一笑，"离婚是我提的。"

"为什么？"

"无休止的猜疑，无休止的争吵，还有他在外面无休止的女人……我对他早就绝望了。之前是为了孩子不离婚，但是有一天，当我们再次吵架，他夺门而出后，我的女儿抱着我，对我说希望我们能分开。我不知道一个9岁的孩子为什么会懂那么多，但她说希望能有一个安静平和的家，而不是互相怨恨的父母……原来一直都是我错了。我好强，爱面子，不想让别人知道我的丈夫出轨，也不想让我的女儿成为离异家庭的孩子……但我错了。孩子要的，是一个和睦的家庭，而不是整日的貌合神离。"

"可这样离婚的话不可惜吗？"苏橙橙讷讷地问。

陈心怡敏锐地问："你的意思是我年纪大了，不该这样冲动是吗？"

"不，我不是这个意思……"

"是，我已经40岁了。相对男人而言，40岁的离异女人更加可怜。可是，从30岁开始，我就在忍受着他到处拈花惹草，不知不觉忍耐了10年……但我不想再忍受第二个10年了。我有工作，有稳定的收入，有懂事的女儿，我自信能把女儿照顾好，教育长大。"

陈心怡的脸上满是自信的神情，这样的陈心怡是苏橙橙最熟悉，也最敬佩的。她真诚地说："师父，我真的很佩服你，你真是一个很有魄力的女人。"

"不是我有魄力，而是实在无法再忍受了。尤其是知道有人怀了他的孩子之后。"陈心怡淡淡地说。

"你……"

"你想问我怎么知道尹晓雪的事情，是吗？他们交往第二年的时候，我在他的手机里发现了她的照片——是一个很纯洁，很可爱的女孩，笑容很美。我知道，这是她对我的示威，提醒她的存在。这些小伎俩很拙劣，但也很有效，一下子让我的幻想都破灭了。"

"师父……"苏橙橙不知道该说什么好。

"我该谢谢她。其实，我早就闻到了他身上不属于我的香水味，但我只是装作不知道，自欺欺人罢了。她的照片让我第一次终于控制不住自己，和他争吵了起来，从此家里也永无宁日。在外人面前，我们是一对恩爱的夫妻，但我们的家庭早就是千疮百孔了。当我看到尹晓雪时，我承认我吓了一跳，很想借自己的身份让她身败名裂，让她做不成这份工作，好出一下心中的恶气，但我到底控制住了。在私人情感上，我不喜欢尹晓雪，但在工作上，我是教员，我必须公平、公正，对得起我这身制服。尹晓雪看我的眼神很仇视，我想，她应该不知道我已经知道了他们之间的事，把我当成了拆散她伟大爱情的人吧。虽然我打定主意要对她公平判断，但还是忍不住对她特别的苛责，也连累你一起吃了苦。橙橙，我希望你不要怪我。"

"原来是这样……师父，我一直以为你不喜欢的是我。"苏橙橙没想到陈心怡早就知道了尹晓雪的存在，心里特别难过。

"你和她关系好，我确实有点迁怒于你的意思，这个我根本无法控制。你陪她去堕胎的医院里有我熟悉的医生，也知道她的事情，所以在第一时间告诉了我。当得知了这个消息后，我以为我会很伤心、很难过，但我有的只是绝望与平静罢了。回家后，我和他开诚布公地谈了一次，提出了离婚，但他坚决不同意——不是因为爱我，而是因为他的前途。我多可笑，多可悲！"

陈心怡说着，眼中有泪意，苏橙橙忙说："师父，你不要这么说！你真的是一个好女人。"

"丈夫背弃，40岁离婚，真是有够失败……但我不后悔。我的人生还很长，就算是一时走错了，也不能因为纠正、掩饰错误而走入更大的歧途。告诉尹晓雪，她可以和那个男人在一起了，如果她还愿意的话。"陈心怡看着苏橙橙。

"师父，晓雪已经决定放弃了。"苏橙橙轻声说，"我相信她也认清了那个男人的真面目。"

"这样最好不过了。"陈心怡淡淡地笑着，"上菜了，快吃菜吧，不然菜要凉了。"

"师父，你会幸福的。"苏橙橙握着陈心怡的手，认真地说，"我们所有的人都会幸福。"

"但愿吧。"陈心怡脸上在笑，眼中是无尽的苍凉。

3

这一顿饭，苏橙橙虽吃得索然无味，心事重重，却也认识了别样的陈心怡。回宿舍的路上，和煦的风暖暖地吹在脸上，让她阴郁的心情终于多了一些阳光。她算算时间，发现林瑞终于快要回来了。

林瑞，早点回来吧。你不在的时间里发生了很多事情，我有很多话要和你说，我也真的好想你。好想你啊！苏橙橙望着院中的玉兰花，想着林瑞温柔的笑容，怀念地笑了起来。

到林瑞要回来的那天，一整天苏橙橙都过得心神不宁。她时不时看看墙上的时钟，恨不得时间快点过去。当门铃响起的时候，她从椅子上跳了起来，急忙开门，果然见到林瑞含笑的面容。苏橙橙先是绽放了大大的笑容,然后故意摆出一副冷若冰霜的样子,迅速扭过头去,而林瑞风尘仆仆地向她走来。他摸摸她的头,奇怪地问:"橙橙,见到我不高兴吗?"

"你走之前为什么不和我说一下,害得我以为……"

苏橙橙没好意思把"她以为他再也不回来了"这样的话说出来,眼圈一下子就红了。林瑞轻轻抚摸她的头发:"生气了吗?"

"嗯。"苏橙橙重重点头。

"你到底是为什么生气?是为了结婚的事情?"林瑞终于觉悟了。

"你知道还问?"苏橙橙生气地问。

林瑞真的很无奈:"橙橙,一般来说,女人都是因为男人不肯娶她而生气。我愿意和你结婚,你到底为什么生气?"

"可你那态度明明就是敷衍我!"苏橙橙不满地说。

"那要怎么样才不算是敷衍?"

"有谁在女朋友在厨房的时候提出求婚的?该死的家伙!而且你早上都忘记吻我了!"苏橙橙说着,重重打了林瑞一拳,"林瑞,我讨厌你,讨厌你这个大混蛋!"

苏橙橙早就忘记了见到林瑞后要和他和好,只是肆无忌惮地发泄着怒火,然后被林瑞一把抱住了。林瑞一手抚摸苏橙橙的头发,把她的脸紧紧贴住自己的胸膛。苏橙橙闻着林瑞熟悉的味道,突然很想落泪,然后听到林瑞说:"橙橙,我爱你!"

"你说什么?"

当期盼已久的幸福,那样轻易地到手后,苏橙橙反而有一种不切实际的虚幻感。她简直怀疑自己的耳朵出了毛病,林瑞再次重复:"橙橙,我爱你。这句话似乎迟了很久,可我以为你能感受得到,就一直没有说。在荷兰的日子里,我每天都在想你,我不想过着和你分开的生活了,即使那只是暂时的。橙橙,我依然没准备好钻戒和玫瑰,但是,和我结婚好不好?我不想失去你,想和你永远在一起。"

他终于说了"我爱你"……

苏橙橙望着，只觉得心猛地一颤，浑身都被一种突如其来的幸福感所包围。她看着林瑞，讷讷地问："真的吗？你也会怕失去我吗？"

林瑞温柔地抚摸她的面颊："橙橙，你不知道自己有多讨人喜欢吗？上次在日本，那个张晟……我只想快点和你结婚，把你永远藏起来。橙橙，嫁给我，好不好？"

苏橙橙还记得，刚认识林瑞的时候，他有着拒人于千里之外的冷漠，但现在他的目光居然是那样温柔。这一切的改变，都是因为她吗？而她知道，她早就深深爱上了这个男人。他若不离，生死相依。

"好。"苏橙橙轻声说，吻上了林瑞的嘴唇。

她发现，自己实在太傻。其实，真正令人安心的爱情，早就已经在她的身边了。

自从苏橙橙答应了林瑞的求婚以后，双方家长都很高兴，也开始准备起二人的婚事。按照规矩，他们必须在婚前分开住，他们见面的时间比以前少了，感情却越发稳固。

每当空闲的时候，他们就去置办一些结婚的用品。当苏橙橙看到原来空荡荡的房间中满是她喜欢的装饰、家具时，心里是说不出的满足，而林瑞看着色彩鲜艳的房间，总觉有点头痛。不过，他还是任由他未来的妻子装扮他们的小家，不习惯的颜色，在她的笑颜下通通变成了黑白——只要她高兴就好。

林瑞与苏橙橙即将结婚的喜讯很快就传遍了整个北航。每当飞行的时候，总有人会问起她和林瑞之间的事情，让她不胜其烦。可是，作为林家的未来儿媳，苏橙橙不得不强打起精神一一应对。幸运的是，大家对于苏橙橙的关心只持续了两个星期，在第三个星期的时候除了对她和善地笑，再没有人逼问她与林瑞相识、相恋的经过。苏橙橙不知道这是因为林瑞暗中交代众人不得为难她，还以为大家是突然兴趣转移，不由得暗暗松了一口气。

苏橙橙重新回到了以前的清净时光，刚舒了一口气，看到排班的时候心里一紧——居然是和李颖一起飞行。她想起李颖对自己莫名其妙的敌意就觉得无奈，飞行的时候故意减少和她见面的机会，但该来的还是躲不掉。她去前舱的时候，李颖突然冷笑："苏橙橙，你真的以为林瑞喜欢你？你知不知道他……"

"李颖你别胡说！快去巡舱！"

乘务长突然阻止了李颖，命令她去巡舱，李颖不甘心还想说什么，被其他乘务员拉走。苏橙橙迷茫地看着乘务长，乘务长呵呵一笑："橙橙啊，李颖脾气不好，她的话你别放在心上。"

苏橙橙终于忍不住问："乘务长，她到底为什么老是针对我？是不是她喜欢林瑞？"

乘务长明显愣了一下，然后含糊地说："可能吧……总之，你别理她就是了。"

接下来的飞行，苏橙橙果然没和李颖再打过照面，这件事也被她忘在了脑后。婚前的准备工作非常忙碌，苏橙橙一想到两个月后就要举行婚礼了，开始觉得紧张，她的闺蜜们更是经常拉她出去玩，让她享受最后的单身时光。苏橙橙与岳桃、尹晓雪、江媛在KTV唱歌，红着脸接受她们的祝贺。

她却不知此时的林瑞正拿着电话，呼吸有瞬间的停滞。"阿瑞，我回来了。我很想你。"电话那头，一个熟悉的声音说。

当苏橙橙唱好歌后，独自走在空荡荡的街道上，突然很想念林瑞。天空突然下起雨来，大家都在躲雨，苏橙橙却觉得她的思念，就好像这雨水一样，简直泛滥成灾。她见前面有人在炒蛋炒饭，冒雨给林瑞带了一份消夜，乐滋滋地幻想林瑞看到她时惊讶的表情。

"橙橙，你怎么会来？"林瑞一定会这样说，然后惊喜地把她搂在怀里。

她喜欢看林瑞微笑的样子。

苏橙橙想着，拿着钥匙，轻轻转动门锁，门一下子就开了。她关上门，刚把宵夜放下，却突然见到一个只用浴巾裹着身体的陌生女人从洗手间走出。

那个女人穿着苏橙橙新买的兔子拖鞋，长长的头发包裹在苏橙橙惯用的粉红色浴巾里，还不住往外渗水，滴滴落在实木地板上。围在她胸口的白色浴巾简直包不住她姣好的身材，而她修长的大腿、白嫩的皮肤在微黄的灯光下就好像奶油一般，发出诱人的光泽。

她的容貌很美，妩媚中带着一丝清纯，不知道为什么有些熟悉的感觉，苏橙橙总觉得自己似乎在哪里见过她。苏橙橙呆呆地望着她，再四处看看家中的摆设——如果不是摆设与她记忆中一模一样的话，她真要怀疑自己是不是走错了地方。

"你好，请问你是……"苏橙橙犹豫再三，终于开口。

"你是谁？"那女人也疑惑地望着她。

客厅中的钟表发出异常刺耳的"滴答"声，苏橙橙就这样愣愣地站在那个女人面前，不知道该说什么。也许是被她看得有些尴尬，女人回过头，对着房间喊："阿瑞，你是不是出来一下？"

"又有什么事？"

熟悉的嗓音在卧室中响起，身穿居家服的林瑞也走到了客厅。一见到苏橙橙，他明显一怔，微微皱眉，然后一把抓住苏橙橙的手。他的力气很大，可是苏橙橙用力地把他的手甩开，好像是在甩什么肮脏的东西一样。

"橙橙，你不要激动，听我解释。"林瑞的神情很急切。

"林瑞，你觉得还有解释的必要吗？"苏橙橙冷笑。

"苏橙橙，你不要任性好不好！事情不是你想的那样！"

"你就是苏橙橙吧。我叫苏婉，很高兴认识你。你别误会，我到林瑞家只是因为我预定的宾馆客满，又淋了雨，只能……请你不要误会。"

苏婉说着，走上前，一把抓住了苏橙橙的手，那样真诚地望着她，但苏橙橙只觉得她滑腻光泽的手好像蛇一样缠上了她，让她恶心至极。她猛地挣脱开来，但因为她力气太大，苏婉被她推到一边，额头撞到了墙上，眼中也泛着点点泪光。林瑞见状，急忙询问苏婉有没有受伤，苏婉摇头，而苏橙橙听到这个名字的时候，一下子就呆住了。

苏婉……原来她就是那个曾经和北航一个"不能说的人"谈恋爱的苏婉。怪不得林瑞的历史几乎是空白，怪不得每次提起苏婉的时候大家都嘻嘻哈哈转移话题。是不是全世界只有她不知道他们的事情？他喝醉的时候喊的"苏苏"就是她吧，她真是一个大傻瓜！

苏橙橙看着林瑞，看着苏婉，只觉得心一点点地裂成了碎片。她不想看，也不愿意再看下去，推开房门，朝着电梯头也不回地走去。林瑞见状，急忙去拉她，但还是迟了一步。

"苏橙橙！"

电梯外的声音是那么的愤怒与暴躁，苏橙橙听得清清楚楚。他们不会知道，当电梯门缓缓合上的时候，她一个人蹲在电梯的一角，蜷缩身子，终于泣不成声。

"喂，是晓雪吗？"苏橙橙哽咽着给自己的好友打电话，"我，我无家可归了……"

第十三章　谁是第三者·分手快乐

1

当苏橙橙冲出林瑞家的时候，天空正下着雨。苏橙橙坐在出租车上，望着被雨水洗得分外洁净的城市，望着朦胧昏暗的路灯，终于哭出了声。她一直用力地擦拭着泪水，但眼泪还是源源不绝地流出，怎么也控制不住。道路两旁的树木、建筑在飞速地后退，苏橙橙想起自己与林瑞在一起的点点滴滴，心痛地捂住了胸口。她知道，她回不去了，林瑞也回不去了……

因为，她回来了。

"这个女人是谁？"

"漂亮吧！她叫苏婉，可是北航的传奇人物。她不光长得好看、性格温柔，还毕业于名牌大学，后来去法航交流学习去了。听说，她在去年的全球空姐大赛中得了名次，很多航空公司都想挖她，甚至娱乐圈也想叫她出道。"

"哇，她真的好漂亮、好有气质。如果和她一起上班，我肯定会不敢出现在旅客面前。"

"哈哈，你想和她一起飞都不一定有机会，因为她现在可是在法国，就算回国了，她飞的可都是精品航线。对了，我听我男朋友说苏婉之前有个男朋友也是北航的，可后来他们好像分手了。"

"她如果回来了，她的男朋友一定很高兴。"苏橙橙记得自己当时灿烂的笑，"她那么漂亮，他一定很爱她。"

曾经玩笑的话语还回响在耳边，没想到当这一切真的发生的时候，是那样的令人心碎。因为，苏婉真的回来了，而她以前的男友是林瑞。

她太傻了，为什么在北航那么久却什么都不知道，为什么从来都不怀疑？那些老前辈一定是知道苏婉的存在的，可他们为什么没有一个人在她面前透露些什么？

呵呵，他们所有人都知道吧。那个李颖曾经说过苏橙橙一点不如"她"，那个"她"说的就是苏婉。那晚林瑞抱着自己，口中一直喊着的"苏苏"也是苏婉！也许，这也是他和自己交往的一个理由？已经爱她到了只要和她有一点点像，便会执迷不悟地陷进去的地步？

"林瑞，我永远不会原谅你！"苏橙橙心里说。

当苏橙橙终于到达北航宿舍时，尹晓雪已经等候多时了。她望着哭到睫毛膏都花掉，脸上一片乌黑的苏橙橙，忍不住嗔怪："橙橙，你怎么了？和林瑞吵架了吗？"

"他……他背着我和其他女人上床……"苏橙橙哽咽地说道。

尹晓雪呆了："不是吧！你是亲眼看到的吗？会不会是误会？"

"我亲眼看到的。"

"哦。"尹晓雪也沉默了。

"晓雪，我要和他分手。"苏橙橙擦擦眼泪，平静地说。

尹晓雪担心地看着她："为这个就和他分手，你是不是太草率了？"

"那你要我怎么样？装作什么都没发生？婚后也默认他和别的女人不清不楚？"苏橙橙情绪激动地问。

"橙橙，你冷静一点。"尹晓雪微微一叹，拍拍苏橙橙的肩膀，"我希望你慎重考虑，但不管怎么样，我都支持你的决定。你还有我。"

"晓雪，谢谢你！"苏橙橙感激地说。

"你啊，先别那么快做决定，冷静冷静也好。"尹晓雪还是在劝她。

"嗯。"苏橙橙默默点头。

当晚，苏橙橙在尹晓雪房里住下。她拿着换洗的衣服去了浴室，闭上了眼睛，感受着温热的水轻柔地冲洗着肌肤，而她的眼泪混合着淋浴中的水汽，竟分不清梦幻与现实。迷离的雾气中，她用手指轻轻画着镜面，下意识地书写，写出来的却是林瑞的名字。几乎是触电般，她急忙把镜面上的名字抹干净，她因为哭泣而红肿的双眼也在镜中分外清晰。她的手缓缓滑过冰冷的镜面，认真地对自己说："不能为他哭，苏橙橙。他不值得。不就是被甩了一次嘛，这根本没什么。和徐进分手后你能挺过来，这次你也一定能挺过来。你不要哭，他不值得。"

夜，好像死亡一般的静寂。漆黑的夜里，苏橙橙的手机一直在闪烁，看下通话记录，林瑞已经打了不下100个电话了。苏橙橙望着林瑞的名字，心好像被撕裂一样疼，索性把手机关机，到了天亮的时候才恍恍惚惚地睡去。

第二天，尹晓雪陪伴苏橙橙去逛街，苏橙橙一整天都恍恍惚惚。晚上，苏橙橙洗澡时，手机又响了。尹晓雪见来电显示是林瑞，自作主张地接了电话，突然拼命敲浴室的门："橙橙，出来，你男人来找你了。"

"谁？"苏橙橙关了淋浴，探出了脑袋。

"林瑞，他在我们楼下！"

"他来了？我不见。"苏橙橙心中一酸，然后闷闷地说。

浴室的空气潮湿而闷热，她只觉得头越来越晕。她推开门，来到客厅，慢慢擦拭着头发，一点都没有要和林瑞见面的意思。尹晓雪望望窗下呆站着的林瑞，再看看故作漫不经心的苏橙橙，气得牙齿都开始发痒。她把苏橙橙的衣服扔在沙发上，恨铁不成钢地说："大小姐，拜托你不要这样任性了好不好？刚才可是我接的电话，我保证你一会儿就会下去，你不要让我难做。而且，现在还下雨，林瑞那傻子就站在雨里，衣服都淋湿了，你就这样忍心？"

"可我真的不想见他。他被淋湿的话只要去那个苏婉那里洗个澡就好了，怕什么？"苏橙橙冷笑。

"你真的想分手？"尹晓雪不可置信地看着她。

"嗯。"

"苏橙橙，你可要考虑好了。"尹晓雪坐在沙发上，严肃地望着她，"林瑞是一个很好的结婚对象，对你也相当不错，就算是偶尔犯了错误，也不是不能原谅。更何况，全北航的人都知道你们要结婚了。如果你在这时悔婚，你觉得别人会怎么想你？林总又怎么想你？你不要这样任性好不好？"

苏橙橙尖锐地说："那我应该对他的出轨视而不见、忍气吞声？我做不到！"

尹晓雪耐着性子说："苏婉就算是再优秀，也只是一个前女友罢了。现在要和他结婚的人是你。你这样退缩，只会让苏婉得意，你白白损失一个优秀老公！"

"是啊，所有的人都觉得我与林瑞结婚是我高攀，所以我必须原谅他对感情的不忠贞，必须抓住这个'不可多得'的好男人，不管他做了什么，我都要削尖了脑袋和他结婚。"苏橙橙冷笑，"可我并不是这样的人。"

"再考虑下吧，苏橙橙。人生在世，并不能什么事都随心所欲，事事按照自己的性子来。"

"我知道，可我确实不能原谅他。"苏橙橙执着地说。

"那你去和他说清楚吧。"尹晓雪微微一叹，"不管怎么说，这次确实是林瑞过分了。不要难过，橙橙。你还有我们。"

"我知道。谢谢你，晓雪。"

苏橙橙换好衣服，撑着伞走到楼下，见到了站在树下的林瑞。林瑞黑色的发丝被雨水打湿，衣服也紧紧贴在身上，神情是说不出的疲倦。苏橙橙心一软，踮起脚，撑起伞为林瑞挡雨。林瑞一把抓住她的手，急切地说："橙橙，事情不是你想的那样。"

"她是你以前的女朋友？"苏橙橙单刀直入地问。

"嗯。"林瑞一怔，还是点头。

"为什么不告诉我？"

"每个人都有自己的私事，我不希望这些不相干的事影响我们之间的关系。"

苏橙橙苦涩地笑了："不相干的人不是她，而是我吧。你很爱她，不是吗？"

林瑞摇头："那都是以前的事了。而且，只是一个错误罢了。"

"她跟了你那么多年，结果你说是一个错误，那我们是不是也是一个错误呢？林瑞，我知道她是为了发展事业暂时离开了你，但现在她回来了，你们也可以重温旧梦了。你们很配，真的。不用因为答应了和我结婚而为难，我愿意退出。分手吧，林瑞。"苏橙橙强忍着心酸说。

苏橙橙看着林瑞，发现他的表情从惊讶变成了无奈，然后转为面无表情。他的声音听不出任何温度："橙橙，我们在一起的时间也不算短，你为什么总是不愿意相信我？"

"林瑞，你是不是从一开始就在骗我？在你心中，我一直是她的替身吧。"苏橙橙淡淡地笑，"她叫苏婉，我叫苏橙橙，我们的名字还真是像。这就是你选择我的原因？林瑞，你就好像你送给我的柠檬一样，外表光鲜华美，但内里是酸的——酸得发苦、发麻！林瑞，我累了。我真是厌倦透这样没有安全感，只有自卑和惶恐的生活了！我不想和你在一起了，所以请放我走吧。"

林瑞面色苍白地笑了："原来，你一直这么想。苏橙橙，你真是无可救药。"

"再见。"

苏橙橙猛然回身,不让林瑞看到自己的泪水,也不愿意再让自己有任何软弱。她的心好像被人用锋利的刀子割过,疼到钻心。这一次,和上次分手时号啕大哭的痛楚不同,她的心已经疼得看不清眼前的路,疼得无法呼吸了。她知道,她这样一走的话,与林瑞就算分开了。不是不心痛,不是真的舍得,但她已经别无选择——她最后有的,只剩骄傲了。

林瑞,再见了。

再见,亦是不见。

2

与林瑞分手后,苏橙橙心灰意冷,每天除了飞行,就是一个人窝在宿舍看看小说、上上网,而林瑞真的好像从她的生命中消失了一样,不留一点痕迹。飞行的时候永远没有和林瑞在一起的航班,在北航大院里不曾与林瑞擦身而过,他们就好像属于两个世界,再也没有交集。

"可是,这样也好……"苏橙橙对自己说。

苏婉回来的消息很快就传遍了整个北航,大家看苏橙橙的眼光都带了点怜悯,但苏橙橙就算心中再难过也不敢表露出来。不过,"情场失意,职场得意"这句话真是没错,苏橙橙把心思全部放在工作上后,得到了很多人的认可,工作带来的成就感也暂时让她忘却了失恋的痛苦。可是,每当她不小心听到有人说起林瑞与苏婉的近况时,她就会选择性失聪。她不想听到他们和好了,不想听到苏婉正在办手续准备回北航,也不想听到他们就快结婚了……

心,会痛。

在郁闷的日子里,唯一的亮点可能就是她很幸运地轮到了香港的过夜航班,而且可以和尹晓雪一起飞行。这样的航班被空姐们称为"购物班",每个人都会买很多东西回来,苏橙橙更是拿着厚厚的清单,准备为姐妹们带东西。在飞机上,苏橙橙和尹晓雪两个人一有空就商量要去香港买些什么,一副摩拳擦掌,不把钱包买空誓不罢休的架势。傍晚,她们终于住进了宾馆,苏橙橙刚洗好澡,却见尹晓雪已经换上了一身极其艳丽的蓝色短裙,化好妆,一副整装待发的样子。

"晓雪,你打扮得这样漂亮做什么?"苏橙橙奇怪地望着她。

"出去泡吧。你也快点换装。"尹晓雪催促她。

"什么,去泡吧?虽然明天不飞,但我们说好了去逛街,泡吧的话明天一早起得来吗?"苏橙橙诧异地问。

"让你去就去,别那么多废话。"

"我不去。"苏橙橙疲惫地拒绝。

"你真是太宅了。怎么,还想着林瑞?"尹晓雪笑着问。

苏橙橙一下子就火了:"你胡说什么!"

"要忘记一个男人最好的方式就是认识新的男人,投入新的恋情之中。苏橙橙,你看你都瘦成什么样了?你要为林瑞伤心多久?"

"我没有……"

"还说没有!我上次给你介绍的医生人多好,可你见都不肯见;给你介绍的律师也算是年少有为,你肯见了,但是喝茶喝到一半突然哭了起来,把人家吓个半死。苏橙橙,你到底想怎么样?想给林瑞守孝?"尹晓雪尖锐地问。

苏橙橙轻声反驳:"呸呸呸,别胡说!什么守孝,他又没死……"

尹晓雪认真地看着她:"橙橙,一定要走出来。就算再伤心、再难过,但感情逝去了就是逝去了,已经不能回头了。我曾经那么深爱过一个男人,离开他我以为我会死,但我还是好好地活着,积极地活着。我认识的苏橙橙不是这样一个软弱的女人,你到底怎么了?"

"可能是觉得自己很没用吧。一共就交过两个男朋友,被劈腿两次,被甩两次,被甩率还真是百分之百。"苏橙橙苦笑。

"傻瓜,怎么会是你没用呢?只是在对的时间,遇到了不对的人罢了。而我,是在错误的时间遇到了错误的人。你比我幸运。"

尹晓雪说着,漂亮的脸蛋上满是黯然。苏橙橙知道自己无意中又勾起了她的伤心事,不由得有些抱歉。虽然都是欺骗与背叛,与尹晓雪相比,她至少没有被一个男人欺骗那样久,甚至付出了那样惨痛的代价,确实算是幸运。她不忍心看到尹晓雪这样落寞的样子,急忙笑道:"好好好,陪你出去还不行吗?"

"你说的啊。"尹晓雪立马喜笑颜开。

"嗯……我怎么觉得我被你的美人计算计了?"苏橙橙警惕地问。

"那你还算不笨。"尹晓雪笑嘻嘻地说。

香港是个不夜城,街上的路灯、闪亮的招牌把整个城市照得恍若白昼。苏橙橙与尹晓雪坐上地铁,来到了位于中环的兰桂坊酒吧街,望着面前光怪陆离的街景,突然有点不太适应了。喧嚣的音乐、疯狂的人群让她恍若隔世,她只见尹晓雪和坐在卡座的一个漂亮女人打个招呼,跟着她坐到了那桌去。

"晓雪,很久没见了,你又漂亮了!"那个漂亮的女人看到尹晓雪,满脸笑意。

"是啊,表姐也更漂亮了。听说表姐做了经理,家里一直让我向你学习呢。为了庆祝表姐发大财,不如明天请我吃大餐吧!"

"哈哈,你这丫头的嘴巴什么时候变得这样甜?"尹晓雪的表姐笑着问。

尹晓雪和她的表姐相谈甚欢,苏橙橙一边喝酒,暗暗为尹晓雪高兴——她终于走出了过去的阴霾,就像一个普通的20多岁的女孩,青春又有活力,这样真好。可是,尹晓雪是走出来了,她自己的路还很长……真的,好难忘记那个男人啊。

其实苏橙橙并不喜欢喝酒,但她喜欢喝完酒后,整个身体都悬空，什么都不想、什么都不管的感觉。越是喧嚣的地方越会感觉到寂静，越是喧嚣的地方越会感觉到寂寞，越是喧嚣的地方越会让她想起那个男人……真是令人讨厌的感觉！

苏橙橙想起林瑞，把口中的酒一饮而尽，辛辣的感觉再一次袭来，而她也终于泪流满面。她擦擦眼睛，故作开朗地笑道："不行了，喝太多了，头好晕。我先出去透透气，一会儿再来。"

"橙橙你没事吧？"尹晓雪担心地问。

"没事儿，你们玩！"

苏橙橙说着，急忙快步走出门去，然后长长地舒了一口气。胸口又传来令人窒息的痛楚，闷闷的，似乎呼吸也有些不畅快。她捂住了胸口，闭上眼睛，感受着香港的夜风，就在这时，似乎听到不远处似乎有什么人在哭喊。她好奇心大起，踉跄地走上前去。只见一个男人跪在地上，不住地磕头，说的是一口蹩脚的普通话："大哥，饶了我吧！大哥，是我错了，是我不该骗小琴说我没结婚，都是我的错！你放了我吧！啊！"

这是怎么回事？

苏橙橙疑惑地望着酒吧旁的小巷子里，看到一个被打得满脸是血，好像猪头一样的男人，他四周有几个凶神恶煞一般的男人。那些打手们没想到会有人闯进来，都停下了动作，集体与苏橙橙对视，苏橙橙也一言不发地看着他们。

呼呼……冷风一阵阵吹过，而苏橙橙后知后觉地开始害怕。

"你们在做什么呢？打人呢吗？没事没事，你们接着打，我什么都没看到！其实，我是个瞎子，哈哈哈。"苏橙橙急忙大声笑着说。

众人都沉默地看着她。

"我真的是瞎子，我真的什么也看不见！不信你们看啊，我路都不会走！真的！"

为了显示自己什么都没看见，什么都不知道，苏橙橙目光无神，直直地朝着巷子的另一头走去，不想撞到了一个温暖的身躯。她只觉得鼻子剧痛,眼泪汪汪地抬起头,却看见一个高大的男子正皱着眉看着她。

这是一个很好看的男人。

虽然苏橙橙酒喝多了,头很晕,但她身体的每一个细胞都在告诉她,她撞到的是一个很英俊的男人。那人很高,大概有一米八的样子,面容俊秀,身材挺拔,看起来有些面熟。苏橙橙呆呆地看着他,想了半天没想明白他是谁,踉跄着回头,想重新回到酒吧,却被那人一把抓住了胳膊。

"你做什么?"苏橙橙呼出的气息,不住往那个男人脸上扫。

"你是……"那人一怔。

"大哥,不要和这个女酒鬼多说了。可是,她刚才见到了我们动手,要不要……"有人开口,朝苏橙橙走来。

要不要什么?要不要杀人灭口?要不要毁尸灭迹?苏橙橙心中一颤。

"原来是这样。告诉我,你都看到什么了?"男人若有所思地问。

"我……我什么也没看到……"

随着那个男人的逼近,一股逼人的凌厉之气顿时涌来,苏橙橙的酒意也瞬间消散了很多。她惊恐地望着朝她走来的那个男人,再看看被打成猪头的可怜男子,看看四周凶神恶煞的打手们,终于明白了这一切。

原来,我居然在无意中撞见了黑社会杀人……啊啊啊,我不要被人灭口啊!我不要!

"这位大哥,你放我走吧!你放心,我什么都不会说的,真的!"苏橙橙忙说。

"你不是瞎子吗?"那个好看的黑社会大哥笑了,"让我看看,你是不是真的瞎了。"

黑社会大哥说着,就朝苏橙橙的眼睛伸手,苏橙橙惊慌失措地打掉了那只手。她的反抗让那男人脸上的冰寒更加严重,而她也只觉得自己在瞬间回到了飘雪的季节。她很想道歉,很想哭泣,但只觉得喉咙一酸,"哇"的一口就吐了那男人一身。

"你做什么!"

黑社会大哥的手下们都恶狠狠地望着苏橙橙,可是,那个大哥不为所动地掏出纸巾,把它递给了苏橙橙。他的眼中有一丝担忧,语气也很温柔:"没事吧?"

"我不是故意的……哇!"

"要喝水吗?"

"不要碰我,不要靠近我!不许过来!"

苏橙橙又羞又急,却控制不住胃部的不适,不住地呕吐着,不知不觉间眼泪也流了出来。不知道时间过了多久,就在她终于吐个痛快的时候,她的肩膀突然被人重重一拍,把她吓得浑身一颤。

"不要杀我啊!我什么都没看到!"苏橙橙把双手举过头顶,用投降的姿势颤抖地说。

"橙橙你怎么了?"尹晓雪奇怪地望着她,"你怎么吐了?要不要喝水?"

"晓雪?怎么是你?"

"不是我会是谁?"尹晓雪疑惑地问。

苏橙橙急忙抓住尹晓雪的手:"刚才我看到黑社会打人了,他们还想把我杀人灭口,好可怕!我们去报警吧!"

"黑社会?橙橙你喝多了吧。"尹晓雪摸摸苏橙橙的额头。

"他们就在那儿啊!你看不到吗?"

苏橙橙说着,手指向后方,而她的后方什么人都没有。尹晓雪好笑地问:"橙橙,黑社会在哪里?"

"刚才明明还在……难道我真的喝多了,产生幻觉了?"苏橙橙也开始迷茫了。

"可能吧。香港治安虽然不错,但我们在这里毕竟是外地人,一切还是小心为妙。橙橙,你说得我都害怕了,我们回去吧。"尹晓雪也开始紧张。

"好。"苏橙橙点头,和尹晓雪一起离开。

3

苏橙橙与尹晓雪有些后怕地回到了宾馆,匆匆洗漱完了就睡去,睡到第二天的下午才起床。晚上,她们坐地铁去尖沙咀购物,买了不少东西,回旅馆的时候个个大包小包,几乎路都走不动了。

除去飞行之外的时间,苏橙橙与尹晓雪都结伴在香港游玩。时间过得飞快,也让她暂时忘记了与林瑞分手的痛楚。这天,她与尹晓雪约好了一起去迪士尼看烟火,可尹晓雪接了个电话后,突然笑盈盈地说:"橙橙,快换衣服,琳达约我们去一个品酒会,肯定比迪士尼好玩多了。"

"琳达是谁?"苏橙橙茫然地问道。

"我表姐,上次和你泡吧的那个。"尹晓雪有些不满地拍怕她的头,"你这是什么脑子啊,怎么浑浑噩噩的?"

"是啊,我最近记性真差,我真怕我不小心把滑梯给放了。"苏橙橙开玩笑说。

尹晓雪瞪她:"这事儿你也能开玩笑?如果你真把滑梯放了我们也别飞了,直接收拾收拾回家吧!好了,别废话了,快换衣服去。"

"我不想去。"苏橙橙打个哈欠,"和去酒会相比,我更想去迪士尼。尹晓雪,我们去迪士尼,好不好吗?"

"橙橙,你幼稚不幼稚啊!迪士尼都是几岁的小孩子去的,你都二十多了!"

"晓雪,你别装成熟了。你之前不也是想去?"苏橙橙揭穿她。

"我……"尹晓雪脸一红,故意恶狠狠地望着苏橙橙,"你到底去不去酒会?"

"不去。"

"去不去?"尹晓雪做挠痒痒状。

"去。"

"橙橙,你怎么那么没骨气啊。"尹晓雪无奈地望着苏橙橙,好气又好笑。

苏橙橙望着尹晓雪,严肃地说:"我一直是这样啊。倒是你,似乎知道我很多秘密,我该拿你怎么办才好?"

"什么?"

"我问你,一加一等于几?"

"等于二啊。橙橙你搞什么?"尹晓雪诧异地问。

"果然又知道……尹晓雪,你知道得太多了,我留不得你了!"

"啊?橙橙,不许挠我痒痒!救命!"

苏橙橙和尹晓雪打打闹闹,终于觉得心情好了很多,也有心情去参加那场盛宴。尹晓雪所说的红酒会在一个游轮上举行,出席的自然是各界名流,其中还不乏一些电视上常见的明星。尹晓雪的姐姐琳达是红酒公司的公关部经理,穿着黑色的礼服,游走在众人之间,举止优雅有礼又不乏热情,让苏橙橙忍不住在心里暗暗佩服。眼见自家妹妹带着同事过来,她从人群中走出,对尹晓雪和苏橙橙笑着说:"你们来了就别客气,尝尝我们公司的红酒,味道很不错哦!"

"王婆卖瓜。"尹晓雪故意顶撞。

"谢谢琳达姐!"苏橙橙乖巧地说。

"呵呵,还是橙橙比较懂事。你这丫头,都那么大人了还这样让人不省心,真该和橙橙多学习。"琳达说着,拿食指点了点尹晓雪的额头。

尹晓雪不依不饶:"表姐!"

"好了,不和你们胡闹了,我必须在今天把要认识的人一一搞定,不然我今年的业绩可就不保了。你们好好玩,祝你们找到好男人。"

琳达说着,对她们挤挤眼睛,然后恢复了方才的优雅,与众人周旋了起来。尹晓雪站在不远处望着她,突然对苏橙橙说:"她离过婚。"

"什么?"苏橙橙惊讶地问。

"她25岁那年老公出轨,她义无反顾地要离婚。所有的人都说她疯了,她的丈夫也没想到一时的出轨,竟然会让她有那么大的反应,不愿意离婚,但她还是离开了他。离婚后,她去香港念研究生,然后在香港工作,做到了现在的位子,一个月的工资比之前一年的还要多。虽然她一直没和我说过具体的事情,但表姐离婚后应该有一段时间过得很苦吧……可她到底是挺过来了,我也挺过来了。橙橙,我相信你也能。"

今天,尹晓雪穿着淡绿色的露肩礼服,身材姣好,容颜秀美,清丽得就像是池塘中的荷花。她一双大眼睛亮晶晶地望着苏橙橙,温暖至极,而苏橙橙望着她,终于笑了:"原来你带我来这是为了说教的。"

"橙橙!"尹晓雪脸红了。

苏橙橙柔声说:"想不到我们的冰雪小美女,变成了春天的阳光啊!我知道你是为了我好,谢谢你!我很感动,真的。你放心,我会尽量让我自己忘了他,开开心心地生活。我一定会忘记他的。"

"这样就好。"尹晓雪微微一笑,"走吧,去尝尝他们公司的明星葡萄酒。"

"我可不懂这些。"

"谁都有第一次,走吧。"尹晓雪硬拉着苏橙橙往前走。

游轮上的大堂中有大大小小几十张桌子,每张桌子那儿都有专门的侍者为来宾开酒、斟酒。尹晓雪凭借着自己美丽、不输明星的外貌成了全场的焦点人物,而苏橙橙也开始认真地品酒。她喝着口中涩中带甜的葡萄酒,除了感受到这个甜些,那个酸些外,基本上没尝出各个品种之间的差别。

席间设有吐酒桶，来宾不用把葡萄酒喝光，而是可以把自己并不满意的酒水吐出，但这样做的大多是男士，女士们品酒都是浅尝辄止，很少有人会去吐酒。苏橙橙无意中喝了一口苦涩至极的干红，眉头紧皱，急急地走到吐酒桶旁，正要吐出，但后背被人轻轻一拍，惊吓之余竟然把酒悉数喷了出去。

"咳咳！谁！"苏橙橙惊慌地问。

"苏橙橙小姐，又见面了。"一个风度翩翩的俊朗男子微笑着望着苏橙橙。

"糟糕，我的衣服……"

苏橙橙恼怒地看了那个男人一眼，用纸巾不断擦拭着身上的酒渍，但葡萄酒淡红色的酒渍在她洁白的礼服上怎么也擦拭不干净，就好像是盛开的红梅一样。苏橙橙知道这场意外大部分责任在自己身上，只好忍气说："这位先生，你认识我？"

"是啊，黑社会。"

那个男人说着，又是微微一笑，指指手中晶莹剔透的酒杯，而苏橙橙终于想起她那晚在酒吧门口遇到的事情。她大惊失色，顾不得心疼自己的小礼服，转头就跑。男人微笑地看着她惊慌失措的样子，把杯中的红酒一饮而尽："游轮就这么大，你能逃到哪去？"

"张先生，怎么我妹妹的朋友见了你就跑？你的魅力什么时候下降到这个地步了？"琳达站在男子身后，微笑着问。

"她是你妹妹的朋友？"张晟问。

"是啊。你们之间……"

"有些误会。"张晟微微一笑，"很有趣的误会。"

"你这个花花公子不会是看上人家了吧。她可是好女孩。"琳达笑着警告他。

"我知道。我现在比较钟情的就是这样的良家妇女。"

"你啊……拍卖会要开始了，你要参加吗？"琳达摇头，不再多劝。

"当然。"张晟说着,和琳达一起离开。

此时,苏橙橙踉跄着跑出大厅,跑到了甲板上,回头见后面没有人追上来,才深深地舒了一口气,竟然有种劫后重生的感觉。她站在甲板上,望着身下的大海与空中快乐飞翔的海鸥,再看看自己身上的酒渍,真是说不出的烦躁。

她现在在游轮上,不可能逃走,如果那个人真的要动手的话,真的就是瓮中捉鳖,随心所欲了。不,在场的人有那么多,他再大胆也不会堂而皇之地对她下手,倒是这个不见人烟的甲板……

苏橙橙想着,眼见几个黑衣男子向自己走来,吓出了一身冷汗,急忙又朝大厅走去。尹晓雪看到了她,急忙拉住她,轻声问:"你到哪儿去了?现在是最精彩的拍卖会,难道你不看?"

"反正我买不起,又有什么好看的?"

"有些名酒可是只能在杂志上见过,长长见识也好。对了,你刚才到底去哪儿了?"

"我……"

苏橙橙犹豫了下,到底还是没有告诉尹晓雪,自己遇到那晚的"黑社会"的事情,而尹晓雪也没有追问下去,把兴趣都转移到拍卖会上去了。担任拍卖师的是一个身材火爆的长发美女,她此时指着面前的一个瓶子微笑开口:"现在拍卖的是本场的压轴大戏——7支罗马康帝酒庄1978年份蒙塔榭酒。这酒在2001年苏富比纽约拍卖行售出,售价16.75万美元,每支售价2.3929万美元。当然,这是2001年的价格了,现在我们拍卖以3万美金起价。有出的更高的吗?"

"35000美金!"

"38000!"

"40000!"

在场的大亨们不管是真心喜欢酒还是为了面子,都纷纷竞价,而苏橙橙对于这种比黄金还贵的液体真是彻底无语,甚至还很小气地计算刚才自己喝的酒水价值多少,能多买多少个LV。当这瓶酒的价钱上涨到10万美金的时候,终于没有人再竞价,美女拍卖师也把小木槌轻轻落下。在场的人都在鼓掌欢呼,一个男子在众人的欢呼声中走上了拍卖台,对众人微微点头,对着话筒说道:"谢谢各位割爱相让,也谢谢我们的琳达小姐为大家准备了这样好的葡萄酒。美酒赠佳人,这样的好酒自然是要送给全场最美的小姐。"

"张先生真是大方!不知道是谁有这个荣幸呢?"拍卖师配合地问。

张晟在台上谈笑大方地和美女拍卖师交谈,而苏橙橙呆呆地望着他,几乎不敢相信自己的眼睛。她不知道刚才还威胁她生命的"黑社会"怎么会堂而皇之地参加拍卖会,还花了大价钱买酒,还要把这个贵得要命的东西拿去博佳人一笑。难道现在的黑社会都这样浪漫?这究竟是怎么回事?

"橙橙,那人走过来了!天,他不会要把酒送给我们吧!"眼见张晟慢慢朝着苏橙橙走来,尹晓雪紧张地喃喃自语,而苏橙橙呆呆地看着他,忘记了呼吸。张晟把红酒放到苏橙橙的手中,在她耳边轻声说:"你在我身上吐了一次,我洒你一次酒,再加上这瓶红酒,算是扯平。"

"我……我不要!"苏橙橙看着红酒瓶,感觉它就像一个随时会爆炸的定时炸弹。

"是不敢要'黑社会'的东西吗?"张晟挑眉问。

"你……"苏橙橙说不出话来。

"苏橙橙,你真的不记得我了?"张晟的声音是那样低沉,看起来有些失落。

"你是谁?"苏橙橙拼命回想。

"我是温泉宾馆的张晟,我们还一起合作过。"

"你是张先生?天,我怎么会……"

苏橙橙猛然记起自己在北海道认识的那个俊秀男子,想起来他们一起表演过节目，玩过游戏，还交换了电话号码……而她居然把他忘了！这是什么脑子！

怪不得见到张晟就觉得眼熟，原来大家也算是相识一场，原来她犯了这样低级的错误。可是，他明明认出了自己，为什么不说出来？难道要她真的那么好玩？

"收下吧，就当作是'封口费'。"

张晟说着，把红酒塞到苏橙橙的手中，自然地搂住了她的腰，微笑着面对上前来拍照的记者。苏橙橙四肢僵硬，呆呆地任由他抱着，脸色特别难看。等记者们终于退下后，她恶狠狠地瞪了张晟一眼，急忙离开。

不管是玩笑或者是礼节，她真的不喜欢和其他男人这样亲密的接触。

林瑞，如果你在的话，一定会生气的吧。苏橙橙想着，然后苦笑了起来。

4

当游轮终于靠岸，大家各自回去的时候，苏橙橙正要和尹晓雪一同打车，但尹晓雪一下子钻进了琳达的跑车，对苏橙橙笑道："橙橙，表姐的车只有两个座位，只能辛苦张先生送你回去啦。"

"尹晓雪！"苏橙橙咬牙。

"要不你来坐车顶？"尹晓雪一脸天真无辜。

苏橙橙真的不知道，像尹晓雪这样冷漠清高的女人，怎么会变成现在这样狡诈如狐的样子。她狠狠给了尹晓雪一个白眼，张晟走到了她身边："坐我的车吧。"

见苏橙橙不语，张晟接着说："这里很难打车，如果你愿意在这里站一夜的话我也不会阻止。当然，香港晚上的治安不太好，如果你真的遇到了什么人，那可就……"

张晟说着，故意做出了一副怜悯的神色，微微摇头，就要上车。苏橙橙望着空荡荡的码头，心中一急，抓住他的袖子，支支吾吾地说："送我去宾馆吧。"

"你说什么？我没听清。"

"送我去宾馆！"苏橙橙咬牙切齿地说道。

张晟开的是银白色的保时捷跑车，只有两个座位，苏橙橙只好坐在张晟的身边。张晟的车开得极快，她脸色苍白地暗暗抓住了安全带，而张晟还在和她谈笑风生："苏橙橙小姐，我们好歹曾经见过面，我就这样被你遗忘了，真是伤心。"

"对不起。"苏橙橙很敷衍地道歉，"还有，你的车能不能开慢点？"

"被人当作黑社会真是有趣。你真的以为我会杀了你吗？"

"你别说了，就当遇到了白痴吧……"苏橙橙只想他快点把这件事忘记了。

"你在生气？"

"你觉得呢？"苏橙橙没好气地问。

"也许我把你带去一个好地方，你会消气。"

"你想做什么？"苏橙橙吃惊地问。

"坐稳了。"

张晟微微一笑，食指放在唇上做出一个安静的动作，然后猛踩油门，突然加速。迎面而来的风是那样猛烈，苏橙橙在风中几乎睁不开眼睛，更别说张口说话了。她眼看着两旁的树木迅速后退，害怕地抓紧了手中的安全带，似乎只有这样才能给她一点安全感。时间不知道过了多久，张晟终于把车停下。他为苏橙橙打开车门，做了一个"请"的姿势："苏小姐，请下车。"

混蛋！

苏橙橙恶狠狠地瞪了张晟一眼，步伐不稳地下了车，一个踉跄，几乎摔倒，幸好张晟眼明手快地抓住她的手。苏橙橙用力甩开张晟的手，惊奇地发现自己已经身处山顶，可以俯瞰整个香港璀璨夺目的夜景。山顶的风有些大，吹动着她微卷的发丝，她在风中不由得打了个寒战，但望着山下的景色，还是露出了微笑。

"好漂亮啊。"苏橙橙轻声说。

"这里是香港的太平山，很是适合看夜景。香港是个不夜城，夜晚的香港才是最美丽的。"张晟同样看着山下的夜色，轻声说。

"你对香港很熟？你是香港人？"

"我是中国人。"张晟强调说，"只是很多地方都有公司，必须时时刻刻各地奔波。"

"很辛苦啊。所以我成了你闲暇时光的调味品？"苏橙橙尖锐地问。

"苏小姐，你真像个刺猬。"张晟无奈地笑道，"我承认之前是对你有所隐瞒，可你没把我认出来真的很伤害我的自尊心。而且，还把我当成是黑社会，呵呵……"张晟说着，又忍不住笑了起来，明显是分外回味被人错认的感觉。

虽然与张晟不太熟悉，但也许是他的笑容太过温暖，态度又过于平易近人，苏橙橙竟然一点也不怕他。她瞪了他一眼，闭上眼睛，享受着香港的寂静与平和，而张晟就淡淡地笑着，不知道在想些什么。过了许久，张晟靠在车上，突然开口："那天，你看到的那个被打的男人是我堂妹小琴的男朋友。"

"啊？你和我说这些做什么？"苏橙橙诧异地问。

"小琴今年才20岁，喜欢一个男人喜欢到愿意为了他放弃学业，一心和他结婚。我觉得有些不对劲，去查了那个男人的底细，没想到他居然有妻子……可这些我不能对小琴说。所以，我找人打了那个男的一顿，逼他向小琴提出分手，让她大学毕业后再考虑结婚之事。这样的话，就算她暂时难过，只要专心学习，总会走出来的。"

"你不想让她知道这个社会的黑暗，还真是好哥哥。"苏橙橙感慨地叹息，"张先生，你这样做是对的。如果任由小琴泥足深陷，只怕她以后会更加痛苦。"

就好像尹晓雪一样。苏橙橙暗暗想着，没有说出口。

"是啊，但愿她以后遇到一个真正疼惜她的男人。看到小琴分手后那样难过，我也无奈，但我们这样的家庭是绝对不允许这样的事情发生的。不管他们是不是真的相爱，我不能拿我的妹妹声誉去冒险。"

张晟说着，点燃了一支烟，脸在微弱的火光中有一种异样的温柔。苏橙橙对他的反感减轻了许多，也有些理解这些豪门世家的无奈了。她叹口气，故作开朗地拍拍张晟的肩膀，笑着开解他："别想那么多啦。你是为了你妹妹好，她以后一定会理解你的。"

"但愿吧……对不起。"张晟突然道歉。

"什么？"苏橙橙一怔，然后笑道，"没什么啦，我也不是那么小气的人。我还在想香港的黑社会怎么会这样堂而皇之地出场……其实还挺有趣的。"

"是啊，真是很有趣。"张晟也笑了。

"张先生，你送我红酒我很感激，但那么贵重的东西我真的不敢要。"苏橙橙说着，指指车上的红酒，"请你收回去吧。"

"你觉得这红酒不好？"

"不是。我想，我们算是朋友吧。"

"当然。"张晟一怔，然后笑着点头。

"朋友之间没有那么多礼数，也别计较那么多。如果你不认为我是你的朋友，就拿这个来赔罪好了。"

苏橙橙一脸坚定，张晟无奈地说："真是伶牙俐齿……好，我收回就是了。既然是朋友，你不会拒绝我带你参观一下香港吧？"

苏橙橙爽快地一笑："那就有劳咯。"

5

接下来的时间里,张晟果然带着她玩遍了香港。

他们去西贡吃海鲜,去浅水湾踩水,去看了画展……他们每天的生活都安排得满满的,充实到让苏橙橙没有时间胡思乱想。在香港的最后一天,张晟带她去了迪士尼。

当那个回响着欢快音乐,被爆米花、气球、孩子们的欢笑声充斥着的游乐园终于出现在苏橙橙的面前时,她有种恍如隔世的感觉。迪士尼里人很多,大多都是情侣和带着小孩的家长们。苏橙橙望着不远处的米老鼠、花栗鼠,兴奋地排队等着合影,而张晟就淡淡地笑着,神情是他自己也没有料到的柔和。

当夜幕慢慢降临的时候,苏橙橙一遍又一遍地坐着旋转木马,而张晟站在一旁看着。旋转木马是那样的璀璨华丽,但是木马上那个女孩的神情是那样的忧伤。苏橙橙不明白,为什么木马一直锲而不舍地在奔跑,却怎么也跑不出那个命中注定的轨迹。就算两个木马之间只有一个手臂的距离,可它们永远无法有交集。就好像她和那个人一样……

就在这时,烟花突然在睡美人城堡上空中绽放,引起了阵阵欢呼。苏橙橙望着满天的烟火,突然又想起了那个令人心痛的男子,捂住了胸口。她知道,就算自己再贪恋旋转木马的灿烂华丽,也终有离场的时候。

明天就要离开香港回到公司了,也一定会知道他的消息。他和苏婉一定交往很顺利,甚至快要结婚了吧。不知道他会不会想起我?一点点,只要一点点就好……

林瑞,你到底有没有喜欢过我?我在你心里是不是只是一个替代品?为什么即使我知道了真相,我还是无法忘记你?

"橙橙你怎么了？"

就在苏橙橙突然陷入迷茫的时候，张晟的声音把她拉回了现实。苏橙橙看着张晟许久，虚弱地说："我也不知道，突然不想回去。"

"香港让你流连忘返？"张晟笑道，"或者说你舍不得我？"

苏橙橙无奈："你少臭美了！只是不想面对一些烦心事罢了。"

"走吧。"张晟拉着她的手。

"去哪儿？"苏橙橙呆呆地问。

"今天是你在香港的最后一晚，当然带你去一些有趣的地方了。怎么，不相信我？"

张晟的手掌传来令人安心的温度，他身上古龙水的味道在夜色里简直令人沉沦。看着张晟的眼睛，苏橙橙慢慢地说："我当然相信你。"

虽然他们认识的时间不久，但是她相信他。这真是一件奇怪的事情。

张晟开车带苏橙橙来到了一个人烟罕至的海边。苏橙橙的高跟鞋踩到了柔软的沙地，惊讶地叫出了声："大海？"

"对啊，喜欢吗？"张晟看似漫不经心地问。

"喜欢！你怎么知道我现在最想来的地方就是海边了？"

苏橙橙没有等张晟回答，就兴奋地朝大海跑去。

他们现在处在城郊的海边，人烟稀少，除了他们二人外只有天上的明月和温柔的海浪。苏橙橙在沙滩上奔跑，像个孩童一样欢笑，而张晟只是微笑地望着她。当她终于累了，脱了高跟鞋坐在沙地上时，张晟也在她身边坐下，笑着递给他一杯红酒："想喝酒，对吗？"

"你怎么又知道我的心思？"苏橙橙接过红酒，惊讶地望着他，"还有，你是从哪里变出酒来的？"

"我车子的后备厢里有很多。"

"知道了，你是想骗美女的时候用的吧。可惜，被我占先了。"苏橙橙坏笑着尝了一口，"嗯，味道真不错。"

苏橙橙闭上眼睛,一口气把杯中的红酒尽数饮下,却被呛了一口,不住地咳嗽。张晟为她拍打后背,轻声说:"小心点。"

"我知道。再给我一杯。"

"好。"

第二杯,苏橙橙又是一口气喝下,脸也微微泛红。她微笑着望着张晟,继续要酒:"再给我一杯。"

"这酒后劲大,你小心喝醉了。"张晟淡淡地说。

"我就是想喝醉,我就是想把所有的事都忘记。"

苏橙橙见张晟不肯再给她酒,一把把酒瓶抢过,咕嘟咕嘟地倒了两杯,然后笑着和张晟碰杯:"Cheers!"

"Cheers。"

张晟学着苏橙橙的样子,也把酒一饮而尽,然后深深地望着她:"为什么那么不开心?"

"没有。"苏橙橙低头,轻声说。

"不要骗我。"

张晟的声音是那么温柔,带了些诱惑的味道,苏橙橙不知不觉说了实话:"对,我确实不开心,我真是厌倦了这样的生活了!我真的不知道,为什么明明分手了,还是一直想着他?我明知道,我和他,本来就是两个世界的人,我们注定是两条平行线,永远不会有交集……可是,我爱他,我爱他啊!为什么爱上一个人,会让人那么难过?"

苏橙橙说着,已经满脸的泪水,然后她觉得自己的头被张晟重重一按。她被迫倒在了张晟的肩膀上,耳边是张晟低沉的声音:"想哭的话,就靠在我的肩膀上哭吧。"

张晟身上的古龙水诱惑着苏橙橙的神经,他的容貌在夜色中显得别样温柔。比起林瑞拒人于千里之外的冷漠,张晟似乎总是让人安心,让人想依靠。苏橙橙只觉心猛地一跳,然后疑惑地看着他:"张晟,你是不是偶像剧看多了?"

张晟的手突然僵住了。他看着苏橙橙，似乎想开口说些什么，最后无奈放弃。刚才有些暧昧的场景就这样消失不见，苏橙橙回味红酒的味道，疑惑地说："还有，这酒看起来可真是眼熟，难道是上次拍卖会上的？"

"是啊。"张晟漫不经心地点头。

苏橙橙瞬间忘记了悲伤，尖叫了起来："天啊！你这个败家子，怎么可以把这么贵的酒就这样喝了？这好贵的！"

苏橙橙只要一想到，自己居然喝了比金子还贵的液体就疼得肝肠寸断，小脸都涨红了。张晟看着她，笑了起来："那你说酒是做什么的？"

"喝的啊，可是……"

张晟打断了苏橙橙的话："那不就好了？不管它的价钱是多少，它都是酒，酒本来就是用来喝的。"

"你……这是谬论。"苏橙橙无语。

"呵呵，美酒配佳人，我觉得我并不亏。"

张晟的目光里面，有着苏橙橙不懂的东西，她也不想懂。这样的夜色里，她突然不想和他对视，懒懒地看着天空："你看，月亮真美。"

"是，很美。但是没有你美丽。"张晟目光深沉地说。

苏橙橙没想到他还会坚持，愣了一下，然后说："张先生，你别开玩笑了。"

这一次，张晟没有再开口，而苏橙橙坐在沙滩上，望着天空的一轮明月，听着海浪拍打着礁石的声音，惬意地闭上了眼睛。心中的伤痛逐渐被迷离的醉意所取代，她享受着海边微微有咸味的微风，只觉得心越来越静。然后，她鬼使神差般地说："我就算再漂亮，也没有苏婉漂亮。"

"苏婉是谁？"张晟问。

苏橙橙乐呵呵地说："她是北航的明星，是最漂亮的空姐，也是最有魅力的女人。"

"你就是你,为什么要和别人比?"张晟反问道。

"是啊,我和她根本没得比。我是把头埋在沙子里的鸵鸟,我是背着重重壳子的蜗牛,我只会逃避,因为,我是那么怕遭遇背叛,那么怕受伤害。可是,我的努力似乎一点用都没有,该发生的还是会发生。我累了,我真的好累。"

"累的话就休息会儿吧。"

张晟望着天空的明月,听着海浪拍打沙滩的声音,突然希望时间在此时停止。苏橙橙的呼吸声逐渐沉重起来,张晟偏过头一看,却发现她已经睡着了。她的嘴唇微微张着,鼻子翘翘的,长长的睫毛微微卷曲。她的皮肤在月光下就像白瓷一样发出暗暗的光芒,美丽而圣洁。张晟望着她酣睡的样子,只觉得心中一软,一种异样的情绪也油然而生。

"苏橙橙,你真是一个奇怪的女人。有时候,你比谁都聪明坚强;但有时候,你那么的柔弱……你伤心是为了那个男人吧。让女人这样伤心,他还真是……可我一定不会让你伤心。"

张晟说着,轻轻抚摸着苏橙橙的头发,犹豫片刻,还是轻柔而飞快地滑过她的嘴唇。手指间还弥漫着她嘴唇的柔软美好,而他只觉得心中最软的那部分被触动了。

原来,就算是没有那么多人围绕,只要在这个女孩身旁便会感觉不到寂寞。虽然她似乎有喜欢的男人,但这又有什么关系?

他可是张晟,他从来没有追不到的女孩。

他有的是耐心,可以慢慢等待。

"苏橙橙,你会是我的。"张晟抚摸着苏橙橙的头发,淡淡地笑,"就算是你的心不在我这里,但它总有一天会属于我。因为,我似乎喜欢上你了……真是种不错的感觉。"

苏橙橙已经不记得自己是怎么回的宾馆,只知道第二天坐上飞机的时候真是头痛欲裂。不知道是不是错觉,飞机上许多旅客都在悄悄地看她，而尹晓雪一直神色暧昧地上下打量着她，一副欲言又止的模样。苏橙橙喝了一瓶矿泉水，觉得宿醉后的头晕好了许多，她望着尹晓雪，没好气地说："你想说什么就说吧。"

"橙橙，昨天把你送回宾馆的那个帅哥是张晟，对吗？"

"是啊，怎么了？"

"你这几天都和他在一起？"

"是啊。你和你表姐过二人世界，他说要带我在香港游玩，我就……"

"你太厉害了！"尹晓雪赞赏地望着她，"他家的产业可是在福布斯排行榜上都排得上名的，家世比林瑞要好很多。只是他也是出了名的花花公子，你还是小心为好。"

"你在胡说什么？虽然我和他是出去玩过几次，但我们只是普通朋友罢了。"

"你看报纸吧。"

尹晓雪说着，把一份香港娱乐报纸放到苏橙橙面前。苏橙橙漫不经心地一看，然后眼睛一下子瞪大。这个报纸的头版头条是"张家二少恋上美丽空姐，价值千金红酒赠佳人"，而照片下是张晟搂着苏橙橙的被放大的照片。

张晟送她红酒的场景、张晟和她一起在海边品酒的场景，甚至他们二人在迪士尼的场景都被人拍下，有的清晰可见，有的模糊不清，但只要是熟悉她的人都能认出她来。飞机上不少旅客都在翻看着那张报纸，时不时有人回头看她，窃窃私语，而苏橙橙终于崩溃了。

"这是怎么回事？为什么香港的报纸上会有我的照片？"

"这个张晟是香港的名流，也是香港的狗仔队最喜欢跟踪的人，你这下可真是成了名人了。你的照片既然已经出现在了报纸上，估计网络上也会有，你做好心理准备。"尹晓雪同情地说。

苏橙橙觉得头痛欲裂："可我和他只是朋友罢了，哪里有这样的关系？"

"八卦杂志最喜欢的就是这些桃色新闻，橙橙你真的惨了。不过这个张晟看起来对你不错的样子，你也许可以考虑他。"

苏橙橙下意识说："别开玩笑了！我们怎么可能！你明知道我……"

"明知道你喜欢的人只有林瑞一个，是吗？可你忘记他是怎么对你的了吗？"

"我……"苏橙橙不知道该说什么。

"回去后你们见面的机会会增加，你自己好好考虑该怎么面对他。理智点吧，苏橙橙。"

尹晓雪一脸担心，苏橙橙终于轻轻点头："你放心，我知道我和他现在的关系。在一个地方跌倒一次就够了，我不会那么傻。"

尹晓雪没有回答，只是微微一叹。

窗外，阳光灿烂，云海翻滚。

第十四章　绯闻男女·罗琳的选择

1

回到 G 市后，苏橙橙第一时间到了咖啡馆，把罗琳托她买的化妆品带给她。可是，罗琳对化妆品似乎没有了兴趣，反而对外界的传闻特别起劲。她当着苏橙橙的面，兴致勃勃地上网让苏橙橙看与她有关的新闻，苏橙橙的脸色也越来越差。

苏橙橙无奈地发现，她与张晟的正常交往在记者们的妙笔生花下居然成了情侣的幽会，她的身份也引起了众人的揣测，甚至有人开始人肉搜索她。她真不知道她这样平凡的女孩，何德何能能引起那么多关注？她默默地合上了罗琳的笔记本，对罗琳讪笑道："这个……不是我。"

"和你长得那么像，真的不是你？橙橙你可不能骗我！"罗琳挑眉，显然不信。

苏橙橙死撑："真的不是我，只是看起来有点像罢了。"

"能像成这样还真是不多见。"罗琳意味深长地笑着，"橙橙，没想到你还真有本事。这下子，林瑞那个负心汉一定会被气死。呵呵，你想不想知道那个人的消息？"

"谁？"苏橙橙疑惑地问。

"林瑞啊。"

"不想。"苏橙橙闷闷地说。

罗琳吃惊地看着她:"你真的不爱他了?"

"他爱谁、和谁在一起都不关我的事。"苏橙橙目光平静,"我和他早就没有一点关系了。"

"你啊……啊,林机长……"

正在喝咖啡的罗琳突然放下了杯子,愕然地望着苏橙橙身后的男子。苏橙橙也回过头去,在刹那间跌入了林瑞平静如水的眼眸,只觉得心猛地一跳。

两个月不见,林瑞似乎比以前憔悴了一些。像他这样爱干净的人居然会让自己下颚处浮现了青色的胡茬,他的神情看起来更是疲惫不堪。

他为什么这样累?难道和苏婉的交往不顺利?不,他是好是坏关我什么事?我们早就是陌生人罢了。

"林瑞……"

就算是再极力控制住自己的思绪,但苏橙橙不由自主地喊出了林瑞的名字。林瑞直直地看着她,眉头紧皱,似乎也想说什么,但到底没有上前一步。他们二人就这样沉默地看着彼此。这时一个漂亮的女人突然走到林瑞身旁:"阿瑞,真是久等了。咦,苏橙橙,你回来了?"

"你好,苏婉。"苏橙橙强忍住心痛,笑着和苏婉打招呼。

"你好。你也是来喝咖啡的吗?"

"是,不过我该走了。"

苏橙橙勉强让自己笑着,手忙脚乱地站起身就朝门口走去,却不小心带动了桌上的咖啡,滚烫的咖啡瞬间洒到了她的身上。衣服被咖啡弄脏了,贴在身上又烫又黏,她知道自己又在那个男人面前丢脸了,尴尬地不知如何是好。林瑞走上前,低下头,拿口袋里的湿纸巾认真擦拭着苏橙橙被咖啡弄湿的牛仔裤,声音听不出情绪:

"以后做什么事都要小心，这样冒冒失失地很容易伤到自己。"

"嗯。"

"好好照顾自己，别被那些只会做表面功夫的人骗了。"

"不关你的事。"苏橙橙好像刺猬一样防备地说。

"呵……再见。"

林瑞的手一顿，站起身，从苏橙橙身边走过，并未回头看她一眼。苏婉见状，急忙对苏橙橙抱歉地笑笑，然后跟了上去。而罗琳此刻终于反应过来："橙橙你没事吧？被烫到哪里了吗？"

"罗琳，你要告诉我的就是林瑞和苏婉的事情吧。"苏橙橙的声音听不出喜悲。

"你都知道了？"罗琳小心翼翼地问，"难道，她真是你和林瑞之间的第三者？"

"不，她不是第三者，第三者是我。"苏橙橙微笑着说道。

和林瑞见面带来的心烦意乱很快就被忘却，因为网络上有关张晟新女友的新闻铺天盖地，甚至连苏橙橙的父母都问起她张晟的事情，让她不胜其烦。当张晟到G市处理一些事情时，他特地约苏橙橙外出就餐。苏橙橙戴上墨镜，把自己裹得严严实实的才敢出门，又惹来张晟一阵大笑。到了相对隐蔽的包间后，她才敢把自己的"武装"解除，皱着眉说："张晟，你可给我惹大麻烦了。所有的人都以为我是你的绯闻女友，你说这事儿怎么办吧？"

"你的意思是……"张晟的眼睛眯起。

"你快点去和其他女明星———一定要有名气的那种，赶快传点绯闻，这样大家就不会对我有兴趣了。反正你的名声在那，对你也没啥影响，你就当做做好事吧。"苏橙橙认真地说。

"你……我以为……"

张晟真是瞠目结舌。他对苏橙橙很有好感，原以为苏橙橙会趁机提出让她做他名正言顺的女朋友，也打算就此答应，却没想到她居然提出了如此令人匪夷所思的提议，不由得苦苦一笑。他有些尴尬地摸摸自己的脸颊，轻咳一声说："你真是很有创意……"

"反正你给我想办法解决。"苏橙橙蛮横地说。

"当我的女朋友不好吗？"

"当然不好。"

"为什么？"

"你会是一个很好的朋友，但绝对不会是一个好男人。"

"橙橙，你这样说我会伤心。"

张晟故意做出一副可怜兮兮的样子望着苏橙橙，苏橙橙"扑哧"一下笑出声来。她当然知道自己在这个公子哥面前过于放肆了，甚至把他当作是自己的出气筒，但张晟就是有那种令人倍感舒心的温和。在林瑞面前，她是小心翼翼又诚惶诚恐的，而在张晟面前，她可以只是她自己。真是奇怪的事情。

"张晟，公司又要开始报名去法航交流学习了，我不知道我要不要报名。"苏橙橙喝了一口茶水，看似不经意却是等待张晟的意见。

北航与法航一向有着交流的习惯，每年都会选最优秀的人员与法航互换交流，苏婉就是前两年被派出的一名交流生。在法航帮飞期间拿的工资都是欧元，而且还有生活补助，还能在法国免费旅游，所以许多人都挤破了脑袋想去。陈心怡曾悄悄告诉她，此次候选人中有她、尹晓雪、罗琳等五人，会从中选出两个去法国，每个人都很有机会。曾经的室友变成了竞争者，说是心中没有什么异样的感觉都是骗人的。虽然她们还时常打电话聊天，但紧张的气氛到底在她们之中蔓延。

"去法航？在法国待多久？"张晟问。

"两年。"

"你想不想去？"

"我舍不得我爸妈，但我也真的很想去法国，想见见世面。还有，去法国的话，应该能减少和他见面的机会，也不会这样难过。"

"林瑞？"

"嗯。你怎么知道？"

"呵呵……你不爱他了？"张晟问。

"我想忘了他。"苏橙橙淡淡地说。

"去法国吧。"张晟微笑着说，"为了一个男人停留是很愚蠢的行为。男人会抛弃你，但是你的工作不会抛弃你。"

"你也支持我去法国？"

"当然。我的公司正好要扩展在法国的业务，会在欧洲常驻一到两年。如果你怕寂寞的话，可以来找我。"

"真的？"苏橙橙瞪大了眼睛。

"我怎么会骗你？"

"张晟，我们还真有缘分。"苏橙橙笑着说，"如果我真的去了法国，一定找你。到时候你要带着我玩，可不能说没时间。"

"那是当然。"张晟的表情是说不出的认真。

"现在你能不能先把我们的绯闻事件解决了再说？"

"好吧。"张晟无奈一叹，"如你所愿。"

饭后，张晟送苏橙橙回了宿舍。当她从张晟的车上下来，与张晟笑着挥手告别的时候，却见一个黑影站在树荫下，真是把她吓了一跳。她定睛一看，只见月光奢华，洋洋洒洒地洒在林瑞身上，在他身上镀了一层银光，而他冷峻的面容好像月光一样，没有一点温度。苏橙橙不知道他在这里多久，又是为了什么。她闷声不响地从他面前走过，却被他一把抓住了手臂："苏橙橙。"

"你这是做什么？"苏橙橙烦躁地问。

"他是谁？"

林瑞一手握住苏橙橙的手腕，冷冷地望着还在车中的张晟，脸上满是苏橙橙前所未见的戾气。她第一次见到这样冷漠，甚至带着一些残暴气息的林瑞，只觉得一种恐惧感油然而生，简直深入骨髓。几乎是下意识的，她极力挣脱着林瑞的束缚，但林瑞就是不放手。张晟终于看不下去了，停下车站在林瑞面前："你是谁？"

"林瑞。"他冷冷地说道。

"哦,你就是橙橙以前的男朋友。你们已经分手,不知道你找她还有什么事?"

"与你无关。苏橙橙,你准备去法国吗?"

"是。和你有关系吗?"苏橙橙愤怒地问。

"考虑好了?"

"好了!"

林瑞皱眉:"去法国要学习法语,那里人生地不熟,你为什么一定要去?"

"不关你的事!"

"林先生不必费心,我会照顾橙橙。"张晟说着,不动声色地站到了苏橙橙身边。

"是吗?"林瑞轻轻一笑,月光下竟然有种莫名的落寞,"既然这样,祝你一路顺风。"

林瑞说着,对苏橙橙微微点头,就要走开。望着林瑞离去的背影,苏橙橙也不知哪里来的勇气,大声地问:"林瑞,你不希望我留下吗?"

你知不知道,只要你不让我走,我一定不会离开!

"一路顺风。"时间不知道过了多久,林瑞终于说。

"知道了。"苏橙橙凄然一笑,"再见了,林瑞。"

"再见。"

林瑞从苏橙橙身边走过,发动了车子离去。而苏橙橙望着他的车子消失在视野里,终于泪流满面。她先是默默流泪,然后捂住脸失声痛哭,张晟沉默地把她搂在怀里,一言不发。

苏橙橙,我真的不希望看到你哭泣的样子。张晟想。

林瑞,我真的要失去你了吗?苏橙橙想,闭上了眼睛。

2

　　自从北航定下了去法国的候选人后,所有的人都在猜测这次的幸运儿会是谁。苏橙橙除了飞行的时间,其他时间都在宿舍苦练英语,学习业务知识。她希望能在考核中取得好成绩,心理压力竟然比高考还要大,也一下子瘦了好几斤。

　　当成绩终于出来的时候,苏橙橙深吸一口气才敢去看,发现她第一,尹晓雪第二,罗琳第三。罗琳与尹晓雪的总分只差了一分,苏橙橙虽然为罗琳可惜,但从私心而言,她与尹晓雪更为亲近,觉得这个结果还真是令人满意。她本以为会和尹晓雪一起去法国,却没想到最后的名单居然是她和罗琳,尹晓雪落选的谣言也传遍了整个公司。

　　"你知道吗,这个尹晓雪居然是人家的二奶,还堕过胎,真是看不出来。"

　　"呵呵,知人知面不知心,看起来挺清秀的一个小姑娘居然这样……"

　　"你们知道她傍上的男人是谁吗?好像是……"

　　"不会吧!真的假的?"

　　"我也是听人说的!"

　　为了弄清楚尹晓雪落选的真相,苏橙橙特地约她出来吃饭,没想到听到隔壁桌的几个女孩肆无忌惮地谈论着她的私事,不由得白了脸。她紧张地望着尹晓雪,但尹晓雪只是云淡风轻地笑着,开心地吃着,一副毫不在乎的样子。苏橙橙见她神情不错,慢慢放下心来,却没想到尹晓雪一瓶接着一瓶喝酒,一点都没有停下来的意思。她不让尹晓雪喝酒,一把夺过了酒瓶。尹晓雪笑着说:"橙橙,输给你我没有意见,但输给那个女人我实在不甘心。"

"你是说罗琳吗?"

"嗯。你知道我为什么会输吗?"

"不是因为考试成绩吗?可你的成绩明明在她前面……"

"因为她把我和姜平的事情四处宣扬,领导特地找我谈话,说是我个人作风有问题,不适合出国。呵呵,原来想和你做伴,开始自己的新生活,但看来一切都不如我的愿……"

尹晓雪说着,狠狠灌了一口酒。苏橙橙真是呆若木鸡。她摇摇头,不可置信地说:"不至于吧……就算是罗琳想要去法国,她还可以等下次机会,为什么要这样对你?"

"我以前和她在一所学校上学,她心仪的男孩喜欢我,所以她事事针对我。我记得那时候还是高中,她为了让那男孩对我死心,故意传出来我去酒吧坐台这些谣言,我当时几乎想自杀。我和她也算是孽缘,总是会遇到一起,呵呵……"

尹晓雪笑了,但是眼睛亮晶晶的,笑容也是那么凄美。苏橙橙呆呆地看着她,很想安慰她,但真的不知道她还能说些什么。尹晓雪哭完后,狠狠擦擦眼睛,笑着拍拍苏橙橙的肩膀:"橙橙,不好意思让你担心了。你一定要加油,连我的那份一起,知道吗?"

尹晓雪的事情让苏橙橙的心情越发沉重。她不知道为了一个出国的名额,为什么会争到这样头破血流的地步,也不知道罗琳为什么下这样的狠手。难道她不知道谣言是最毒的利刃,很可能把尹晓雪这一生都毁了吗?她们认识那么久,她为什么下得了手?

晚上,苏橙橙把喝醉的尹晓雪送回出租屋,然后去找罗琳。当她推开罗琳房门的时候,罗琳正在收拾行装。罗琳见到苏橙橙,愣了一下,然后笑着说:"橙橙,我们要一起去法国了,东西你都收拾好了吗?"

"罗琳,这个名额不是尹晓雪的吗?你的成绩比她低,为什么会是你?"苏橙橙直截了当地问。

"你说这件事啊……晓雪好像出了什么事,领导不想让她去,我也不知道啊。"

罗琳说着,轻松地挑选着衣服,一副事不关己的样子。苏橙橙本来就好打抱不平,喝了点酒情绪更加激动,见到罗琳这副虚伪的样子终于生气了。她走上前,皱着眉望着罗琳,直接地说:"是不是你动的手脚?"

"苏橙橙你胡说什么!呵,我抢的又不是你的名额,就算是我动的手脚又关你什么事?"

"如果你真的想要什么,你就去努力争取,背后搞这些东西对晓雪很不公平。你让她以后怎么在北航做人?"

"关我什么事?"罗琳冷笑,"苏橙橙,想不到你还真是一个菩萨心肠的好人。如果你那么想让尹晓雪去,把你的名额让给她不就行了?"

"你……"

"苏橙橙,我劝你不要多管闲事。我没你那么好的命,事事有人为我铺路,我今天所拥有的一切都是我自己得来的。在这里有林瑞帮你,去了法国,我倒要看看我们到底是谁比较优秀。啊,我怎么忘记了,法国还有你的张晟张先生,我怎么能和你比?"

罗琳嘲讽地望着苏橙橙,继续收拾行装,苏橙竟是一句反驳的话也说不出来。她怔然望着罗琳,过了许久,终于苦涩地说:"你一直不喜欢我,是吗?"

"是。说起不喜欢、厌恶,更不如说是妒忌更贴切吧。我妒忌你的好运气。明明不是专业的,居然能考上空姐,居然能找到那么优秀的男朋友,可我到现在还在苦苦挣扎……苏橙橙,我妒忌你。为什么所有的运气都被你占去了?"

"难道何江对你不好?"

罗琳一愣,然后说:"他对我好,可他的钱怎么能和林瑞比?是,我上大学的时候就是他负担起我的学费,我从没爱过他,可我跟了他三年,也算是对得起他了。原来我也不想那么快分手,想再考虑考虑，可你和他说了那些话，让他去酒吧找我，让我在我新交的男友面前丢脸，害得我竹篮打水，两个人都一场空！苏橙橙，你家没有负担，有疼爱你的高干爸妈，但我不一样。我爸早死，妈妈住院，全家人都指望我养活。除了找个有钱的老公，我能做什么？只要我去了法国，一定更有机会认识富豪，一定能得偿所愿。尹晓雪她有把柄在我手中，算她倒霉。你傻兮兮地和林瑞过夜，也算你倒霉。凭什么你可以彻夜不归，我好心带你们去酒吧玩，你就能用那种眼神看着我？你以为你是谁？"

"果然那次我被人告发不在宿舍，果然是你做的？你还想诬赖晓雪？罗琳，你好狠。"

"苏橙橙，如果你阻拦了我的路，我也一定会把你打倒。你绝对不是我的对手。"

罗琳说着，冷冷地望着苏橙橙，而苏橙橙一言不发地带上门，走出了罗琳的房间。她知道，她与罗琳的感情彻底完了。她想轻松地笑，但是她心里满是酸楚。

和罗琳争吵后，离开的日子也很快就来了。出国那天，苏橙橙的父母、朋友都来送她，岳桃更是紧紧地搂住她，不住地哭着让她早点回来，苏橙橙的心里也是酸酸的。直到上飞机前，苏橙橙的目光都一直在机场中寻找着那个身影，却终究什么也没看到，最后只是自嘲地一笑。

我在等什么？早就和他说再见了，难道还指望他来送我？不能那么没用，苏橙橙。你要做的是最优秀的空姐，而不是一个只会沉迷于过去的女孩。

他不会来的。

苏橙橙难过地上了飞机。她不会知道，林瑞一直站在不远处静静地望着她。他握紧了拳头，目送她走到了安检口。他爱她，爱到不能自拔的地步，但他更想给她她想要的自由。

也许，两个人就这样擦身而过也不错……

呵呵……

林瑞想着，终于轻轻一叹。

3

苏橙橙到法国后开始了她的新生活。虽然一开始很不适应，但是后来她因为认真的态度、辛勤的工作在乘务队如鱼得水，忙碌的工作也让她暂时忘却了心中的那个人。和苏橙橙一起到了法国后，罗琳因为语言不过关受到了不少挫折，但是她居然可以用中文和法国人调情，很快就和一个富商结婚了，倒是也让苏橙橙大开眼界。她不关心罗琳的生活，罗琳也不会管她在忙碌什么，两个人就好像陌生人一样从不见面，苏橙橙也觉得这样会是她们之间最好的结局。

一天中午，苏橙橙在法国常住的圣玫瑰宾馆，收到了一大束香水百合，百合里夹着一张卡片，正是她见惯了的淡红色邀请函。

苏橙橙一见卡片上熟悉的字迹就知道张晟又来法国了。她微微一笑，给了侍者小费，收拾了一下就去赴约。他们约在一家距离宾馆不远的小餐馆。苏橙橙没坐车，步行过去，一路上看着街上的情侣们、嬉笑的孩子们，只觉得心情也放松了起来。

张晟真是一个很够意思的朋友。苏橙橙默默想着。

她到了法国后，身处异国的不适应与茫然、彷徨原本需要很长时间来克服，但张晟经常在法国，帮她解决了许多生活上的困难，也让她迅速适应了这个陌生的大都市。张晟风趣幽默、细心周到，虽然他是个公子哥儿，但他没有一点架子。苏橙橙在他面前能嬉笑怒骂，甚至在生气的时候把他的香烟夺过来抽，展现的都是最真实的自己。张晟经常来找苏橙橙，所以法航的空姐们都会三八地问起他们的关系，而苏橙橙再一次无奈地感受到"八卦无国界"。她当然否认张晟与自己的关系，假装看不懂张晟的眼神，因为，她真的还没有做好接受另一个人的准备。

熟悉的餐馆顶楼上,张晟应该已经等候多时了。他今天穿着正装,一见苏橙橙过来,就帮她殷勤地拉开椅子。苏橙橙也笑着说:"早知道你穿那么正式,我真该穿小礼服来。你看我穿得破破烂烂,真是给你张先生丢脸。"

"你这样打扮很漂亮,我很喜欢。"张晟在苏橙橙手背上轻轻一吻,用最真挚的语气赞美。

"你什么时候说过'不喜欢'?"苏橙橙伶牙俐齿地反驳,"只要是穿了衣服的女性你都喜欢。"

"橙橙,我在你心中就是这样的花花公子?"张晟受伤地捂住了胸口。

"别装可怜了,我可不吃你那一套。要吃什么快点,我请客。"

"那我就不客气了。"

朦胧的烛火下,苏橙橙享受地吃着盘中的美食,而张晟一直望着烛火下的她,只觉得心情越发平和。苏橙橙今天没有化妆,随意穿着白色的吊带背心和艳丽的波西米亚长裙,柔顺的头发带一些微微的卷曲,在烛火下有着触目惊心的万种风情。张晟看了她许久,从口袋里拿出一个蓝丝绒盒子,对她说:"给你的礼物。"

"这是什么?"苏橙橙好奇地问。

"打开看看就知道了。"

一打开盒子,苏橙橙就看到一个硕大无比的钻戒静静躺在盒子中央。苏橙橙就算是再愚钝,也知道这钻戒代表的含意,不由得涨红了脸,心也怦怦地跳动了起来。她目瞪口呆地望着张晟,张晟看着她,脸也微微泛红:"把戒指戴上去,看看合不合适。"

"你是和我求婚吗?"

"咳咳!你觉得呢?"

餐厅里突然响起了悠扬的小提琴声,天空也突然绽放起了焰火。烟花照亮了巴黎的夜空,苏橙橙呆呆地望着张晟,只觉得一切好像在做梦一样。她浑身发麻,不知道该说什么,只知道呆呆地望着他,脑中也是一片空白。

这是怎么回事?难道真的是求婚?天啊!

张晟知道事情发生得太突然,让这丫头的呆病又犯了,可他只有对她下猛药,才能让她正视自己的心情。他对她单膝跪下,微微一笑,拉过她的手,把戒指戴到了她的手上。苏橙橙木木地看着手上流光溢彩的钻戒,再看着眼神温柔至极的张晟,只觉得一切都是那样的不可置信。

帅哥、烟花、戒指、小提琴伴奏……一切的一切都是和心目中希望的求婚场景一样,但为什么没有那种欣喜若狂的感觉?因为向我求婚的那个人不是他吗?

"张晟……"

"不要打断我,也不要急着拒绝。橙橙,我是认真的。我是真的想和你结婚。在北海道,在我第一次见到你的那刻起我就把你记在了心里。虽然第二次见面的时候你已经不记得了我,但你不觉得我们之间很有缘分吗?我承认我是众人眼中的花花公子,但那是因为我还没有找到我想要的那个人。那个人就是你,苏橙橙。"

"我……"

"答应我。"

张晟说着,在苏橙橙的手背轻轻一吻。他的求婚惊动了在露天餐馆吃饭的人们,那些开朗热情的法国人纷纷鼓掌、吹口哨,催促着苏橙橙快点答应这个英俊的中国男人的求婚。苏橙橙的脸也涨得通红。她望着手上的戒指,沉思很久,还是把它摘下,放到了张晟手中:"张晟,对不起。"

"我就知道是这个答案。"张晟没有接过戒指,而是自嘲地笑,"就算是分离两年,也不会忘记他,是吗?"

"对不起。"苏橙橙难过地说。

"别说'对不起',我永远不希望你和我这样生疏。既然等了你两年，再等个两年也没关系。"

"张晟你不要这样，我会觉得很内疚。"

张晟轻松地笑着："没必要内疚。我喜欢你是我的事情，与你无关。戒指你先收下，我等着你心甘情愿为我戴上的那天。这次，不要再拒绝我，给我难堪了。"

"这……"

"那么多人在看，你总要给男人一点面子吧。先收下再说，行吗？"张晟可怜巴巴地说。

"这……好吧。"

露天餐厅中，确实许多人看着苏橙橙一桌的进展，他们眼见苏橙橙接受了戒指，都拼命地鼓掌，好像比自己结婚还要高兴。那个矮小有趣的法国老板冲到他们面前，一遍又一遍地表达着祝贺和喜悦，坚决要免单，还很浪漫地送给苏橙橙一支红玫瑰，让苏橙橙尴尬至极。

回到旅馆后，苏橙橙和张晟说了晚安。她坐在床上，一直玩着那个耀眼的戒指，泪却不设防地流了下来。有人向她求婚是好事，她不知道自己为什么会这样不开心。

林瑞，很久不见了，你现在过得好吗？

你应该过得很好，已经和那个漂亮的苏婉结婚了吧。为了不要听到那些会令我伤心的消息，我几乎不和以前的同事联系，也不把自己的新联系方式告诉任何人。你是发给我很多邮件，但我都把它们删除了，因为我不知道要怎么面对你。现在的我只想安安静静地工作、生活，安安静静地忘却你。

法国很美。巴黎的繁华、普罗旺斯的美丽都让我好像置身另外一个世界。还记得你对我说，我们以后一定要去法国，我来了，而你却不在。林瑞……

苏橙橙想着，默默地流下泪来。

4

这一天,苏橙橙结束飞行后收到了陌生人送来的红玫瑰和加尼埃歌剧院的包房票,不知道为什么又想起了和林瑞的约定来。她没有接受陌生人礼物的习惯,所以自己买了一张票,静静地欣赏着歌剧,沉浸在那个世界里。当歌剧演完,所有的人都陆续退场的时候,苏橙橙顺着人群慢慢地走着,耳边回响着女主角动人的歌唱,和那个男主角火一般的热情,简直久久不能自拔。

"是苏橙橙吗?"她的身后,突然传来一个悦耳的女声。

苏橙橙下意识回过头去,在人群中见到了一张她毕生难忘的精致脸庞。那个人穿着得体的黑色套装,头发整齐地披散在肩头,顾盼神飞间有着无尽的风情。她微笑着望着苏橙橙,苏橙橙看了她许久,对她淡淡一笑,然后头也不回地向前走去。

"苏橙橙!"

"苏橙橙小姐!"

"啊!"

急切的呼喊突然变成了惊呼声,苏橙橙继续往前走了几步,到底心中一软,忍不住回头。一回头,她就见到苏婉跌倒在地,疼痛地捂住自己的脚腕。许多人从她面前走过,也有许多人对她侧目。苏婉想站起却又不知该如何用力,狼狈的样子真是让人看了就不忍。苏橙橙微微一叹,还是回头向她走去。她伸出手,一把把苏婉拉起,冷漠地问:"没事吧?"

"没事。谢谢你。"

"再见。"

"等下!"苏婉急急地站在苏橙橙面前,"我……我的高跟鞋断了,脚也很疼,这附近有咖啡馆,你能带我过去让我休息下吗?

拜托了！"

"好吧。"望着苏婉狼狈的样子，苏橙橙实在不忍拒绝。

慵懒朦胧的咖啡馆中放着哀伤的蓝调音乐，苏橙橙与苏婉面对面坐着，一个冷漠，一个娇弱，虽然类型不同，但都是令人眼前一亮的东方美女，吸引了不少目光。苏橙橙一言不发地搅动着面前的摩卡咖啡。苏婉喝了一口柠檬水，笑着道谢："苏橙橙，谢谢你！我没想到居然那么丢脸地摔倒，幸好你帮我。谢谢！"

"没什么。"苏橙橙敷衍地说。

"为什么不坐到我预定的包厢呢？我等了你很久，还以为你不会来了。"

"那个包厢是你订的？"苏橙橙疑惑地看着她，"虽然不明白你为什么要约我，但我没有接受陌生人礼物的习惯，所以没有赴约。"

"这样啊！我觉得贸然约你见面的话太唐突，所以只能派人去送票，希望和你见上一面，气氛也不用那么尴尬。没想到……还是见面了。"

见我做什么？是炫耀你和林瑞有多么恩爱，还是胜利者对于失败者的安慰与怜悯？我什么都不需要。苏橙橙默默想着。

"苏小姐，希望你不要介意，但我这次来确实是为了林瑞……他一直在等你。"

"苏婉小姐，你是林瑞的女朋友，你对我说这些话似乎很奇怪吧？如果你想试探我是不是对林瑞死心的话，我能给你肯定的答复——是。我已经对他死心，我已经不爱他了。你们的好与坏都与我无关，也希望你不要再介入我的生活。"

"你不准备回国了吗？"苏婉问。

"我的爸妈在中国，我当然会回去。你放心，就算是回国我也不会和他见面——我会转一个航空公司。"

"苏小姐，你真的误会我了。其实，我一直没和林瑞在一起。"苏婉急忙说。

"关我什么事?"苏橙橙一愣,强硬地反问。

"那天的事情确实是你误会阿瑞了。我承认我喜欢他,为了事业放弃他是我这辈子最后悔的决定。当我回来的时候,原以为他会等我,可一切都是我的一厢情愿——他早就有了自己深爱的女孩了。那人就是你,苏橙橙。"

"你和我说这些做什么?"

"我们都姓苏,都希望做最优秀的空姐,都去了法国……一切真的好像是命中注定的一样。我和他在一起的时候很快乐,但我还是选择了去法国。我想要发展自己的事业,尽最大的努力看我能飞多高,但我忘记了他的感受。其实,感情和流水一样,是会变的。苏橙橙,全世界的人都知道他有多爱你,为什么你会不知道?"

"他爱我?爱我的话会和自己的前女友在我们的新房里勾勾搭搭?"

"苏橙橙小姐,那天确实是一个误会。我承认当我从李颖那里知道你们要结婚的消息后很妒忌,去找阿瑞,希望能和他再续前缘,但他拒绝了我。他说他找到了他一直在找的那个人了。我想,那人就是你。"

"是吗?"苏橙橙不为所动。

"我去见他的时候淋了雨,借你们的浴室洗澡,然后你回来了。苏小姐,我知道你不愿意相信我,但我爱他,我为什么要帮着他说话,希望你们重归于好?相信我,阿瑞真的没有做任何对不起你的事。你离开的时间里,他过得不好。回去吧,苏橙橙。他需要你。"

"真是好笑!你们让我走就走,让我回就回?当我是什么?天不早了,我要回去了,明天还要飞行。"苏橙橙站起身,不想再和她聊下去。

"苏橙橙,你是个笨蛋。"苏婉突然说,"林瑞也是个不会表达自己的傻瓜。全世界都知道他爱你,只有你不知道。"

"再见。"

"你知道林瑞出车祸了吗?"

"什么?"苏橙橙停下脚步,迅速回过头来。

"你走的那天,他疯了一样地开车,出了车祸。他昏迷的时候,喊的一直是你的名字。当见到这一幕,就算是再不甘心,我知道自己真的到了该退出的时候了。他爱你。我爱他,我希望他幸福。所以,请你回去看看他吧,苏橙橙。"

"他要不要紧?"苏橙橙颤抖着问。

"你自己回去看看就知道了。还有,谢谢你今天帮了我。"

苏婉说着,站起身来,离开了咖啡馆。一只高跟鞋的鞋跟断了,不能走路了,但她把另一支鞋的鞋跟也掰断,走得照样是四平八稳。苏橙橙望着她,终于知道她柔弱外表下是一颗多么坚定而又敢爱敢恨的心。与她相比,她简直懦弱到可笑。

林瑞……苏橙橙口中默念着这个名字,下定了决心。

第十五章　林瑞住院了·我爱你

1

苏橙橙向法航申请年假后回国，受到了父母、朋友的热烈欢迎。她的妈妈还好，只是关怀地看女儿瘦了没有，还会不会说中国话。她的爸爸见了她就老泪纵横，让苏橙橙的心里非常难受。为了不让二老担心，她夸张地讲着自己在法国的种种趣事，在场的人都饶有兴趣地听着，时不时哄笑一番。当家宴结束后，她一个人回了北航，给尹晓雪、江媛不小的惊喜。

"橙橙你怎么回来了！"

"橙橙，真的是你！天啊，你怎么不提前说一下！"

苏橙橙和她们一起又叫又闹后，三个人一起走在北航的花园里。苏橙橙闻着玉兰花的香味，总觉得以前在一起的日子仿佛就在昨天一样。苏橙橙向她们讲着自己在法航的所见所闻，她们都饶有兴趣地听着，最后尹晓雪笑着说："橙橙，你真是没良心。出国后就不再和我们联系，我以为你不打算回来了。"

"对不起！我只是怕我和你们联系的话，会忍不住问起他……他还好吧。"苏橙橙小心翼翼地问。

"想知道好不好，自己去医院看吧。"尹晓雪说。

"医院？难道他现在还在住院？"苏橙橙一惊。

她望着尹晓雪和江媛，希望她们再多讲一点，但她们都很没良心地转移了话题。尹晓雪把江媛的左手送到苏橙橙面前，微笑着说："快恭喜江媛。她结婚了。"

苏橙橙惊喜地问："真的吗？和谁？"

"还能和谁，不就是我男朋友吗？"江媛羞涩一笑。

"恭喜你！"

"晓雪也要结婚了，你也该恭喜她。"

苏橙橙大吃一惊："是吗？大家怎么都要结婚了？"

"那你什么时候结婚？"

"我们之中最早结婚的是罗琳。"苏橙橙感慨地说，"一年前她放弃了这个职业，和一个法国人走了。"

"可我不是听说她离婚了吗？"

"是啊！不到一年就离婚了……"

"真的？"

"嗯。"苏橙橙点头，陷入了回忆。

去了法国后，罗琳才飞了两个月就认识了一个法国人，最后终于如愿以偿地嫁给了他，简直是得意万分。虽然苏橙橙与罗琳的关系差到从不说话的地步，但她还是好心劝她不要那么急着结婚，可罗琳一句"你妒忌我"，把她噎得什么话也说不出来。

罗琳看起来春风得意，她到底忘记了法国人虽然高大浪漫，但他们能第一天向你求婚，第二天就能和你离婚。罗琳婚后过得怎么样苏橙橙不知道，她们有一天在街上相遇，苏橙橙发现她眼角发青，很像是被打的。见到苏橙橙后，罗琳慌慌张张地走了，过了没多久苏橙橙就听一些空姐们说起罗琳离婚的消息。

当听到这个消息后，苏橙橙松了一口气，因为这样的婚姻离了比继续好得多。看来，罗琳也终于懂得舍弃一些东西了……

"橙橙，林瑞住的是第二人民医院。想去见他的话，就去吧。"

江媛说。

"他到底怎么了？"苏橙橙紧张地问。

"去了你就知道了。橙橙，你别嘴硬了。如果不是还相爱，为什么那么久你们都不和其他人交往？去看看他吧，别做让自己后悔的事情。"尹晓雪拍拍苏橙橙的肩膀。

"我不会后悔的。"苏橙橙嘴硬地说。

"那你为什么不接受张晟？"

"我和他只是朋友罢了。如果先遇到的是他，也许我会爱上他，但他毕竟出现的要比林瑞晚。只能说我们没有缘分吧。"苏橙橙黯然一笑，突然想起与张晟的最后一次见面。

回国的前夕，苏橙橙约了张晟见面。她很少主动提出见面的请求，也很少打电话过来，所以当她拨通张晟电话的时候，张晟沉默了一会，过了很久才同意见面。

他们见面的地方是在路边的咖啡馆。

午后的阳光照在身上暖洋洋的，苏橙橙眯起眼睛，望着不远处的教堂、广场上的和平鸽、嬉笑的孩子们与认真作画的画家们，心却飞到了别的地方。张晟坐在她的对面，撒着面包屑喂鸽子，然后拍拍手上的残渣，对她说："橙橙，你很少约我见面。"

"对不起。"苏橙橙说。

"对不起什么？"

"我过几天回国休年假，再过几个月就正式回国了。"

"不打算留在法航了？"

"是。"

"为什么？因为他？"张晟的笑容凝固了。

"我的父母年纪大了，他们需要我。"

"很冠冕堂皇的理由。"张晟笑了，"还有其他理由呢？"

"这个还给你。对不起。希望我们以后还是好朋友。"

苏橙橙说着，从包中拿出了蓝丝绒盒子，放在了桌上。张晟没有接过盒子，只是问："你决定了？"

"是。"苏橙橙艰难地说。

"给我一个理由。"

"你是一个好男人，但我的心里已经有别人了。"苏橙橙艰难地开口，指着自己的胸口，"不管是快乐还是悲伤，我想，我已经很难忘记他了。我不想欺骗自己，更不想欺骗你。所以，对不起。"

"如果我不介意被你骗呢？"张晟问。

"可是我介意。"

"我知道了。"张晟沉稳地收回了盒子。

"张晟，谢谢你。"

"不用谢我，我只是不想看到你为难的样子。说起来，只能怪我们之间的缘分还不够吧。橙橙，既然在法国的时间不多了，这顿饭就由你来请，也算是弥补我的伤心，好不好？"

"好！张晟，谢谢你。"苏橙橙感激地说。

"那我不客气地点单了。"

张晟说着，果然点了几个比较贵的菜，苏橙橙故作生气地瞪了他几眼，气氛也终于轻松了许多。她当然知道张晟是不想让她有心理压力才故意这样做，对他非常感激——但也仅仅是感激而已。

张晟，对不起了。

"对不起"并不能表达我的歉疚，但我对你说的只能是这三个字。

在法国的两年里，你对我的好我都看在眼里、记在心里，但我们之间始终是"恋人未满"。你确实是一个不可多得的优秀男人，但当我们相遇的时候，我的心中已经有了别人的身影，而爱情又是种再自私不过的东西。

对不起，真的对不起！

饭后，张晟送苏橙橙回旅馆后，一个人在小道上慢慢地走着。清爽的风吹乱了他的黑发，他也不知道自己走了多久，目的地是什么，愕然发现自己居然又回到了与苏橙橙进餐的咖啡馆附近。

现在已经是黄昏，广场上的人少了许多，广场上的白鸽似乎还记得他刚才的慷慨喂养，纷纷亲热地聚集在了他的脚边。张晟弯下腰，想抚摸一只离他最近的白鸽，但那只鸽子受了惊，"扑哧扑哧"展翅飞走了，其他鸽子也跟着它一起飞走，广场瞬间清静了不少。他望着漫天飞舞的白鸽，看着黄昏下越发安静、瑰丽的教堂，听着悠远、深长的教堂钟声，幽幽地一叹。

他知道，他们到底是擦身而过，再无交集了。他现在能给予苏橙橙的，只有祝福而已。

2

当苏橙橙到了医院的时候，她觉得紧张到几乎迈不开步子。她从小就害怕医院，除非病入膏肓绝对不会踏足医院一步，可今天她却是不得不来。她望着医院可怕的白色，闻着消毒药水的刺鼻味道，忍住恐惧向护士小姐询问林瑞住在哪个病房。那个眼睛大大的护士小姐一听到苏橙橙询问的病人是林瑞，立马报出了他住的房间，好意提醒："小姐，你快去看看吧。要是晚了……"

"去晚了怎么样？"苏橙橙心中一惊。

"周夏月，快来给病人量血压！"

"来啦！"

小护士没有说下去，飞快地跑去忙活，而苏橙橙呆呆地站在原地，只觉得浑身的血液一寸寸变得冰冷。林瑞的情况看来比她想象中的还要糟糕很多，去晚的话……

林瑞！

苏橙橙用她最快的速度冲到了病房。

林瑞躺在病床上，双目紧闭，正在打着点滴。苏橙橙站在门外，透过门上的小窗户望着林瑞，眼泪一滴滴滚落了下来。她不知道他到底昏迷了多久，她如果再晚来一会儿，是不是就再也见不到他了？几乎是下意识的，她朝里面走去，握住了林瑞苍白的手。她把他的手放在自己唇边，喃喃地喊着："林瑞……"

林瑞，你到底为什么会变成这样？你会离开我吗？你会再次醒来看看我吗？我回来了，林瑞，睁开眼睛看看我！

一滴泪顺着苏橙橙的面颊缓缓流下，落在林瑞苍白的手上。在朦胧中，她见到林瑞的睫毛微微颤动，然后睁开了眼睛。他漆黑的眼睛定定地盯着苏橙橙，好看的嘴角微微上扬，一把抓住了苏橙橙颤抖的手。他把苏橙橙的小手贴在自己的面颊上，喃喃地说："我好像又做梦了。每当梦到你的时候，不出5分钟你就会消失，这次不知道你又会出现多久。橙橙，我很想你。"

"林瑞，你醒了？我去找护士！"苏橙橙忙说。

"不用。"林瑞紧拉着苏橙橙的手不肯放开，眼神也渐渐清明，"不要走。"

林瑞手掌的温度还是和记忆中一样的温暖灼热，苏橙橙被他拉着手，只觉得浑身的力气在瞬间被抽干，脚也迈不动步子。她望着林瑞，眼泪不受控制地簌簌往下掉，哽咽地说："想我的话为什么不来找我？是你对不起我在先，难道你要我不要脸地来找你吗？林瑞，为什么不找我？"

"如果你想走的话，我不会阻止，因为我想给你自由，让你做想做的事情。"

"可我想要你挽留啊……"

"对不起。"林瑞轻轻摇头，"我以为你和那个张晟准备结婚了。"

"我没有！我一直想着你，一直……"

"我也是。我爱你，苏橙橙。不要再离开我了。"

林瑞说着，一手把苏橙橙搂在怀中。她没有拒绝。她是那样贪恋林瑞怀抱的温度，也紧紧地抱住他，害怕他会放手。这样的重逢只在她的梦境中出现过,她终于能再次触碰到自己最深爱的男人。她缓缓抚摸着林瑞消瘦的面颊,落下泪来:"你到底受了什么伤?怎么昏迷那么久?"

"什么?"

"你不是出了车祸了吗?"

"那是两年前的事情了。"

苏橙橙诧异地问:"那你怎么现在还住院?"

"我住院是因为得了肠胃炎。"林瑞说。

"那护士小姐为什么说我来晚了就看不到你了?"

"她的意思也许是我明天就要出院,你当然看不到我了。"

"再见。"

苏橙橙说着,挣脱出林瑞的怀抱,头也不回地离开,简直是气坏了。她不知道自己怎么那么傻,居然会一头栽进尹晓雪、江媛故意给她设下的圈套,这样轻易地原谅了那个对不起她的男人。真是太傻了!

"橙橙,你做什么?苏橙橙!"林瑞追了上去。

一路上,苏橙橙气恼地走在前面,林瑞寸步不离地跟在后面。因为身后紧跟着一个英俊却穿着病号服的男子,苏橙橙第一次尝试到了回头率百分之百的感觉。她回过头冲林瑞骂道:"你做什么?不要跟着我!"

"我不会再放手。"林瑞认真地说。

"我不想再见到你这个骗子!"

"和我结婚吧,苏橙橙。"林瑞微笑。

"我讨厌你!"

"我爱你。"

"你滚吧!唔……"

苏橙橙下半句话没有说出来,因为林瑞突然吻住了苏橙橙的唇。就算是苏橙橙在他怀中不断挣扎,甚至又踢又蹬,但他还是没有松手。他紧紧地搂住苏橙橙，在她的唇上烙下自己的印记。这时苏橙橙突然一把巴掌打在他的脸上。林瑞怔然地望着苏橙橙，苏橙橙倒退一步，呆呆地望着自己的手掌，也不知道她情急下为什么会有这样的举动。可是，该发生的已经发生了，她也无法回头。

"林瑞，我们已经分手了，我希望你能尊重我，也尊重你自己。你……不管你和那个苏婉到底有什么关系，但确实是你隐瞒我在先，我不会原谅你的。所以，再见。"

苏橙橙说着，昂首挺胸地从林瑞身边走过，慢慢消失在人海中。林瑞望着苏橙橙离去的背影，只觉得曾经触手可及的幸福又一次与他擦肩而过，在原地呆站了很久。他不会知道，苏橙橙一个人躺在床上的时候，看着手掌喃喃自语："居然打他了，你为什么要打他啊？唉，真不该见他，只要见面了就会心软，真是烦人。不管怎么样，总要给他点教训尝尝，报复一下才好。"

3

苏橙橙原以为林瑞会消沉一阵子，没想到他的追求越来越猛。早上 8 点她再一次被敲门声吵醒，开门的时候郁闷一叹。

"请问是苏橙橙小姐吗？这是林先生送给您的花，请查收！"

"知道了，谢谢。"

当苏橙橙第 N 次捧着硕大无比的花束进屋的时候，她父母的神情已经接近无奈。苏橙橙头痛地看着房中大大小小的花束。苏妈叹口气说："橙橙，你和那个林瑞见一面吧。你不在的时候他也经常来看望我们，是个不错的孩子。我真搞不懂，你们到底闹什么？"

"妈，你不会懂的。"苏橙橙不耐烦地说。

"这孩子……对了，过几天和我去庙里还愿，保佑你平安，你一起去吧。"

"我很平安,不用去了。这些都是封建迷信,你一个大学老师,怎么还信这些?"苏橙橙笑着说。

她的妈妈一脸严肃:"胡说!你忘记你小时候生了一场大病险些死了,幸好我去普陀山给你求了一串佛珠才保佑你平安。你倒好,把佛珠丢了,真是气我半死!"

"哈哈,我没丢,只是把它送人了。"苏橙橙笑眯眯地说。

"送谁了?送你隔壁床的那个小子?"

"是啊。我记得他很瘦,很怕打针怕吃药,真没用。"苏橙橙笑了起来,"虽然不记得他长什么样子了,但他那时候可是说要娶我,也算是我的初恋情人了吧。"

"你这丫头……妈妈前段时间又去了普陀,帮你求了一个一模一样的佛珠,你快收起来。这次可别再送人了。"

"知道啦。"

苏橙橙无奈地看了老妈一眼,接过妈妈手中的佛珠。她只觉得这个佛珠有些眼熟,也想不起来在哪里见过,把它放在一边,继续边看电视边吃水果。就在她喝着柠檬水,觉得肚子就要被撑爆了的时候,电视里的新闻吸引了她的注意力。主持人用沉重的语气说,北航的一架飞机遇到机械故障暂时无法降落,已经有许多部门派专人去机场准备救援了。苏橙橙看到救护车、灭火车整装待发,整个机场都紧张万分的场景,心中有了一种不好的预感。她出神看着电视,就在这时,她的电话响了。

"橙橙吗?我是江媛!林瑞今天驾驶的飞机突然出了故障要紧急迫降,所有的领导都去机场了,你也快去吧!"

"骗人。"苏橙橙的手不住颤抖,"你上次就骗了我,这次还想骗我?林瑞怎么会出事!"

"我怎么会拿这种事骗你!橙橙,你快去吧!喂?"

苏橙橙不再听下去,猛然挂断了电话。她拿起手机拨打林瑞的电话,但打了很久都是冰冷的关机声。她面色苍白,只觉得眼前一黑,几乎站都站不住。她的父母急忙问她发生了什么事，她一言不发地冲出门去，打了一辆车赶到了机场。她想冲进去，却被人拦住。

"小姐，您不能进去。"工作人员说。

"我是北航的员工，让我进去！"

"对不起，现在是紧急状况，你不可以进去。"

"我是出事的飞机机长的女朋友！让我进去！"苏橙橙声嘶力竭地喊。

"你是苏橙橙？"有人诧异地问。

苏橙橙愣住了："你怎么知道？"

"谁不知道你是让林机长伤心的那个人？"有人嘴快地说。

"我……"苏橙橙真不知道该说什么好。

刚才认出苏橙橙那个人瞪了同事一眼，急忙打圆场："好了，现在说这个做什么！苏小姐，你就在候机楼这等着吧，一样能得到最新消息。放心，林机长吉人自有天相，不会有事的。"

"当然。"苏橙橙握紧手中的佛珠，坚定地说。

时间一分一秒过去了。苏橙橙一直站在候机楼的玻璃墙前，紧张地注视着乌黑的天空，心已经紧张得就快跳出来了。她是个无神论者，但是她下意识地紧紧抓住了手中的佛珠，只希望佛祖能保佑林瑞平安无事。她的手摩挲着佛珠，只觉得它越看越熟悉。

"怎么好像在哪里见过？是在哪里呢？林瑞……林瑞！"

苏橙橙轻轻呼唤着林瑞的名字，记忆的阀门突然在瞬间开启。

她记得，那个拉着她的手，喊她"苏苏"的小哥哥也姓林……难道他会是林瑞？难道真的是他？

林瑞躺在病床上的样子，与记忆中那个瘦弱却倔强的男孩在瞬间重合，苏橙橙愣愣地望着手中的佛珠，很想笑，却又很想哭。林瑞一直记得她，她一直责骂林瑞负心，但事实的真相是她把他忘了……

林瑞，你一定要平安，才能知道我有多爱你！你不能出事！

"各单位请注意,飞机很快就要着陆,请各单位注意……"

在广播声中,那架飞机终于开始下降了。

苏橙橙不懂飞行的事情,但从周围人紧张的目光中知道了这有多危险。她的手紧握着佛珠,焦急地盯着飞机,心中一直在祈祷。她脑海中浮现出她与林瑞相识的点点滴滴,眼泪也一滴滴地落下。在她的期待中,那架出了机械故障,承载着100多名旅客与她最深爱的男子的飞机终于慢慢降落。苏橙橙紧握着佛珠,害怕地不敢往那里看,却也不舍闭上眼睛。眼看着飞机成功着陆,她长长舒了一口气,觉得身体软到站不起来。她看着各辆车子潮涌般地涌了上去,终于落下泪来。

林瑞,险些就失去了你……

难道非要等到失去才会珍惜,才会后悔没有及时相爱吗?

她错了,她不会再放手了!

只要一想起可能再也见不到林瑞,苏橙橙的心就好像被刀割一样的疼痛。现在,她只想立马见到林瑞,紧紧地抱住他、亲吻他,告诉他她错了。她不该这样任性,不该不相信他,也不该让他们分离那么久……

林瑞,你到底在哪里?

"机组出来了!"

当惊魂未定的旅客一一下机后,终于迎来了北航的机组。林瑞走在队伍中间,苏橙橙一眼就认出了他来。她一个箭步冲到林瑞身边,在林瑞愕然的眼神中抱紧了他,哭泣着说:"林瑞,能见到你太好了!我以为……"

熟悉的温度就这样袭来,给寒冷的夜晚增添了无法言语的温暖。没有什么比经历了生死后,再见到自己魂牵梦绕的女人更令人高兴了,林瑞淡淡开口:"以为我怎么了?"

"没什么。"苏橙橙到底不愿意说起那么晦气的字眼,"林瑞,我爱你!"

在听到苏橙橙表白的瞬间，林瑞的瞳孔在瞬间收紧，巨大的惊喜反而让他不知所措了起来。苏橙橙强忍住泪水，抽泣着说："对不起，是我忘了你……其实，我一直很想你，很想很想……林瑞，对不起，是我太任性，我执着地想要你道歉，浪费了那么多时间。我们不要再分开好不好？你……还喜欢我，还要我吗？"

　　苏橙橙看着林瑞，是那么担心他会拒绝。林瑞似乎愣住了，过了很久才问："你是在求婚吗？"

　　"那个……算是吧。"苏橙橙尴尬地说。

　　"苏橙橙，你是不是搞错什么了？"林瑞静静地望着她，看不出喜怒，"你觉得你做这种事合适吗？"

　　"我……"

　　苏橙橙咬住嘴唇，惶恐地看着林瑞，心紧张地就快跳出来了。她知道林瑞应该是真的生她的气了，他也许已经决定放手，可她居然那么不害臊地抱住他就表白……可她真的不想就这样错过。她不要！

　　"傻瓜，嫁给我吧！"林瑞突然笑了，摸摸她的头，"求婚的事情总要男人先开口，你怎么一点都不懂得含蓄？苏橙橙，嫁给我好不好？"

　　苏橙橙没想到事情会这样峰回路转，她很想笑，但是眼睛却酸涩了起来。一双大手擦去了她眼角的泪水，林瑞是那样温柔地看着她，也让苏橙橙忍不住微笑。

　　"好。"苏橙橙轻声说。

　　在机场那么多的记者面前，苏橙橙一下子勾住了林瑞的脖子，就这样拥吻了起来。她在脑海中闪过他们一起步入婚姻的殿堂、在海边度蜜月、怀上可爱的宝宝、组建幸福家庭的画面，觉得她下了她人生中最重要的一个决定。

　　既然注定要相爱，既然注定要在一起，那么，就不要浪费时间，从现在开始吧。

苏橙橙想着,对林瑞嫣然一笑,他们的十指紧紧扣在了一起。

他们的爱情,会像飞机一样直飞上三万英尺的高空,他们的生活也会像漫步云端一样幸福满满。

林瑞番外：我和她

终于找到她了。

第一次见到她的时候，就觉得莫名其妙地熟悉，可我当时没有想到，一直寻觅的人居然就在我的身边。那么久，我找了那么久的女人，终于回来了。

还记得我8岁那年，因为病重住进了医院，同病房的是一个可爱的好像洋娃娃一样的女孩。我们都怕打针、吃药，我强迫自己装出一副乖巧懂事的样子，可她只会大哭大闹。

我的母亲是医院的医生，护士们当然对我极尽讨好，只有她会对我悄无声息地做恶作剧。我知道她是妒忌我为什么可以被那么多人宠爱着，可她怎么知道我已经对于这样的虚伪、客套厌恶透顶。其实，我更羡慕她能那样自由地活着，无拘无束。

我们不太说话。不知什么时候开始，我的床上会多一根枯树枝，我喝的水会发咸，我的袜子会有一只不见……我知道一切都是她做的，但我喜欢看着她故作镇定，脸却涨得通红的模样。真可爱！

她生了一场很重的病。白天，她父母上班，她总是一个人默默地看着连环画，或者去护士室恶作剧一把，当她爸妈来的时候她就会显得很活泼。我知道她很怕，但她总是在自己父母面前做出快乐的样子。有时候，见到他们三口之家其乐融融的样子，我真的会妒忌——能这样亲密无间，真好。

虽然我们不太说话,但有一天,她突然把手上的佛珠给了我。我拿着那串佛珠,不知道该说什么,她的脸也有点红:"给你吧。听护士姐姐说今天是你的生日,我妈说戴这个会保平安。"

"我不拿女孩子的东西。"我说。

"说给你就给你!"她生气了,"快拿着!你不在的话,你让我捉弄谁去?"

我接下了佛珠,心里暖暖的。

那天,我一直在等待父母来为我过生日,但他们到底没来。昂贵的生日蛋糕甜得发苦,她吃得很开心,但我从那时候开始,就再也不喜欢吃甜食了。第二天,我睁开眼睛,希望能见到父母,但我见到的却是她。她趴在我的床上,眨巴着黑漆漆的大眼睛,对我笑了:"你睡了好久。"

"我爸妈呢?"

"他们好像去上班了吧。我陪你不好吗?"

"哦。"我失落地点头。

"啊呀,不要用这个表情看着我嘛。我叫苏橙橙,你喊我苏苏就好啦。"

"为什么不是橙橙?"

"我不喜欢吃橙子。"她苦着脸说,"我喜欢吃糖。"

"好吧。"

于是,她就这样走进了我的生命中。

我的父母不经常来看我,但会给我很多好吃的,这些东西都便宜了她了。和她在一起的日子里,我就好像是脱缰的野马一样,越来越开朗,她也会经常把苹果洗干净了送给我吃。她出院的时候,泪汪汪地看着我,我大声喊着以后一定会娶她,她也笑了。

这个笑容,我终生难忘。我想,她是我灰暗的孩童时期唯一一抹亮色了。

20年后,我和她在餐厅吃饭,她兴致勃勃地说起自己以前在医院的趣事，笑得就像个孩子。我摸着手腕上的佛珠，极力克制住深入骨髓的欣喜。

苏苏，我找到你了。

当我见到苏婉的时候，曾经被她的美丽所倾倒，但这一切都基于她的身上有苏苏的影子。我以为那时候的那个女孩是她，但我错了，也总觉得和她在一起有什么不对劲。

谢谢上天，把你送到了我的身边。

苏橙橙，我一定会让你想起我来的。

这次，我绝对不会放手。